DÉFIER LE JOUEUR DE HOCKEY

ICE DRAGONS HOCKEY ROMANCE, LIVRE DEUX

WILLOW FOX

SLOWBURN PUBLISHING

Défier le Joueur de Hockey

Ice Dragons Hockey Romance, Livre Deux

Par Willow Fox

Publié par Slow Burn Publishing

© 2024

Traduction par sarahlrnt

Relecture par marie_frcy

vi

Couverture par Slow Burn Publishing

Cover Design by GetCovers

UN

AMBER

JE NE SUIS GÉNÉRALEMENT PAS la fille qui demande à un homme de sortir avec elle, mais c'est pourtant ce que j'ai fait. Les papillons dans mon estomac me rendent nerveuse et je me déplace maladroitement sur le tabouret du bar, me demandant s'il va me poser un lapin.

J'ai rendez-vous ce soir avec Tripp. Je ne connais pas son nom de famille. C'est probablement mieux ainsi. Ce n'est pas que je cherche un coup d'un soir, car je n'ai jamais fait ça. J'aime faire les choses lentement, ce qui ne veut pas dire que je ne craque pas vite et fort.

J'ai parcouru les sites de rencontre, mais je n'ai parlé à personne en ligne. Mais il y a quelques semaines, lorsque je suis passée chez Steele

Concierge Medical pour récupérer mon amie Charlotte, qui avait glissé et s'était tordu la cheville en faisant du patin à glace, je suis littéralement tombée sur Tripp.

J'ai foncé dans sa poitrine. Et j'imagine que c'était une poitrine magnifique. Il avait certainement un six-pack, et ces lunettes à monture foncée le rendaient encore plus sexy.

Quand est-ce que j'ai commencé à demander à des gars de sortir avec moi ? Non pas qu'il y ait quoi que ce soit de mal à ce qu'une femme fasse le premier pas. C'est juste que ce n'est pas ce que je fais d'habitude, et je suis mal à l'aise à l'idée de l'attendre seule au bar.

Je sors mon téléphone de mon sac à main et j'envoie un message à Charlotte.

J'ai un rendez-vous ce soir avec Tripp, l'infirmier de l'hôpital.

Charlotte et moi nous sommes rencontrées l'été dernier lors d'une fête de fraternité à l'université de New York. Nous avons convenu que si nous sortions avec un inconnu, nous le rencontrerions dans un lieu public, mais que nous nous informerions mutuellement des détails, juste au cas où il s'agirait d'un kidnappeur prêt à nous charger dans son coffre.

Charlotte regarde un peu trop de « true crime » et je crois qu'elle commence à déteindre sur moi.

Détails, et envoie-moi un message quand tu seras rentrée.

Je me mords la langue, tentée de lui répondre par un « Oui, maman », mais je me ravise.

Bien sûr.

Je glisse mon téléphone dans mon sac. Je ne veux pas être cette fille lors de notre rendez-vous, celle qui fixe son téléphone et qui est plus intéressée par ses SMS que par l'homme avec qui elle converse.

Je commande un Long Island et le barman demande à voir ma pièce d'identité. Je sors ma fausse carte d'identité de mon portefeuille et la lui fais glisser sur le bar.

Il l'examine attentivement pendant une minute avant de me la rendre.

J'aurai vingt et un ans dans quelques mois, mais cela fait plus d'un an que j'utilise cette fausse carte d'identité. Le bar est déjà bruyant, puis la porte d'entrée s'ouvre, laissant place à un groupe de gars qui déboulent ensemble, heureux et pleins d'entrain.

L'un d'eux se penche sur le bar et demande au barman de changer de chaîne sur la télévision. Je jette un coup d'œil de l'écran aux gars, et je jure que celui qui a les cheveux noirs et le plus beau sourire est le même que celui qui apparaît à l'écran.

L'écran affiche une interview après le match de hockey. Le nom en bas de l'écran est *Jasper Greyson*.

C'est bien lui, à moins qu'il n'ait un frère jumeau ou une doublure.

Je ne peux m'empêcher de le fixer, et lorsqu'il s'en aperçoit, il m'offre un sourire amical. Il se tient au comptoir, commande des boissons pour la table, puis s'en va sans même un bonjour.

Au moins, j'ai eu un sourire.

Non pas que cela me fasse quoi que ce soit.

J'attends que Tripp arrive, et j'essaie de ne pas jeter un coup d'œil à ma montre, mais il a bien quelques minutes de retard.

Il n'a pas mentionné qu'il devait travailler aujourd'hui, mais il est possible qu'il ait été bloqué à l'hôpital. Il est infirmier aux urgences et il n'est pas rare qu'il doive faire des heures supplémentaires. C'est du moins ce que je me dis en voyant qu'il est en retard.

Je sirote mon verre et jette un coup d'œil à la porte.

Tripp entre, très sexy. J'expire une petite bouffée d'air, mes mains tremblent de nervosité.

Je suis vierge. Je n'ai jamais été embrassée. Je n'ai aucune expérience des hommes. Mais ça ne veut pas dire que je n'ai jamais eu de rendez-vous. J'aime juste prendre mon temps. Je ne veux pas me lancer dans une chose pour laquelle je ne suis pas prête, et franchement, tous les gars du lycée et de l'université sont vraiment immatures.

Je bois une autre gorgée de Long Island, faisant de mon mieux pour calmer les papillons qui me donnent la nausée.

Je ne sais pas trop pourquoi ce type me rend nerveuse. C'est peut-être parce qu'il a quelques années de plus que moi. Il est aussi sexy. Assez pour que le regarder pendant quelques minutes me donne des fantasmes pour les deux prochains mois.

— Bonjour, Amber, dit-il en me serrant amicalement dans ses bras.

Il est grand et sent bon. J'essaie de ne pas l'étreindre trop longtemps. Je ne veux pas paraître collante ou bizarre.

— Bonjour, dis-je en me forçant à sourire.

J'ai l'estomac retourné et je fais un geste vers le siège à côté de moi au bar.

Tripp s'empare du tabouret et commande une vodka.

— Tu as travaillé aujourd'hui ? lui demandé-je.

Ce que je veux vraiment savoir, c'est s'il a passé une mauvaise journée. Cela expliquerait pourquoi il s'est mis à boire de la vodka.

Tripp secoue la tête.

— C'est mon jour de congé. Je suis de service pour les deux prochaines semaines à partir de demain.

— Oh.

Je suis surprise par son emploi du temps.

— L'hôpital vous fait travailler quinze jours d'affilée ?

— J'aime les heures supplémentaires. Ça me tient occupé, et la paie est bonne.

Je bois une nouvelle gorgée de mon verre. Beau gosse. Bourreau de travail. Argent. Red flag. Mais c'est un adulte, et je suis encore à l'université. Peut-être que c'est comme ça quand tu sors de l'école ? Se tuer à la tâche. Ça n'a pas l'air amusant.

C'est un red flag, je peux le voir. Et la vodka pourrait en être un aussi. Je ne sais pas. Il est encore trop tôt pour le dire.

— Et toi, tu es encore à l'école ? demande Tripp.

Je rougis et acquiesce.

— Oui, j'étudie la microbiologie. Il me reste encore un an avant d'obtenir mon diplôme.

— Qu'est-ce que tu comptes faire avec ça ?

— J'espère trouver un emploi dans un hôpital ou un laboratoire universitaire.

— Fais-moi savoir quand tu auras ton diplôme. Je pourrai peut-être t'aider.

Tripp boit son verre de vodka et en commande un autre.

— Merci. Ça te plaît de travailler pour Steele Concierge ?

Il s'agit d'un centre médical privé situé en plein cœur de New York. Charlotte a de l'argent, alors quand elle s'est blessée à la cheville, elle a demandé au chauffeur de taxi de l'emmener là où il n'y aurait pas de longue attente aux urgences.

— Les journées de seize heures sont un peu brutales. Le personnel médical, tu n'imagines pas ce que certains peuvent faire.

— Comment ça ?

— L'infirmière responsable a été surprise dans la cage d'escalier avec un sachet de fentanyl, dans les vapes. On a cru un instant qu'elle avait fait une overdose.

— Oh mon Dieu. Ils l'ont renvoyée ?

Je ne peux pas imaginer qu'on puisse garder son emploi après un tel événement.

— Ils l'ont obligée à suivre une cure de

désintoxication de trente jours. Elle a rechuté, elle était clean depuis un an...

— Comment n'a-t-elle pas perdu son statut d'infirmière ?

Je suis en état de choc.

Tripp hausse les épaules.

— Le conseil d'administration ne peut pas faire grand-chose puisque l'hôpital est l'équivalent d'un dealer. Lui faire administrer des médicaments aux patients, c'est la tenter.

Je reste sans voix et je le regarde comme si le monde n'avait soudain plus aucun sens.

— Mais elle a volé du fentanyl à l'hôpital.

— Elle n'était pas la seule à utiliser du fentanyl. Trois, non, quatre autres infirmières y participaient. Elles volaient toutes quelque chose et le partageaient entre elles. C'est très facile quand les inhalateurs sont dans la même armoire que les narcotiques. Quelqu'un a une crise d'asthme, une infirmière déverrouille l'armoire, se précipite pour prendre ce dont ils ont besoin et ne prend pas la peine de la refermer à clé.

— C'est insensé.

Je n'arrive pas à comprendre comment tout cela est acceptable ou comment cela peut être vrai. Mais il n'a pas l'air de mentir. Il a l'air stressé, avec des cernes sous les yeux et les doigts qui tambourinent sur le comptoir du bar.

Tripp hausse les épaules comme si ce n'était plus si surprenant. Il s'y est habitué, comme si c'était un jour comme les autres à l'hôpital. Il termine son deuxième verre de vodka et en commande un troisième.

Peut-être qu'il se rend juste insensible.

— Je veux dire, je comprends. Je travaille seize heures par jour. J'ai dû demander des méthamphétamines aux médecins.

Je le regarde fixement, choquée par la tournure que prennent les événements. Parce que, déjà, mon esprit me dit que ça ne peut pas être bon.

— Tu sais ce que c'est ?

Je ne suis pas née de la dernière pluie, mais mes connaissances en matière de drogues sont limitées. Je n'ai jamais consommé plus que quelques joints de marijuana. Je le regarde fixement, trop choquée pour répondre, et il continue à parler.

— Le médecin m'en donnait quand je devais travailler seize heures et rentrer chez moi après.

Je crois que ma bouche vient de toucher le sol. Je fais basculer mon verre, terminant le Long Island. Je fais signe au barman de m'en servir un autre car la conversation a pris une tournure à laquelle je ne m'attendais pas.

Et tous les sentiments chaleureux que j'avais à l'égard de Tripp sont devenus froids comme de la glace.

Le béguin a disparu.

Je devrais sortir du bar en vitesse et partir pendant que je suis assez sobre pour conduire jusqu'à chez moi. Non pas que je sois techniquement assez sobre pour conduire légalement, vu que j'ai vingt ans, mais peu importe.

Les rires et les applaudissements détournent brièvement mon attention de Tripp.

Je jette encore un coup d'œil sur le groupe qui s'agite à l'arrière et je parierais que ce sont les Ice Dragons qui boivent un verre après une victoire. C'est l'une des équipes de la NHL de New York. Je n'en sais pas beaucoup sur eux, mais d'après la courte séquence diffusée aux informations, je reconnais quelques visages.

L'homme qui a demandé au barman de changer de chaîne et qui a acheté une tournée pour ses amis, Jasper Greyson, me regarde dans les yeux.

Du moins, je le crois. Il est possible qu'il jette un coup d'œil à l'écran de télévision, mais j'aime à penser que j'ai attiré son attention. J'aimerais qu'il y ait un signal secret que je puisse lui donner pour qu'il vienne me sauver.

On peut rêver, non ?

Tripp parle, et je suis reconnaissante lorsque mon deuxième Long Island arrive parce qu'il m'aide à atténuer mes sens et le fait que mon intérêt pour lui est en train de s'estomper. D'accord, il est complètement parti, mais je ne sais pas comment m'excuser et m'enfuir.

Je suis trop gentille.

Trop amicale.

Il semble penser que je suis intéressée parce qu'il pose sa main sur ma cuisse.

Mes yeux s'écarquillent et je retire sa main pour la remettre sur sa jambe. Tripp continue de parler, et je ne suis pas sûre qu'il ait remarqué mon désintérêt. Il est en train de raconter comment il a vandalisé le skate park local en arrachant la clôture métallique parce qu'il ne pouvait pas accepter sa fermeture.

— Les enfants devraient avoir un endroit où faire du skate, dit-il.

Je le regarde avec un sourire en coin.

— Ma meilleure amie, Charlotte, travaille pour le district du parc, dis-je.

Ses yeux s'écarquillent.

— Tu dois me promettre de ne pas lui dire.

Je ne fais pas cette promesse. Je me contente de le regarder comme s'il était le plus grand con du monde en train de me confesser ses péchés. Bien qu'il n'ait aucun remords pour ce qu'il a fait.

Je ne lui demande pas s'il était sous méthamphétamine quand il a décidé de détruire la clôture métallique du skate park. Honnêtement, je m'en fiche.

— Je pense que je devrais y aller, dis-je, rassemblant enfin le courage de sortir mon cul du bar avant qu'il ne commence à penser qu'il va avoir de la chance.

Ce type ne sait manifestement pas lire les signes.

Tripp pose sa main sur mon bras, me ramenant sur le tabouret.

— Ça ne fait qu'une heure. La nuit vient de commencer.

Il se déplace et se lève, m'empêchant de me lever. Il y a le bar derrière moi et un petit groupe qui se tient de l'autre côté, m'empêchant de sortir facilement à travers leur foule.

— On vient à peine de se rencontrer.

— Oui, Tripp, et ça ne va pas marcher.

J'essaie d'être directe et aussi gentille que possible. Ses yeux sont dilatés, et je ne peux pas dire si c'est parce qu'il est sous méthamphétamine ou si c'est à cause de l'éclairage du bar.

— Il y a une alchimie entre nous. Ça n'a pas besoin d'être sérieux. Tu as déjà eu une aventure ?

— Il faut que j'aille aux toilettes, dis-je en attrapant mon sac à main.

Il me laisse passer et je me dirige vers l'arrière du bar.

Il doit bien y avoir une sortie.

Je me précipite dans le couloir, je passe devant les toilettes et je cherche la sortie arrière. Le panneau sur la porte indique « sortie de secours uniquement ». C'est une urgence, mais s'il y a une alarme, je ne suis pas sûre qu'ils se montrent très compréhensif. Je n'ai jamais été très rebelle.

Les mains tremblantes, je reste dans le couloir près des toilettes, essayant de trouver un autre moyen de sortir du bar sans être vue. Pour partir, je vais devoir passer devant Tripp.

Jasper Greyson se dirige vers les toilettes pour hommes.

— J'ai besoin de..., chuchoté-je, la voix tremblante, en essayant de le coincer.

— Tu veux un autographe ? me demande-t-il avec un sourire chaleureux en penchant la tête vers moi.

Ses sourcils se froncent au fur et à mesure qu'il me regarde.

— Tu vas bien ?

Il s'avance d'un pas souple et hésitant, une main tendue vers mon bras.

Mon souffle se bloque dans ma gorge, amplifiant son inquiétude.

— J'ai besoin d'aide.

Il acquiesce lentement et jette un coup d'œil derrière moi.

— Ton rendez-vous se passe mal ? demande-t-il.

Il n'a aucune idée à quel point.

— Le type avec qui je suis prend de la méthamphétamine, et je ne sais pas... Il est peut-être sous l'emprise de quelque chose en ce moment. Je veux sortir d'ici, mais ma carte de crédit est avec le barman, et la sortie de derrière est une porte de secours. Je suis un peu en train de paniquer.

— Je peux demander ta carte à Pamela au bar. Tu veux que je t'accompagne jusqu'à ta voiture ?

J'hésite.

— Je promets de garder mes distances. Je veux juste m'assurer qu'il ne te suivra pas jusqu'à ta voiture.

— Merci, ce serait super, dis-je.

— Reste ici une seconde.

Jacob se précipite vers le bar et se tient à quelques mètres de Tripp. Il se penche en avant et parle avec la barmaid. Ça a l'air intime ; quelqu'un d'autre pourrait penser qu'il flirte, mais elle jette un coup d'œil vers moi et fait un signe de tête.

Une minute plus tard, Jasper se précipite dans le couloir et me tend ma carte de crédit.

— Honnêtement, le toxico aurait pu payer tes boissons.

Je remets la carte dans mon sac et attrape mes clés.

— Merci, dis-je, ma voix prenant un peu plus d'assurance.

— Viens, je vais t'accompagner jusqu'à ta voiture.

Il reste à ma droite, s'approche de moi sans me toucher pour me protéger de Tripp.

Dès que je sors du couloir et que je suis de retour dans le bar, ses yeux se posent sur moi. Il se lève et s'approche de Jasper et de moi.

— Qu'est-ce que tu fais ? demande Tripp en fixant Jasper.

Il ne croise pas une seule fois mon regard.

— Recule. Elle ne veut pas de toi.

Tripp pousse un soupir.

— Et tu crois qu'elle te veut ? Allez, poupée, je te ramène à la maison si c'est là que tu veux aller.

Tripp s'approche, mais Jasper l'arrête avant qu'il ne puisse poser la main sur moi, en tirant le bras de l'homme derrière son dos. Il le pousse, obligeant Tripp à trébucher quelques mètres plus loin.

Tripp souffle et se rassoit sur le tabouret.

— Vous êtes tous pareils, les sportifs.

Jasper l'ignore. Son attention est entièrement tournée vers moi. Le niveau de dévotion me fait chavirer l'estomac.

— Où est ta voiture ? demande-t-il.

— Je me suis garée sur le côté, dis-je en faisant un geste vers la droite.

Je pourrais probablement marcher jusqu'à mon véhicule à ce stade, mais il y a quelques personnes à l'extérieur et il fait nuit. Le parking n'est pas très bien éclairé.

Il m'accompagne à la sortie du bar et m'ouvre la porte alors que je m'avance dans l'obscurité.

Jasper m'accompagne jusqu'à ma voiture cabossée.

— Je sais qu'elle ne ressemble pas à grand-chose, mais elle tient la route, dis-je.

Il ne dit pas un mot, et s'il juge ma voiture, il ne le montre pas.

— Ce drogué sait-il où tu habites ?

Je secoue la tête.

— Non.

J'appuie sur le bouton de déverrouillage de la voiture, j'attrape la poignée de la porte et je l'ouvre d'un coup sec.

— Merci.

— Je ne connais pas ton nom, dit Jasper.

— C'est parce que je ne te l'ai pas donné.

Il me regarde monter dans la voiture et fermer la portière. Je la verrouille avant de démarrer, et il recule d'un pas pour s'assurer que je suis en sécurité. Je sors de la place de parking lorsqu'il commence à retourner vers le bar.

J'espère que Tripp ne lui causera pas d'autres ennuis.

Mais je ne peux pas m'inquiéter pour Jasper Greyson, et je suis presque sûre qu'il peut prendre soin de lui-même, étant un joueur de hockey.

En sortant du parking, je compose le numéro de Charlotte, et je me décharge sur elle de tout ce que j'ai vécu.

DEUX
JASPER

SIX MOIS PLUS TARD...

— Non pas que je veuille t'en dissuader, mais es-tu sûr d'être prêt à t'engager à ce point ? demandé-je à mon frère aîné.

Il n'a que trois ans de plus que moi, mais je jure qu'il y a parfois des décennies entre nous.

Il s'est rangé. Non pas qu'il ait eu le choix, avec une fille de six ans et une carrière en NHL en jeu. Il s'est bien débrouillé, investissant la moitié de l'assurance-vie de nos parents quand ils sont décédés.

Kyler a toujours veillé sur moi. Je ne suis pas jaloux de lui, juste de ce qu'il a avec sa nouvelle petite amie, ce qui est plus compliqué qu'un feuilleton télévisé.

Je suis heureux pour eux, la plupart du temps.

Traîner avec Kyler me manque, et je ne le vois presque jamais après les matchs, ou pour aller boire un verre et passer du temps ensemble. Il passe toujours son temps avec sa fille et sa fiancée. Sa fiancée qui était sa fausse petite amie.

Longue histoire.

J'essaie encore s'assimiler tout ça dans ma tête.

— Je suis amoureux d'Em, dit mon frère.

Je suis heureux pour lui. Il est évident qu'il a des sentiments pour elle depuis des mois, mais je n'arrive pas à savoir s'ils sont réels ou si c'est plus de la luxure. Cela fait un moment qu'il ne s'est pas envoyé en l'air. Je veux dire, il a un enfant. Kyler ne peut pas ramener des femmes chez lui quand il veut, pas sans que Bristol pose un millier de questions. Et cette gamine parle beaucoup.

— Oui, mais est-ce que ça suffit ? Je veux dire, elle est mignonne et, d'après ce que je sais, elle est très gentille avec ta fille, mais est-ce que vous vous entendez bien ? demandé-je, en mimant un rapport sexuel avec mes mains.

Il me donne un coup sur la tête.

— Je ne te parlerai pas de notre vie sexuelle.

Je lève les mains en l'air.

— Tu regretteras quand tu l'épouseras et te rendras compte qu'elle est prude.

— Crois-moi, elle n'est pas prude, répond Kyler. Tu l'as vue me faire une fellation quand j'ai invité les copains.

Je ris. C'était il y a près d'un an.

— Oui que oui, dis-je. Je n'aurais jamais cru être témoin de ça. Tu n'as pas peur de te retrouver avec une deuxième progéniture ?

Il me frappe à nouveau l'arrière de la tête.

— Surveille ton langage. Nous avons rendez-vous avec la sœur d'Em chez le bijoutier.

— Elle a une sœur ?

Je lui ai demandé une fois si elle avait des frères et sœurs. Elle s'est contentée de dire que sa sœur aimait la chatte, mais je me demande si elle n'essayait pas simplement de me dire d'aller me faire foutre. Ce quelque chose qu'Emerson ferait.

— Oui, Amber Ryan. Elle nous rejoint chez Tiffany's.

— Bien sûr, dis-je. Tu sais qu'Em se fiche de l'endroit où tu achètes la bague, n'est-ce pas ? Elle ne t'épousera pas pour ton argent.

Je ne connais peut-être pas bien Emerson, mais je n'ai jamais eu l'impression que c'était une michetonneuse. Et j'ai l'habitude de bien juger les gens.

— Je sais, mais je veux la surprendre, et avec la fausse demande au stade de hockey, je lui en dois une vraie.

Je donne une tape dans le dos de Kyler.

— J'espère qu'elle dira oui.

La mâchoire de Kyler se crispe.

— Tu crois qu'elle pourrait dire non ?

Je n'ai jamais vu mon frère aîné avoir l'air inquiet. D'habitude, il a les idées claires, et quand ce n'est pas le cas, il le cache plutôt bien au reste du monde.

Nous arrivons devant le bâtiment, et il y a une jolie brune avec des mèches rouges. J'essaie de ne pas la fixer, mais je la reconnais. La dernière fois que je l'ai vue, elle était complètement brune et ses joues étaient rouge vif.

C'est la fille du bar, la jeune et jolie brune qui m'a demandé de la sauver. Enfin, plus précisément, de l'aider.

Je doute qu'elle se souvienne de moi.

Elle fait un petit signe de la main et un sourire avant de resserrer sa veste. L'air est frais ce matin.

— Bonjour, je suis Amber, dit-elle.

— Merci de nous avoir rejoints, Amber. Je m'appelle Kyler et voici mon frère, Jasper.

Est-ce qu'elle me reconnaît ?

— Enchantée, dit Amber, et je suppose qu'elle ne se souvient pas de moi.

Je n'ai pas dû la marquer.

— De même, dis-je en lui tendant la main pour me présenter.

Elle prend ma main et la serre, et je la garde un peu plus longtemps que nécessaire, essayant de voir s'il y a un souvenir sur son visage.

Elle sourit et me lâche la main pour attraper la poignée de la porte.

— On entre ? demande-t-elle.

Elle entre la première, et je suis sûr à cent pour cent qu'il s'agit de la même fille que j'ai sauvée il y a des mois lors de son rendez-vous infernal. Je suis curieux de savoir ce qu'elle devient, si ce drogué l'a ennuyée depuis, et un certain nombre d'autres questions fugaces.

— Jasper, est-ce que tu écoutes un mot de ce que je dis ? demande Kyler.

— Manifestement pas, répond Amber avec un sourire.

Je me racle la gorge.

— Désolé, vous avez tous les deux toute mon attention.

Kyler regarde les bagues et s'intéresse à l'opinion d'Amber sur ce qu'elle pense que sa sœur aimerait, surtout le style et la coupe.

— Ma sœur n'a jamais aimé le tape-à-l'œil, dit Amber, mais je pense qu'elle aimera celle-ci.

— Tu crois ? demande Kyler, et de la sueur perle sur sa tête.

Il prend un mouchoir dans sa poche et se tamponne le front.

— Mon frère, j'ai besoin de ton avis.

Je m'avance et jette un coup d'œil à la bague que Kyler a choisie pour Emerson. C'est un énorme diamant qui coûte manifestement un paquet de dollars, mais l'argent n'a jamais été un problème pour mon frère aîné. Il est milliardaire et joue dans la NHL.

Quand on est une femme de joueur de NHL, on s'attend à ce que ce soit tape-à-l'œil.

— Je pense qu'elle l'adorera.

Je n'ai pas vraiment d'opinion sur les bagues de fiançailles. Je suis sûr que c'est pour ça qu'il a amené Amber. Je suis juste là pour lui apporter un soutien moral.

Kyler glousse sous son souffle.

— Tu n'achèterais jamais ça, pas vrai ?

Je souris.

— Tu me connais trop bien.

— Pendant que je finis ici, tu veux aller nous chercher trois cafés en bas de la rue ? demande Kyler.

Amber se lève.

— Mon travail ici est terminé. Je me joins à toi, dit-elle.

J'esquisse un sourire et nous laissons Kyler terminer avec le bijoutier et payer la bague. J'ouvre la porte et je me dirige vers l'air vif de l'automne avec Amber à mes côtés.

— Alors, toi et ton frère, vous jouez tous les deux pour les Ice Dragons ? me demande Amber.

— Oui, dis-je. Je suppose qu'Emerson te l'a dit.

Un sourire orne son visage. C'est mignon. Ses joues rougissent, mais l'air extérieur est peut-être responsable.

— Elle parle souvent de hockey. Nous n'en avons jamais regardé quand nous étions enfants, mais j'ai commencé à m'y intéresser dernièrement.

— Tu joues ? lui demandé-je.

Nous sommes au passage piéton, attendant que le feu passe au vert.

Elle saute d'un pied sur l'autre pour essayer de se

réchauffer. Elle porte un manteau de laine noir boutonné qui lui arrive à mi-cuisses. Elle enfonce ses mains dans ses poches et récupère une paire de gants violets, qu'elle enfile alors que nous attendons de traverser la rue.

Je n'ai pas besoin de lui demander si elle a froid. Nous pouvons voir notre souffle, et elle frissonne à mes côtés. Je sors mon bonnet d'hiver de ma poche et le fixe sur sa tête.

— Qu'est-ce que tu fais ?

— Je t'aide à te réchauffer, dis-je.

Emerson me tuera si sa petite sœur prend froid, surtout avant le mariage. Je ne sais pas quand Em et Kyler se marieront. Il n'a pas encore fait sa demande officielle.

Enfin, officiellement, il l'a fait sur la glace pendant un match, mais ce n'était pas réel. Ils ont fait semblant d'être un couple, et entre faire semblant et passer du temps ensemble, ils sont tombés amoureux.

— Merci, dit Amber, et cette fois, je suis sûr qu'elle rougit.

Elle désigne le feu qui est maintenant vert et nous marchons l'un à côté de l'autre en traversant la rue et en marchant encore quelques mètres jusqu'au café.

Je lui ouvre la porte, la laissant entrer là où il fait chaud, et je la suis. Nous commandons trois cafés et, une fois la commande passée, elle prend le sien et un gobelet d'eau et se dirige vers la porte.

— Où vas-tu ? lui demandé-je en la ralentissant.

Je porte mon café et celui de mon frère.

Elle pointe sa main gantée vers la porte.

— Je retourne à la bijouterie.

— Kyler nous trouvera. Et je ne pense pas qu'ils acceptent les boissons dans leur magasin.

Amber serre les lèvres.

— Tu as raison.

Elle cède et me suit jusqu'à une table ouverte dans le coin. Avant de s'asseoir, elle pose son café sur la table, puis enlève ses gants et le bonnet avant de me le rendre.

— Merci.

Elle passe une main dans ses cheveux en désordre. Comme si elle avait passé une nuit de folie, mais je garde cette pensée pour moi.

— Alors, ton frère et ma sœur, dit Amber en sirotant son café.

Elle porte une écharpe bleu clair assortie à ses yeux et un pull en laine crème qui lui descend jusqu'aux genoux.

— C'est la première fois que tu rencontres Kyler ? lui demandé-je.

— Oui, dit-elle en riant. Honnêtement, je pensais que ma sœur me le présenterait avant qu'il ne m'appelle pour me demander d'aller chercher une bague avec lui.

Je souris. Mon frère ne fait jamais les choses dans les règles.

— C'était audacieux. Et tu as dit oui.

— Je voulais le rencontrer avant le mariage.

Je ne peux m'empêcher de rire.

— Il y a d'autres façons de le faire, comme dîner ensemble.

Amber hausse les épaules.

— C'est plus amusant qu'un dîner minable où tout le monde se comporte comme il faut. Comme ça, j'ai l'occasion de vous rencontrer.

Elle pose ses mains sur la table et me regarde fixement.

— Alors, crache le morceau. Tu es son frère. Dis-moi tout de lui.

Elle sourit, et je bascule la tête en riant. La liste pourrait être très longue.

— A part le fait qu'il soit têtu et qu'il me fasse chier ?

— Tous les frères et sœurs sont comme ça, pas

vrai ? Qu'est-ce qu'il y a d'autre ? Je veux des détails croustillants.

— Honnêtement, c'est un type assez génial, et d'après ce que j'ai vu, ils se rendent heureux tous les deux.

Elle plonge ses doigts dans son gobelet d'eau et me l'envoie au visage.

— C'était pour quoi ça ?

Je ris en essuyant les gouttes humides qui tombent sur mes joues.

TROIS
AMBER

JE L'AI ASPERGÉ d'eau comme une enfant parce que je suis vraiment nulle pour flirter. Il prend deux serviettes sur la table pour s'essuyer, me regardant d'un air renfrogné, mais il y a un soupçon de sourire sur son visage.

— Réjouis-toi que ton frère ne m'épouse pas. On aurait été une famille.

— On est en quelque sorte une famille, plaisante Jasper.

Je ne souris plus.

— C'est vrai.

Je bois une gorgée de mon café brûlant, grimaçant quand il me brûle le palais.

— As-tu eu des nouvelles de ce type ? Comment s'appelait-il ?

Il se souvient de moi.

— Tripp, et non, j'ai fait en sorte de bloquer son numéro de téléphone.

— Bon choix.

— Oui, même si je ne sortirai plus jamais avec un infirmier. Heureusement que le Concierge Medical Center, où il travaille, n'est pas l'hôpital le plus proche de chez moi.

Jasper sourit.

— Il faudrait peut-être déménager si c'était le cas, ou ne jamais appeler d'ambulance.

Je grimace. Il a raison.

— Je devrais sortir avec quelqu'un d'une autre ville.

Jasper acquiesce.

— Ce n'est pas une mauvaise idée. Comme ça, tu ne les croiseras pas à l'épicerie. Ça peut être très gênant, surtout quand il est marié ou qu'il a des enfants.

Il a piqué mon intérêt.

— Tu parles par expérience ?

C'est sûr, parce que cela semble bien trop spécifique pour être autre chose.

Jasper boit une gorgée de son café, ignorant ma question.

— Ce truc est délicieux. Tu viens souvent ici ?

— Tu veux dire au café ? Je le regarde en riant. C'est comme ça que tu dragues ?

Il s'esclaffe et Kyler se dirige vers le café. Il nous remarque et nous fait un signe de tête en s'approchant.

— Ce n'était pas de la drague. J'étais vraiment curieux, dit Jasper.

Kyler attrape la chaise vide à côté de nous et la tire vers l'arrière pour s'asseoir.

— Pas de bague ? demandé-je, ne voyant pas de sac dans sa main.

Lorsque nous sommes partis, il était sur le point de l'acheter.

— Elle est en train d'être gravée. Ils l'auront plus tard dans la journée.

Je jette un coup d'œil à ma montre. Ma matinée a été agréable, mais j'ai des cours cet après-midi que je ne peux pas manquer.

— Je dois y aller, dis-je en me levant.

— Donne-moi ton téléphone. Si jamais tu es dans le pétrin et que tu as besoin de moi pour t'aider dans un autre rendez-vous, envoie-moi un texto.

— Ce n'est pas nécessaire, dis-je en tripotant mon téléphone dans ma main.

Jasper tend la paume de sa main et je lui tends mon téléphone.

Kyler observe l'échange entre nous mais ne dit rien. Je suis sûre qu'au moment où je partirai, il interrogera son frère à ce sujet. J'espère qu'Emerson n'en sera pas informée parce qu'elle ne sait pas que j'ai une fausse carte d'identité, et si elle apprend que j'étais dans un bar, que j'ai eu un mauvais rendez-vous et que Jasper m'a aidé à m'en sortir, je suis vraiment dans la merde.

— Je me suis envoyé un texto, dit Jasper. Sauvegarde-moi comme contact.

Je jette un coup d'œil à mon téléphone et ajoute Jasper à mes contacts.

— Je dois vraiment y aller. C'était sympa de te rencontrer, Kyler, et c'était sympa de te revoir, Jasper.

J'attrape mon café et me précipite dans le froid, emportant ma boisson chaude avec moi.

———

— Tu as vu Jasper Greyson ?

La bouche de Charlotte s'ouvre presque sur le sol.

— En personne ?

Je lui montre le texto sur mon téléphone.

— Il m'a donné son numéro.

Elle donne des coups de pied dans l'air et pousse un cri en s'allongeant sur le lit de mon studio.

— Oh mon Dieu ! Il faut que tu l'appelles.

— Je ne peux pas faire ça.

Je verrouille rapidement l'écran de mon téléphone pour que Charlotte ne puisse pas m'embarrasser. Nous sommes meilleures amies, mais cette fille a plus de cran que je n'en aurai jamais.

— On devrait aller à un de ses matchs de hockey.

— Quoi ?

Mes yeux s'écarquillent et j'inspire brusquement.

— Ma sœur sera là.

— Elle est la fiancée d'un des joueurs, c'est ça ?

Elle écarte les mèches rousses de ses yeux et se fait un chignon sans même avoir besoin d'un miroir.

Ce n'est pas que je ne sois pas capable de le faire, mais c'est impressionnant de voir à quel point elle rend le désordre sexy et qu'elle sait le mettre en valeur. Cette fille est un dix sur dix. Magnifique. En forme. Drôle. Je ne sais pas comment elle n'a pas de petit ami, bien qu'elle ne veuille pas en avoir un tout en allant à l'école et en travaillant à plein temps. Je ne sais pas comment elle fait les deux. J'ai du mal à travailler à temps partiel et à aller à l'école.

— Oui, elle sort avec Kyler Greyson.

— J'ai vu ça aux infos. C'était super romantique de la demander en mariage sur la glace. J'espère que je me trouverai un homme à moitié aussi gentil.

— Et moi donc, dis-je en riant.

Je ne peux pas lui dire que tout était faux. Ma sœur me tuerait, et même si je ne vois pas Emerson très souvent, j'ai toujours beaucoup de respect pour elle. Je suis sûre qu'elle sait ce qu'elle fait.

— Tu vas envoyer un message à Jasper ? demande Charlotte.

— Absolument pas !

L'idée me fait tourner l'estomac comme du lait périmé. Il est gentil, mais je ne suis pas douée avec les garçons. Je suis trop anxieuse, et après le dernier rendez-vous avec Tripp, j'en ai assez des hommes.

— Alors, c'est réglé. Il faut qu'on aille voir un des matchs à domicile des Ice Dragons.

Je gémis sous ma respiration.

— Et si je tombe sur ma sœur ?

— Tu ne la croiseras pas, et au pire ? demande Charlotte en haussant les épaules. Tu n'as pas le droit d'aller à un match de hockey ? C'est son arène ?

— Non, ce n'est pas ça.

Charlotte attend que je développe.

— Elle ne doit pas savoir pour Jasper !

Je m'écroule sur le lit à côté de Charlotte.

— Elle paniquerait si elle savait pour Tripp, la drogue, le fait que je sois allée dans un bar, la fausse carte d'identité, et j'en passe.

— Tant pis, vis un peu.

Charlotte se redresse et m'attrape par les bras, me tirant hors du lit avec elle. Elle prend son téléphone et cherche la date du prochain match.

— Deux billets pour vendredi soir. Pas d'excuses.

Elle me lance un regard noir.

— D'accord, si on peut voir quelques saignements de nez.

Elle rit.

— On va prendre des places au premier rang derrière la vitre pour que tu puisses faire des signes à Jasper pendant le match.

— Je vais peut-être devoir te tuer, murmuré-je.

Je prie pour qu'elle plaisante. Elle ne peut pas vraiment se le permettre, sauf qu'elle a tendance à utiliser la carte de crédit de son père et qu'il ne semble jamais remarquer ou se soucier de ce qu'elle achète.

Le vendredi arrive, et je porte un maillot Greyson. Pour être honnête, je ne sais pas si c'est le numéro de Jasper ou celui de son frère aîné Kyler. J'ai demandé à la vendeuse, mais elle n'avait pas la moindre idée, et je n'avais pas de réseau à l'intérieur du magasin. J'ai essayé d'envoyer un texto à Charlotte, mais elle n'a pas répondu avant que je quitte le magasin.

J'ai envisagé d'acheter les deux et d'en rendre un, mais cela impliquerait d'avoir l'argent d'avance, et si je rembourse Charlotte pour les billets de hockey, j'ai déjà dépassé mon budget pour le mois.

Je pourrais faire des heures supplémentaires au Mad Tea Shop, mais j'ai déjà demandé un vendredi de congé à la dernière minute, et au salaire minimum, il me faudra un certain temps pour couvrir le coût d'un maillot et d'un billet de hockey.

Une fois mes cours terminés, je me rends à pied à l'appartement de Charlotte. Je n'ai même pas besoin de monter à l'étage parce qu'elle m'attend sur la dernière marche, dehors, en train de parler à l'un de ses voisins.

Et par parler, je veux dire flirter. Elle fait tourner ses boucles rousses et rit de ce qu'il dit. Je doute que ce soit si drôle que ça.

— Je dois y aller, dit-elle en lui faisant un petit signe de la main avant de m'attraper par le bras et de se diriger avec moi vers le métro.

— Qui était-ce ? demandé-je, en essayant de ne

pas jeter un coup d'œil par-dessus mon épaule pour voir s'il nous observe.

— Kingsley, mon voisin de palier, répond-elle.

— Kingsley a-t-il un prénom ?

Charlotte me jette un coup d'œil.

— C'est tout ce que tu as à demander ? De toutes les questions que l'on peut se poser, tu demandes s'il a un prénom ?

Elle desserre son étreinte et lui jette un coup d'œil par-dessus son épaule.

Elle est intéressée, mais on dirait qu'elle veut se faire désirer, ce que je n'ai jamais vraiment compris avec Charlotte. Parce que je l'ai vue avec des garçons, et elle n'est vraiment pas difficile à attraper.

— Qu'est-ce que j'aurais dû demander ?

— Trop tard, dit-elle en riant. Allez, viens.

Elle m'attrape par la main et se précipite dans les escaliers pour prendre le métro. Il y a bien un train en bas - j'entends le grondement quand il s'arrête - mais ça ne veut pas dire que c'est le nôtre.

Mais je la suis quand même, parce que c'est ce que je fais toujours. Parfois, je pense que nous sommes complètement opposées, mais nous nous complétons.

Quand je suis calme, c'est elle qui parle fort.

Quand je suis timide à une fête, elle a la ténacité

de me faire sortir de ma coquille et de m'inciter à me mêler à la foule.

Parfois, je me demande ce que je lui apporte, puis je me souviens que je l'empêche d'échouer dans ses cours. Si je ne lui rappelais pas qu'il faut rentrer dormir, elle resterait debout toute la nuit, à faire la fête. Tous les soirs.

Mais je l'aime comme une sœur.

Bien que j'aie une sœur, Emerson, j'ai parfois l'impression que deux mondes nous séparent. Elle ne m'a même pas dit qu'elle sortait avec un joueur de hockey ! J'ai dû apprendre aux nouvelles qu'elle s'était fiancée.

Il s'est avéré que toute la patinoire l'avait appris avant moi.

Je suis un peu amère, mais j'aime Emerson. C'est juste que parfois, honnêtement, c'est compliqué. C'est probablement parce que je n'ai plus l'impression de la connaître. Elle est allée à Quantico pour devenir agent du FBI. Elle a passé ses tests avec facilité. Je m'en souviens parce que j'ai plaisanté sur le fait de lui offrir des boissons alors que je n'ai pas l'âge requis, et elle m'a demandé comment c'était possible.

J'ai omis de mentionner la fausse carte d'identité.

Elle n'a pas besoin de la savoir. Surtout en travaillant pour le FBI.

Et d'une manière ou d'une autre, entre le fait qu'elle soit devenue un agent fédéral et sa vie, elle sort maintenant avec un joueur de hockey, et je ne sais pas où elle travaille.

J'ai renoncé à poser des questions à Emerson parce qu'elle n'était pas vraiment disposée à fournir des réponses, et lorsque j'ai appelé pour demander des précisions sur les fiançailles, elle m'a pratiquement raccroché au nez.

Nous en avons parlé, au moins un peu, plus tard dans la nuit, mais nous n'avons pas vraiment parlé depuis. C'est typique d'Emerson, elle est absorbée par sa propre vie.

Je suis sûre que je suis en partie responsable. Ce n'est pas comme si je l'invitais à sortir le vendredi soir ou que je l'appelais, sauf pour son anniversaire. Nous ne sommes pas étrangères, nous sommes juste deux personnes différentes. Un jour, nous nous croiserons à nouveau, et tout s'arrangera, mais ce n'est pas aujourd'hui que ça se passera.

Charlotte me fait passer les tourniquets et descendre sur le quai alors que le train qui arrive, et qui se trouve être le nôtre, s'approche.

— Tu as les billets ? demandé-je, en faisant référence aux billets de hockey.

— Dans mon téléphone. Tout est numérique de nos jours, idiote, dit Charlotte en riant.

Elle me prend la main alors que les gens se descendent et montent dans le train. Elle veut s'assurer que nous ne soyons pas séparées, et je suis d'accord, d'autant plus qu'elle a mon ticket de hockey.

— Tu n'as pas de maillot, dis-je en faisant un geste vers son ensemble.

Elle porte un pull vert foncé et un legging noir. Cette fille est magnifique peu importe ce qu'elle porte et a les seins dont tout le monde rêve.

Je n'ai pas eu autant de chance dans ce domaine, mais c'est à cela que servent les soutiens-gorge rembourrés. J'espérais ne plus en avoir besoin après le lycée, mais maintenant que je suis en première année d'université, ils me permettent toujours d'avoir une poitrine généreuse.

Elle me lâche la main et attrape la barre métallique pour s'y accrocher lorsque le train se met en marche. Il n'y a pas de sièges vides et nous ne sommes qu'à quelques arrêts de la nouvelle patinoire construite pour les Ice Dragons.

— Je peux acheter un maillot au stade, dit Charlotte.

Elle jette un coup d'œil au dos du mien.

— Quel Greyson soutiens-tu ?

Elle esquisse un sourire et me regarde en coin.

— Je ne sais pas.

— Tu n'as pas cherché ?

Elle écarquille les yeux, surprise que je lui aie envoyé un texto sans chercher à connaître la réponse à ma question.

Je grimace.

— Je veux dire... j'ai déjà acheté le maillot. Si je me suis trompée, je ne veux vraiment pas le savoir.

Elle rejette la tête en arrière et rit, sa main agrippant la barre métallique qui la maintient debout alors que le train avance à toute allure et se déplace d'un côté à l'autre.

— Tu es vraiment spéciale.

Mon estomac se retourne. Je suis la reine de l'anxiété. Et Charlotte vient de déclencher mon prochain épisode. Merci.

— Dois-je vérifier ? demandé-je en fouillant dans mon petit sac à main qui contient mon téléphone portable, ma carte de crédit, mon billet de train et quelques dollars en liquide.

— Non, dit Charlotte en secouant la tête.

Comme tu l'as dit, tu le portes déjà. C'est un peu tard maintenant.

— Mais si je me suis trompée, tu pourrais acheter le bon maillot, et on pourrait échanger ?

Elle grogne.

— Absolument pas ! J'en achète un des Island Bruisers ce soir.

— Quoi ? Tu vas soutenir l'autre équipe ?

Elle est folle ? Je croyais qu'on était amies.

— Opposées. Je te le dis, si tu soutiens les Dragons, je dois soutenir les Bruisers. C'est comme ça que va l'amitié.

Je me dis que ce n'est pas grave. Ce n'est pas comme si Jasper allait nous voir au match. Nous serons nichées dans la foule.

Nous arrivons à la patinoire, passons rapidement la sécurité et Charlotte m'entraîne dans la boutique où l'on vend des maillots. Elle s'achète le maillot le moins cher des Island Bruisers, car même si elle a la carte de crédit de son père, elle essaie d'éviter qu'il ne s'aperçoive de l'énorme facture qui arrivera à la fin du mois.

Elle chuchote quelque chose à l'employé, qui sourit et acquiesce. Je remarque qu'il enregistre deux maillots. Qu'est-ce que c'est que ça ?

— Un acheté, un offert, nous dit-il en me tendant un maillot identique des Island Bruisers.

Je me force à sourire et marmonne « Merci ». Je lance un regard à Charlotte. Les maillots ne sont jamais offerts lors d'un match de hockey professionnel. Elle essaie juste de me rendre folle.

— Vous voulez un sac ?

— Non, on va les porter.

Elle enfile le sien.

Pense-t-elle que je vais me laisser prendre à son petit jeu ? Je pince les lèvres. Je peux jouer aussi.

— Sérieusement, ils doivent les donner parce que personne n'en veut, dis-je en lui renvoyant le maillot des Island Bruisers.

— On devrait toutes les deux porter le maillot des Bruisers, dit Charlotte en souriant.

— Pourquoi ?

— Je te parie les billets pour le match que si tu portes le maillot des Bruisers, Jasper te remarquera.

Je croise les bras sur ma poitrine et me mords la lèvre inférieure.

— C'est un pari terrible. Si je perds, je ne pourrai pas payer les deux billets, Char. Un seul et le maillot, c'est déjà beaucoup.

Elle roule des yeux.

— Porte le maillot des Bruisers, et je paierai ton billet.

— C'est dingue !

Charlotte sourit et hausse les épaules innocemment.

— Je gagne plus que toi. C'est papa qui paye, alors tout va bien.

— Tu n'aurais pas dû faire ça, je te paierai le billet. Je t'enverrai l'argent par Venmo.

— Porte le maillot, dit-elle en désignant le maillot bleu que j'ai dans les mains.

Je gémis sous ma respiration.

— Il va me tuer.

— C'est le but. Je veux qu'il te remarque.

J'ai des palpitations dans l'estomac et je grimace en enfilant le maillot par-dessus celui des Ice Dragons que je porte.

Nous montrons nos billets au préposé et sommes conduits au premier rang, juste derrière la vitre.

— Bon sang, tu ne plaisantais pas.

Je suis choquée. Je ne pensais pas que nous serions vraiment au premier rang.

Je m'assois et mon pied tape avec agitation.

Et si Jasper me voit avec le maillot des Island Bruisers ?

Il me verra.

Charlotte me prend la main.

— Tu veux bien te calmer ? Tu me rends nerveuse.

Je ris. Cette fille ne sait même pas ce que veut dire « nerveuse ». Elle est toujours aussi calme et posée. Peut-être que le terme « calme » ne décrit pas Charlotte, mais elle a toujours l'air d'avoir les choses en main. Je n'ai jamais remarqué qu'elle avait l'air peu sûre d'elle ou anxieuse.

Je sors mon téléphone de mon sac à main et je suis surprise d'avoir du réseau. Je prends quelques photos de nous ensemble dans nos maillots des Island Bruisers et je les poste sur Instagram.

Charlotte est distraite par son propre téléphone, et je tape Jasper Greyson, ce qui me permet de trouver son profil.

Ce n'est pas la première fois que je le stalk en ligne. Je veux dire, c'est juste un béguin inoffensif. Après qu'il soit intervenu et m'ait sauvée de cet horrible rendez-vous avec Tripp, Jasper n'a pas quitté mon esprit.

Mais je devrais laisser tomber. Il va être le beau-frère de ma sœur. Ce qui fait de nous une famille.

Mais il est sexy et, d'après ce que j'ai pu voir, très célibataire.

Je fais défiler les photos récentes, qui sont de lui

et de ses amis. Il y en a même une de lui et de sa nièce, Bristol, qui est adorable. Ils sont tous les deux en patins sur la glace.

La photo la plus récente date d'il y a quelques minutes, dans les vestiaires, et il est torse nu. Elle a déjà reçu plus d'un millier de likes. Il a un beau physique et il le sait.

Jasper Greyson n'est pas timide, en tout cas pas en ce qui concerne son corps.

Il ne souffre probablement pas non plus d'anxiété. Il a de la chance. Je me mords la langue. Je ne devrais pas regarder son profil, mais je ne peux pas m'en empêcher.

Il a des tonnes de followers, mais il ne suit que moins de cent comptes. Je doute qu'il me suive, mais je suis son compte et j'aime une de ses photos.

Il est peu probable qu'il le remarque.

— Tu stalk ton copain ? demande Charlotte en jetant un coup d'œil par-dessus mon épaule.

— Non, dis-je en fermant son profil.

— Menteuse !

Elle rit, elle me nargue.

— Tu dois faire en sorte qu'il te remarque. Pour l'instant, tu n'es qu'une fille de plus dans la longue liste des femmes qui le veulent. Tu dois te démarquer.

— Et c'est en portant le maillot des Bruisers que je vais y arriver ?

Je ne suis pas forcément d'accord avec ses méthodes, mais si ça peut l'aider à me remarquer, ce n'est peut-être pas un si mauvais plan.

— Prenons encore une photo, dit Charlotte. Donne-moi ton téléphone.

Je lui tends mon téléphone. Elle a de longs bras et réussit à prendre un selfie de nous deux avec nos maillots des Island Bruisers. Nous sourions et faisons des grimaces. Je suppose que nous allons la poster sur Instagram avec les autres photos.

— Fais-en ta photo de profil, dit Charlotte.

— Quoi ?

Elle a perdu la tête. Si je fais ça, tout le monde pensera que je suis une fan des Island Bruisers. Non pas que je m'en soucie, mais ma sœur le verra, et elle me reniera probablement puisque son fiancé est un Dragon.

— Eh bien, ça, ou lui envoyer la photo par message. Tu as son numéro de portable, dit-elle avec insolence.

— Je n'aurais jamais dû te dire qu'il m'avait donné son numéro.

— La photo de profil ou le message.

Charlotte attend que je prenne une décision. Elle

m'a toujours reproché d'être indécise. Pour l'instant, les deux options me semblent terribles.

— D'accord.

Je change ma photo de profil. Il est peu probable qu'il remarque que j'ai suivi son compte ou aimé sa dernière photo. C'est l'option la plus sûre.

Le match commence enfin, et je n'ai aucune idée de ce qui se passe, si ce n'est que les Dragons sont en or et noir. Les deux équipes se disputent le palet, qui glisse sur la glace.

Les Ice Dragons ont le dessus, mais pas pour longtemps, car les Island Bruisers s'emparent du palet. Le match va et vient, une bataille constante entre les deux équipes avec un minimum de buts.

Chacun essaie de marquer, mais les deux gardiens semblent faire un excellent travail pour garder le palet loin d'eux.

Jasper se déplace près de la vitre, concentré sur le palet qu'il essaie d'éloigner de l'autre équipe.

— Vas-y, Jasper ! crié-je, mais je ne pense pas qu'il puisse m'entendre.

La foule est bruyante et les autres bruits m'étouffent.

Charlotte me donne un coup de coude.

— Tu portes un maillot des Bruisers. Tu dois supporter l'autre équipe.

— Ça ne faisait pas partie du contrat.

Je regarde Charlotte d'un air renfrogné.

— Bien sûr que si, dit-elle avec un sourire malicieux.

Je roule des yeux et me lève quand il s'approche de la vitre. Jasper est en train de se battre pour le palet avec un autre joueur de l'équipe des Island Bruisers, Storm quand celui-ci lève sa crosse et frappe Jasper au visage.

Il n'en faut pas plus à Jasper pour pousser Storm contre la vitre. Ils s'insultent et se donnent des coups juste devant moi.

Je suis debout, en état de choc, et j'assiste à l'échange.

Kyler arrive immédiatement, et au lieu d'écarter Jasper du joueur des Island Bruisers, il se tient juste à côté de lui. Mais ce n'est pas deux contre un. C'est toute une équipe qui s'affronte, qui se bat, et bon sang, même l'arbitre n'a pas le contrôle.

Il y a des jurons et des coups de poing, des hommes poussés contre la vitre, et quelque part entre les coups et les menaces de violence, Jasper croise mon regard.

— Tu les soutiens ?

Sa mâchoire se décroche et il assène encore quelques coups à la poitrine de Storm. Celui-ci ne se contente pas de rester là et d'encaisser. Il pousse Jasper contre la vitre, dos à moi, et fait tomber son casque.

— Jasper ! crié-je.

L'arbitre reprend la main, et Jasper Greyson et Knox Storm sont envoyés au banc des pénalités. Jasper se penche pour attraper son casque, mais il ne se retourne pas. Il ne me regarde pas. Et je me demande si écouter Charlotte était la meilleure idée.

QUATRE

JASPER

— QU'EST-CE que c'était que ça ? me demande Kyler alors que je suis enfin délégué sur le banc de touche après un passage sur le banc des pénalités.

Je ne joue pas mon meilleur match, et le fait que la petite sœur d'Emerson, Amber, soit dans les gradins, vêtue d'un maillot des Island Bruisers, me tue.

Qu'est-ce que je lui ai fait ?

D'accord, ce n'est probablement pas personnel. Mais putain, elle avait l'air tellement excitée de me voir me faire botter le cul.

Et nous allons devenir une famille.

— La sœur de ta copine est aux premières loges, murmuré-je.

Kyler jette un coup d'œil derrière nous, vers les

sièges privés où nos joueurs amènent leurs amis et leur famille.

— Je ne vois pas Amber.

— Elle n'est pas assise là, grommelé-je. Et elle porte un putain de maillot des Bruisers.

— Aïe, dit Kyler avec un sourire en coin. Je vais devoir la dénoncer à Em.

Il laisse couler comme de l'eau, comme si la nouvelle ne lui paraissait pas bizarre ou blessante.

— Où est-elle ?

Kyler jette un coup d'œil dans les tribunes.

Je fais un signe de tête en direction du gardien de but, en faisant de mon mieux pour être discret.

— Au premier rang, là où je me suis disputé avec Knox.

— Qu'est-ce qui s'est passé entre toi et Storm ? demande Kyler.

— Rien, dis-je, ne voulant pas m'étaler.

Il y a des choses qu'il ne sait pas sur le passé, depuis l'époque où j'avais treize ans. Je n'ai pas l'intention d'en parler.

— Pour une fille ? devine Kyler.

— Est-ce que j'ai l'air de voir quelqu'un ?

Je lance un regard à mon frère pour qu'il se taise.

— Qu'est-ce que tu vas faire pour Amber ?

J'expire un grand coup.

— J'en sais rien, rien du tout. Lui balancer un de mes maillots pour qu'elle le mette à la place de cette monstruosité ?

— Je te mets au défi, dit Kyler avec un sourire malicieux et une lueur dans les yeux.

Je ne me suis jamais dégonflé devant un défi auparavant. Et ce n'est pas maintenant que je vais commencer.

On me remet sur la glace quelques minutes avant la fin de la période et j'essaie de rester concentré sur le jeu. Mais à chaque fois que j'ai le palet et que je suis près d'Amber, je lève les yeux vers elle, incapable de détourner le regard.

Cela me coûte le palet et peut-être un point.

Je suis distrait.

Elle est la plus grande distraction, et je devrais lui dire de ne pas revenir et de rester à l'écart de l'arène parce que le fait qu'elle porte cet ensemble hideux tue mon mojo. Mais si elle est fan des Island Bruisers, tout ce qu'elle fera, c'est de s'assurer que nous perdons.

Le temps s'écoule et, dès la fin de la période, je me dirige vers la vitre où elle est assise.

Amber se lève et me fait un sourire nerveux.

— Hey, dit-elle.

Elle fait bien d'être nerveuse. Elle a été surprise

en train de soutenir l'équipe adverse.

J'enlève mon casque et je retire mon maillot.

— Tu as l'air ridicule. Mets ça, dis-je en le lançant à Amber par-dessus la vitre.

Elle me regarde fixement mais attrape mon maillot. Tant mieux, car je ne voudrais pas que quelqu'un d'autre mette la main dessus.

Elle est soit muette, soit consternée par ma suggestion.

Son amie à côté d'elle esquisse un sourire.

— Et si on dit non ?

— On ?

Qui est cette fille ? Elles portent des maillots assortis des Island Bruisers dans une mer de Ice Dragons. Elles doivent être amies.

Super.

C'est Amber ou son amie qui a eu l'idée de soutenir les Island Bruisers ?

— Mets mon putain de maillot, Amber.

— Ce n'est pas ta copine, dit la rousse en souriant.

— Elle n'a pas besoin d'un porte-parole, dis-je en fixant le regard bleu d'Amber.

Elle aspire une bouffée d'air et ses joues sont rouges. Je ne sais pas si elle est fâchée ou nerveuse. Je ne la connais pas assez pour savoir ce qu'il en est.

J'envisage de l'inviter au Blue Line, notre bar local où l'équipe se rend après les matchs pour se détendre, mais j'y renonce.

Nous n'invitons pas les fans de l'équipe adverse, et si elle est fan des Island Bruisers, je ne veux pas qu'elle soit là. Pas après la bagarre que j'ai eue avec Storm pendant le match.

Les tensions sont encore vives entre les joueurs et je ne veux pas qu'Amber vienne compliquer les choses alors que nous sommes censés faire la fête. En supposant que nous gagnions. Le match n'est pas encore terminé et le score est à égalité.

— Jasper ! crie Noah et je me dépêche de quitter la glace.

Le reste de l'équipe a rejoint les vestiaires pendant l'entracte, et ils m'attendent de pied ferme. L'entraîneur Malone aime toujours faire un petit discours, donner un aperçu de ce qu'il voit de la part de l'autre équipe, et parfois un peu d'encouragement ou de remontrances, selon le score.

— Quand je sortirai pour la prochaine période, je m'attends à ce que tu portes mon maillot.

Je m'éloigne et me dirige vers le vestiaire avec les autres joueurs.

— Tu as perdu ton maillot, me dit l'entraîneur alors que je me dirige vers mon casier en bois.

J'en attrape un autre et l'enfile, laissant mon casque sur le banc.

— Il a le béguin pour une fille dans les tribunes, dit Noah.

Je grommelle sous ma respiration.

— Ce n'est pas un béguin.

Je n'ai pas de béguin. Si une fille me plaît, j'en parle avec elle. Le béguin est résolu.

Je me concentre sur ma carrière. Le hockey. Pas les filles.

Surtout pas les filles qui sont fans des Island Bruisers. Pour n'importe quelle autre équipe, je pourrais peut-être passer outre.

— Alors, tu donnes ton maillot à toutes les filles que tu vois dans les tribunes et qui soutiennent l'équipe adverse ? demande Noah.

— Il m'aide, c'est tout, répond Kyler.

Il a enlevé son maillot et s'essuie avec une serviette propre. Certains se douchent entre les entractes pour se rafraîchir.

— C'est la petite sœur d'Em.

Noah ne dit rien, mais son regard me dit qu'il me connaît mieux que mon propre frère.

— Kyler a raison, dis-je en rebondissant sur sa suggestion. Je ne veux pas que mon grand frère soit mal vu par les médias. Je veux dire, et s'ils découvrent que la petite sœur d'Em est au match avec un maillot des Bruisers ? Ce serait horrible pour l'équipe et pour sa vie amoureuse.

Kyler me lance sa serviette trempée de sueur, mais je la rattrape avant qu'elle ne me frappe au visage.

— Crétin, marmonné-je.

— Parle encore de ma vie amoureuse. Je te mets au défi, dit Kyler en haussant les sourcils.

— Ça suffit !

L'entraîneur interrompt notre querelle fraternelle.

— Gardez ça pour la glace et les Bruisers, les garçons.

Il ne reste que quelques minutes, et je sais que je ne devrais pas consulter mon téléphone pendant l'entracte, mais quand je vois un message d'Amber s'afficher, je ne peux pas m'empêcher de le lire.

Tu veux que je porte ton maillot puant ?

Je ris sous mon souffle.

Porte-le, ou je dirai à ta sœur que tu es un fan des Island Bruisers. Vas-y. Je te mets au défi.

— Qu'est-ce qu'il y a de si drôle ? demande Kyler en jetant un coup d'œil par-dessus mon épaule sur les textos entre Amber et moi. Elle a raison. Ton maillot doit sentir mauvais.

— Il était propre quand je l'ai mis.

— Et tu t'es fait botter le cul par Knox pendant la première période. Il y a du sang et de la sueur sur ce truc. Je ne m'attendais pas à ce qu'Em le porte.

— Tu racontes n'importe quoi.

Je donne un coup de coude à Kyler.

— Et les filles n'aiment-elles pas les maillots transpirants ? Ce n'est pas un truc qui excite ?

— Tu essaies d'exciter la petite sœur de ma fiancée ?

— Assez parlé, rassemblez-vous, dit Malone, et c'est la première fois que je suis reconnaissant à l'entraîneur de nous avoir interrompus.

Nous nous habillons et retournons sur la glace pour la deuxième période. J'essaie d'ignorer la présence d'Amber dans les tribunes, mais quand je m'approche du but et que je la vois, elle porte mon maillot. Et je suis presque fier qu'elle porte mon numéro et qu'elle soutienne l'équipe. La bonne équipe, si vous voulez mon avis.

Je marque quatre buts au cours de la deuxième période et, à la troisième, il leur est presque impossible de nous rattraper.

— Je devrais donner mon maillot à cette fille sexy dans les tribunes, dit Knox alors que nous nous battons pour le palet. Si c'est tout ce qu'il faut pour avoir de la chance.

— Ne t'approche pas d'elle, grogné-je.

— Elle mérite mieux qu'un puceau.

Pour info, je ne suis pas vierge. Mais je ne baise pas non plus n'importe qui avec une chatte. Je lui rentre dedans alors que nous nous battons pour le palet et je le pousse contre la vitre.

Cette fois, Amber n'est pas derrière nous, et je lui en suis reconnaissant parce que j'enfonce mon poing dans la mâchoire de Knox et lui martèle la poitrine.

— Laisse Amber en dehors de ça, dis-je en frappant de mes poings sur sa poitrine.

Les crosses de hockey tombent sur la glace tandis que nous nous frappons l'un l'autre.

— Oh, la jolie fille a un nom. Merveilleux. Elle sera ma prochaine victime, dit Knox.

Je le mordrais bien, ce salaud, si je n'avais pas un protège-dents et si tous les rembourrages ne le protégeaient pas. Mes poings n'ont pas l'air de rendre justice aux insultes qu'il lance à Amber.

L'arbitre nous exclut tous les deux, Knox et moi, du jeu pour s'être battus. Cette fois, ce n'est même pas un petit tour au banc des pénalités. Au moins, on a tellement d'avance que ça ne va pas foutre en l'air le match. Mais merde, l'entraîneur va être furieux contre moi.

Je me glace les articulations et je m'assois sur le banc, regardant le match depuis le vestiaire. Heureusement, il y a des télévisions qui diffusent le match, mais ce n'est pas la même chose que d'être avec l'équipe sur le banc.

Il ne reste que deux minutes dans la période et nous gagnons largement. Je ne crains pas que nous perdions le match. Mais j'ai l'impression d'avoir laissé tomber l'équipe.

Il y a une autre bagarre sur la glace et deux autres joueurs sont expulsés du match. Noah Reece des Ice Dragons et Mack Conrad des Island Bruisers. Noah rentre dans le vestiaire en soufflant, son casque à la main.

— Tu n'étais pas obligé de me tenir compagnie, dis-je.

— Ils disaient des conneries sur nos femmes.

Je ne savais pas que Noah sortait avec quelqu'un, mais je ne m'y intéresse pas.

— Tu sors avec la fille à qui tu as donné ton maillot ? demande-t-il.

— Amber ? Pas vraiment.

Je souris et je regarde ailleurs.

— Tu vas l'inviter à boire un verre ce soir avec les gars à Blue Line ? demande Noah.

Avant que je n'aie le temps de répondre, le match est terminé et l'équipe se dirige vers les vestiaires. Dois-je inviter Amber ? Je me déshabille, me douche et m'habille. Mes articulations sont un peu douloureuses et j'ai quelques bleus à la poitrine, mais ça aurait pu être pire avec tous les coups de poing qui ont été donnés.

— Tu sors avec nous ce soir ? demandé-je à Kyler, tout en connaissant déjà la réponse.

Il sort rarement. Il est généralement à la maison avec sa fille, Bristol, et sa fiancée, Emerson.

— Pas ce soir, répond Kyler en me tapant sur l'épaule. Peut-être quand on sera dans les séries éliminatoires.

Nous finissons dans les vestiaires et un groupe d'entre nous se rend à Blue Line pour boire un verre. Noah, Owen et moi marchons ensemble.

Asher et sa femme, Kate, sont juste derrière nous, et Parker a mentionné qu'il nous rejoindrait avec Ava ce soir après l'avoir récupérée dans la salle des femmes.

Je n'ai jamais été invité dans l'insaisissable salle des épouses. Aucun des hommes n'a le droit d'y aller. Et ce n'est que sur invitation d'un des membres.

Seules les petites amies et les épouses sérieuses peuvent être invitées. J'ai entendu dire qu'Emerson avait mis du temps à obtenir une invitation, mais lorsqu'elle assiste à un match, elle rejoint les femmes à l'étage. Et elle ne peut pas simplement inviter une amie à se joindre à elle - ou sa sœur.

Non pas que je doive penser à Amber.

Je ne devrais pas.

Elle devrait être la pensée la plus éloignée de mon esprit. Je jette un coup d'œil à mon téléphone. Je ne sais pas trop pourquoi, mais j'espère qu'elle m'a envoyé un autre message.

Nous arrivons devant Blue Line et Owen propose une photo de groupe devant le bar. Je suis d'accord, car il faut toujours fêter une victoire.

Ava propose de prendre les photos avec mon téléphone, et les gars se mettent tous sur la photo. Elle prend quelques photos et me rend le téléphone.

— Je veux des copies.

— Je te les enverrai par SMS, lui assuré-je.

Je trouve la meilleure photo de nous et la poste sur ma page Instagram. Mon agent dit que c'est bon pour mon image. Cela fait de moi un nom connu de tous de poster des photos candides. Les fans m'aiment encore plus.

Je pense que c'est un tas de conneries, mais je le

fais parce que j'ai un contrat de débutant et que j'aimerais avoir un plus gros salaire quand il arrivera à échéance.

Kyler n'a jamais à s'inquiéter de quoi que ce soit. Il a fait des investissements gagnants dans la crypto-monnaie avec l'assurance-vie de nos parents. Il dit qu'elle est maudite, mais il vit somptueusement, alors je ne vois pas pourquoi il se plaint. Et il me dit qu'un jour il achètera les Ice Dragons quand il sera à la retraite.

Je le croirai quand je le verrai. C'est un beau rêve qu'il a, mais il y a beaucoup de travail pour faire fonctionner une équipe de hockey avec succès. Si quelqu'un peut le faire, c'est Kyler Greyson, mais il a aussi un grand cœur, et je ne suis pas sûr qu'il aurait le courage de virer certains joueurs et d'être froid comme de la glace quand il le faut.

Nous nous rendons à l'intérieur de Blue Line et nous nous dirigeons vers la banquette VIP du fond, qui nous est exclusivement réservée. Nous sommes des habitués des soirs de match, surtout quand nous gagnons. Quelques-uns d'entre nous viennent aussi quand nous perdons, mais c'est surtout pour noyer notre chagrin dans de la bonne bière.

Je laisse la place aux hommes et à leurs femmes et je m'assois sur le tabouret au bout de la table. La serveuse arrive, connaissant déjà nos habitudes, et s'assure que nous n'avons besoin de rien d'autre avant de nous apporter une tournée.

Les gars discutent et boivent, et je consulte mon téléphone, distrait, en attendant qu'une autre bière arrive.

Owen et Noah discutent du match, de la façon dont nous avons mis une raclée aux Island Bruisers. C'était sympa.

Je ne devrais même pas prendre la peine de regarder mon téléphone. Il n'y a pas de nouveaux messages d'Amber, même si je ne m'attends pas à ce qu'elle m'envoie quoi que ce soit. J'ai été surpris qu'elle m'envoie quelque chose, et le ton sarcastique qu'elle a employé pour dire que mon maillot était plein de sueur m'a aidé.

Il n'y a pas beaucoup de filles sur lesquelles j'ai jeté mon dévolu ces derniers temps. J'ai gardé la tête baissée, je me suis concentré sur le sport et j'ai finalement obtenu le contrat que je voulais. Le fait d'être un débutant n'est pas si mal puisqu'on me laisse jouer et que je ne suis pas mis sur la touche la plupart du temps.

Mon attention se porte à nouveau sur mon téléphone portable, et je ne peux m'empêcher de remarquer qu'Amber Ryan a aimé mon dernier post et m'a suivi sur Instagram. Je clique sur son profil, attrape ma bière et en bois une gorgée, que je recrache dès que je vois mieux sa photo.

— C'est une putain de fan des Bruisers, marmonné-je trop fort.

Owen me donne une tape dans le dos et me tend une serviette.

— Est-ce qu'on doit t'acheter un bavoir ?

Je lui grogne dessus et je fais défiler ses photos en secouant la tête.

Elle en a pris pas mal au stade, toutes avec ce stupide maillot bleu.

Saisissant la bouteille, je bois une autre gorgée de bière, voyant rouge en levant les yeux de mon téléphone. Ses cheveux bruns, mélangés à des mèches rouges, scintillent lorsqu'elle entre dans le bar.

— Pas possible.

Et elle ne porte pas mon maillot. Elle porte encore ce foutu maillot des Island Bruisers.

CINQ
AMBER

LE MAILLOT des Ice Dragons que Jasper m'a lancé par-dessus la vitre était un beau geste, mais il sentait la sueur, sans parler du fait qu'il était mouillé. Il était complètement couvert de sueur et il y avait même un peu de sang ici et là à cause de la bagarre. Je pouvais le sauver, peut-être même le vendre en ligne, mais le porter ? Il n'y avait aucune chance que je mette ce maillot sur mon corps. Pas avant qu'il ne soit passé à la machine à laver.

Bien sûr, un peu de parfum d'homme est une bonne chose. C'est primitif. Sexuel. Séduisant. Non. Ce maillot puait comme s'il s'était baigné dans un marais et avait ensuite combattu un dragon. C'est dégueulasse.

J'apprécie le geste et le sentiment, même si je

pense que c'est plus pour rendre ma sœur heureuse. Je l'ai vu parler avec son frère avant qu'il ne me lance le maillot. Mais Charlotte a fait l'impensable et me l'a mis sur la tête alors que je ne faisais pas attention. J'ai crié comme si j'avais surpris un meurtre brutal. Elle a ri.

À la minute où le match se termine, j'arrache son maillot et je le mets en boule dans mes poings. Qu'est-ce que je suis censée en faire ? Si je l'emporte dans le métro, il va empester tout le wagon.

— Tu veux attendre que la foule s'amenuise ? lui demandé-je.

— Oui, ça ne sert à rien de se battre contre la foule du métro.

Elle s'étire et se lève, son regard parcourant l'endroit.

Je reste assise et jette un coup d'œil à mon téléphone, et mon amie me pousse avec ses genoux.

— D'autres textos du beau gosse ?

— Heureusement, non. Je n'arrive pas à croire que tu lui aies envoyé un texto en utilisant mon téléphone !

— Il est évident qu'il t'aime bien. Il ne t'aurait pas donné ce vilain truc si ce n'était pas le cas.

Elle fait un geste vers le maillot que j'ai entre les mains.

— Merci d'avoir au moins reconnu qu'il était vilain.

Je pousse un gros soupir.

— Je devrais probablement le rendre.

Elle s'assoit à côté de moi quand elle me surprend en train de stalker son fil Instagram. Ça fait quelques minutes que je le fixe. Elle ne pouvait que s'en apercevoir. Une nouvelle image apparaît avec lui et les autres. Ils sont devant un bar, Blue Line, et on dirait qu'il vient de prendre la photo.

— On y va.

Elle m'attrape la main, me tirant pratiquement de mon siège. La foule s'est clairsemée et si nous attendons trop longtemps, la sécurité nous expulsera de toute façon.

Dans mes mains, j'ai toujours le maillot en sueur de Jasper. Mais maintenant, il ne semble plus aussi humide et dégoûtant. Il pue toujours, mais il y a un soupçon de parfum de Jasper mêlé à la sueur.

— Je ne sais pas, dis-je, la voix tremblante. Et s'il ne veut pas me voir ?

— Il t'a donné son maillot pendant le match. Il veut te voir.

Charlotte a raison, mais cela n'empêche pas les papillons dans mon estomac ni mes mains de trembler.

— Il ne m'aurait pas invitée s'il voulait que je vienne ?

Elle jette un coup d'œil à son téléphone, saisissant les indications GPS alors que nous nous dépêchons de sortir de l'arène et d'entrer dans la rue.

Il fait nuit dehors et il fait froid. Je suis à moitié tentée de remettre le maillot puant pour me réchauffer, mais au lieu de cela, il reste dans ma main tremblante. Lorsque nous atteignons le bar, je reste dehors pendant une minute, mes pieds ne fonctionnant pas.

— Viens.

Charlotte lie son bras au mien.

— Je ne peux pas faire ça, dis-je en secouant la tête, le doute commençant à m'envahir.

— Pourquoi pas ? demande-t-elle en se retournant pour me faire face.

— Toi et moi sommes complètement opposées. Je me cache derrière mon téléphone et mon ordinateur portable.

— Tu y vas comme un ouragan et tu obtiens ce que tu veux. Ce n'est pas comme ça que je fonctionne.

Charlotte esquisse un sourire, ses épaules se relâchent.

— Alors, il suffit d'entrer là-dedans, de rendre son maillot crado, et de foutre le camp.

— D'accord. Mais tu restes ici à m'attendre, d'accord ?

Charlotte approuve d'un signe de tête.

— Je vais rester au bar et nous prendre quelque chose à boire.

— C'est parfait, dis-je en entrant.

L'atmosphère est sombre, la salle est animée, et je scrute les environs à la recherche de Jasper. Peut-être que j'ai mal interprété la situation. Peut-être que la photo qu'il a partagée n'est pas d'aujourd'hui. Ne vais-je pas me sentir ridicule ? Bien sûr, il n'aura jamais à le savoir.

C'est à ce moment-là que nos regards se croisent. Il est assis à une table au fond, presque dissimulé par la foule. Je prends une inspiration nerveuse, essayant de me rappeler de souffler, puis je me dirige vers lui à travers le bar.

— C'est pour toi, déclaré-je en lui fourguant le maillot puant entre les mains.

Son front se plisse, il se lève et me guide à l'écart, hors de portée de ses amis.

— Qu'est-ce que tu fais ? demande Jasper, les yeux écarquillés.

— Je te rends ton maillot.

Je lui tends, mais il refuse de le prendre.

— Je te l'ai offert, dit-il, visiblement furieux.

Son regard explore mon corps.

— Tu ne peux pas porter ça ici. C'est réservé aux fans des Dragons.

Je lâche un rire lourd.

— D'accord.

Je dépose mon sac à main sur sa table avec son maillot et je saisis l'ourlet du maillot des Island Bruisers que je porte pour le remonter.

Jasper m'arrête avant que je n'atteigne mon ventre.

— Qu'est-ce que tu fais ? me murmure-t-il à l'oreille, les mains sur les miennes, m'empêchant de retirer le maillot.

— Je me change ici.

Ses yeux s'écarquillent.

— En public ?

— J'ai quelque chose en dessous, rétorqué-je.

Il libère ses mains et observe lentement le maillot des Island Bruisers passer au-dessus de ma tête et disparaître.

Je me tiens devant lui, arborant un maillot des Ice Dragons avec le nom de Greyson dans le dos. Je n'étais pas assez attentive pour savoir quel maillot j'enfilais. J'étais tellement concentrée sur Jasper que je n'avais même pas remarqué son numéro. Quelle fan je fais !

— Brûle cette horreur, lance-t-il en faisant un signe de tête vers le maillot bleu que je tiens.

— Hors de question, répliqué-je.

— Un te suffit largement.

Jasper me fixe, un sourire aux coins des lèvres. Il semble ravi de la surprise que je cache sous mes vêtements.

— Tu portes le numéro de qui ?

Je me retourne, l'entendant rire.

— Mon frère ? Sérieusement, Amber ?

Mes joues rougissent, je baisse les yeux sur mes mains.

— Il y avait une promotion.

— Au moins, elle avait quelque chose en dessous, commente son ami.

— Amber, voici Noah, nous présente Jasper.

— Enchantée, dis-je en souriant faiblement.

— Joins-toi à nous, m'invite Noah. Jasper est plongé dans son téléphone depuis une heure.

— Ça ne fait pas une heure qu'on est là, grogne Jasper à l'adresse de Noah.

— Un rendez-vous à venir ? demandé-je en écartant une mèche de cheveux derrière mon oreille.

Je jette un coup d'œil à Charlotte, qui semble avoir disparu. Elle m'a laissée en plan.

Jasper secoue simplement la tête, ne prononçant pas un mot.

Les gars se déplacent, et je prends un tabouret vide pour m'installer à côté de Jasper.

— Bonne partie ce soir, dis-je en repoussant le maillot sale qu'il m'a offert sur la table du bar en face de lui.

Jasper se penche plus près de moi, ses lèvres frôlant mon oreille.

— Tu sais, la plupart des filles fondraient devant un joueur qui leur donnerait le maillot qu'il porte.

— Je ne suis pas la plupart des filles, affirmé-je en le fixant. Et ton maillot pue.

Je le ramasse et le lui lance au visage.

Noah éclate de rire en essuyant ses yeux.

— J'aime bien cette fille. Où l'as-tu dénichée ?

Noah continue de rire, et je me détends, l'anxiété s'évaporant lentement alors que je me sens à l'aise en compagnie de Jasper et de ses amis.

Il écarte le maillot de son visage, et je suis persuadée que ses yeux sont humides.

— Tu connais Emerson, la fiancée de Kyler, explique Jasper en jetant un coup d'œil à son ami. C'est sa petite sœur, Amber.

— Comment as-tu su où nous trouver ? Tu as enquêté ? demande Noah.

— Tout le monde sait où nous nous retrouvons après chaque victoire.

— Merci pour l'info, je ne le savais pas, mais maintenant que je suis au courant, je pourrais bien m'incruster à toutes vos festivités, plaisanté-je.

Il y a un seau de bières, et Jasper m'en tend une sans hésiter.

J'ôte le couvercle et prends une gorgée, grimaçant à son goût.

— Tu n'aimes pas ? Je peux appeler la serveuse et te commander quelque chose d'autre.

— C'est bon, dis-je en buvant une autre gorgée, même si c'est assez affreux.

On dit que le goût de la bière s'acquiert, mais je ne compte pas l'acquérir de sitôt.

Jasper prend la bière de mes mains.

— Je vais te commander autre chose, insiste-t-il, faisant signe à la serveuse de s'approcher. Qu'est-ce que tu veux ? C'est ma tournée.

— Je prendrai un whisky.

La serveuse me demande ma carte d'identité.

Je sors ma fausse carte d'identité et la lui donne, espérant que Jasper ne remarquera pas que le nom n'est pas Amber Ryan.

Elle me rend la carte, que je glisse dans mon sac à main.

— Merci.

— Autre chose ? demande-t-elle.

— Un autre seau de bières, suggère Owen.

Il a devant lui deux bières vides et en attrape une troisième.

Jasper se penche vers moi et chuchote :

— Ce mec est une machine à boire.

— J'aimerais bien avoir ce superpouvoir, dis-je en riant.

Je jette un coup d'œil par-dessus mon épaule à Charlotte, occupée au bar avec deux hommes. Elle rit et joue avec ses cheveux, et je ne sais pas si je dois la sauver ou la laisser profiter de leur compagnie et des boissons.

Jasper suit mon regard.

— Ton amie ?

— Oui, elle m'a convaincue de...

Je ne termine pas ma phrase, et il se tourne vers moi.

— Tu ne peux pas me laisser en plan, rétorque-t-il.

Je ris nerveusement, détournant le regard et jetant un coup d'œil à ses mains posées sur ses genoux. Il pense sûrement que je regarde son entrejambe.

Il doit penser que je le mate.

Je relève les yeux et inspire profondément.

— Amber ?

Il attend que je m'explique ou que je développe pourquoi j'ai été surprise en train de fixer le renflement de son jean. Et c'était un renflement évident. Comme si cet homme avait du mal à rentrer dans son pantalon.

— Elle m'a défiée de porter ce maillot ridicule des Bruisers, avoué-je.

— Te défier ?

Il me fixe, scrutant mon visage, et je n'arrive pas à le lire.

— Laisse-moi deviner, tu es du genre à ne jamais reculer devant un défi.

Je ne suis pas certaine que cela soit vrai, mais je laisse de côté la partie où elle m'a persuadée que cela attirerait l'attention de Jasper, et elle avait raison. Ça a marché.

— J'ai toujours aimé jouer à Action ou Vérité quand j'étais adolescente, dis-je en haussant les épaules. Je suppose que je n'ai jamais vraiment dépassé ce stade.

La serveuse apporte mon whisky à la table, et j'en prends gracieusement une gorgée, même si c'est plus une lampée. Jasper m'angoisse - sa présence, son odeur, le fait que je puisse presque sentir la chaleur de son corps lorsque son genou effleure le mien.

Contrairement à tout à l'heure, où le maillot empestait le dégoût, Jasper exhale une odeur propre, presque savonneuse, mais mêlée à quelque chose de terrestre. Son parfum. J'aurais presque envie de glisser ma langue le long de son corps et d'embrasser chaque centimètre.

Son sourire s'accentue, et il prend sa bière pour en prendre une nouvelle gorgée.

— Action ou vérité, lance-t-il.

Je ris et prends une autre gorgée de mon verre. Contrairement à la plupart des endroits sur le campus, ce bar ne ménage pas son alcool, et le mélange acidulé est délicieux, mais il contribue également à me détendre.

— Action.

Il sourit.

— Fais une blague à mon frère, Kyler.

— Quoi ?

— Je te donne son numéro.

— Il a mon numéro. Tu te souviens, je l'ai rencontré chez Tiffany's ? Je ne peux pas utiliser mon téléphone.

— Et le téléphone de ton amie ?

Jasper pointe du doigt la direction de Charlotte.

— Je vais le chercher.

Je quitte le tabouret et traverse le bar en faisant semblant de ne pas être nerveuse. Charlotte voudra une explication, et je ne suis pas sûre qu'elle jouera le jeu.

— Déjà fini ? demande mon amie lorsque je la rejoins au bar.

Elle fait la moue, l'air déçu, et jette un coup d'œil à Jasper par-dessus mon épaule.

— En fait, j'ai besoin de ton téléphone.

Charlotte ne se contente pas de me tendre son appareil. Les coins de ses lèvres s'incurvent.

— Pourquoi ? demande-t-elle d'une voix douce et mélodieuse.

Elle est prête à me taquiner, et elle ne sait même pas pourquoi.

— Je peux juste l'emprunter ?

— Pas tant que tu ne m'auras pas dit pourquoi tu en as besoin. Tu as ton téléphone, n'est-ce pas ? Tu l'as laissé à l'arène ?

— Jasper et moi jouons à Action ou vérité, et il veut que j'appelle son frère aîné pour lui faire une farce. Kyler a mon numéro. Il saura que c'est moi.

Ses yeux s'illuminent.

— Je suis partante.

Elle jette un coup d'œil aux garçons qui lui payaient à boire.

— Désolée, je dois rejoindre mon amie. J'ai été ravie de vous rencontrer tous les deux.

Elle me raccompagne à la table des hockeyeurs, et Jasper nous observe pendant que nous nous approchons.

— Tu es partante ou tu déclares forfait ? demande-t-il.

— Ma copine ne déclare jamais forfait, déclare Charlotte.

Elle sort son téléphone de sa poche.

— Je te le laisse, mais tu dois me laisser participer à ton petit jeu.

— Très bien, grommelé-je, et je lui pique son téléphone.

Jasper me donne le numéro de Kyler pour que je n'aie pas à le chercher sur mon téléphone. J'attrape mon verre sur la table et je finis le whisky. Je demande un autre verre à Charlotte.

— Je m'en occupe. Après cet appel.

Elle attrape un tabouret et le fait pivoter pour s'asseoir à côté de moi à la table.

Je laisse échapper une respiration tremblante et

appuie sur le bouton d'appel, attendant que Kyler réponde.

— Allô ?

Il n'a pas l'air endormi, ce qui est une bonne chose. Il vient probablement de rentrer du match.

— Je n'arrive pas à te croire, Kyler Greyson. Tu m'as volé ma moitié.

— Quoi ? grogne-t-il, et j'imagine l'expression confuse de son visage.

Jasper sourit et me fait signe de continuer cette mascarade.

— Em est tout pour moi, et j'ai vu ce que tu as fait, en la demandant en mariage à la patinoire. Eh bien, elle ne peut pas. Parce qu'elle est mariée à moi !

— Amber, c'est toi ? demande Kyler, et je mets immédiatement fin à l'appel.

— Merde !

Je grogne et repousse le téléphone vers Charlotte.

— Et s'il rappelle ?

— Je répondrai et lui dirai qu'il est fou, que personne n'a appelé de ce numéro, dit Charlotte en haussant les épaules.

Mon téléphone portable vibre dans mon sac à main, et je jette un coup d'œil au nom. Je pousse le téléphone vers Jasper.

— C'est à toi de répondre.

— Hey, mon frère, quoi de neuf ?

Je ne peux pas entendre ce qui se dit du côté de Kyler, et il ne peut pas mettre le haut-parleur parce que le bar est trop bruyant.

— Non, c'est toi qui m'as appelé. Je ne sais pas où est Amber. Je suis sorti avec les copains pour fêter ça. Tu aurais dû venir ce soir. On s'est bien amusés.

Jasper fronce les sourcils et retire le téléphone de son oreille.

— Il m'a raccroché au nez.

— C'est trop drôle, admet Charlotte. Ok, c'est au tour d'Amber. Choisis quelqu'un.

— Elle doit te choisir toi. Si on est trois à jouer, elle ne peut pas choisir la personne qui vient de lui lancer le défi, dit Jasper.

Je grogne et regarde Charlotte d'un air renfrogné.

— Action ou vérité.

— Action.

— Je te défie de m'apporter le whisky que j'ai demandé.

Charlotte sourit.

— Bien joué. Je te choisis, dit-elle à Jasper.

— Jasper.

— Je suis Charlotte, dit-elle, réalisant qu'ils ne se sont pas présentés l'un à l'autre.

— Je sais, dit-il. Tu as causé quelques problèmes ce soir. Vérité.

— Elle s'en occupe, dit Charlotte en me montrant du doigt. Je dois apporter son verre à la princesse.

Elle se dirige vers le bar.

— Tu crois que je vais avoir mon verre ? dis-je en riant, car je ne pense pas qu'elle ait l'intention de revenir de sitôt.

— C'est ça ta question ?

— Tu as une copine ? demandé-je, sans détour et en allant droit au but.

Il n'a pas publié de photos sur Instagram de lui et une fille, mais ça ne veut pas dire qu'il est célibataire. Il pourrait garder ça privé ou faire croire aux femmes qu'il est disponible pour aider son statut de joueur de NHL.

Il sirote sa bière, son regard ne quittant pas le mien.

— Non. Je me concentre sur le jeu, et cela ne rend pas les femmes heureuses quand je les fais passer au second plan.

— Je peux comprendre, dis-je. Ta carrière est importante pour toi. Alors, es-tu le genre de gars qui préfère les flirts ou les sex friends ?

Il rit et secoue la tête.

— À mon tour.

Mes yeux s'écarquillent et j'expire nerveusement.

— D'accord.

Je jette un coup d'œil par-dessus mon épaule à Charlotte, qui est au bar. Elle est peut-être en train de me commander un verre, mais elle ne l'apporte pas assez vite.

— Action ou vérité ? demande Jasper.

— Vérité.

Je le fixe, espérant que ce jeu n'est pas terminé avant d'avoir commencé. Je suis nerveuse et troublée. Si je choisis Action, je ne veux pas qu'il me demande de faire quelque chose d'autre d'embarrassant, et comme le dernier Action était une blague, le jeu ne va pas tout à fait dans la direction que j'espérais. Mais nous venons de commencer.

Il pourrait être prudent ?

— Tu aimes les chattes ?

Mes yeux s'écarquillent et je crois que ma bouche touche le sol.

— Pardon ?

Jasper esquisse un sourire en coin.

— Ta sœur a mentionné quelque chose il y a quelque temps, avant qu'elle et mon frère ne sortent ensemble. Elle a dit qu'elle avait une sœur qui aimait les chattes.

— Je vais la tuer, murmuré-je en jetant un coup d'œil à Charlotte par-dessus mon épaule.

— Ce n'est pas grave. Il n'y a pas de quoi être gênée.

Jasper hausse les épaules.

— Je veux dire, j'ai des amis qui sont gays. Je te jure que ça n'a pas d'importance pour moi. Je veux juste savoir si on aime tous les deux les seins.

Les larmes me piquent les yeux, mais c'est le rire qui m'envahit, pas la tristesse.

— J'aime les beaux seins, dis-je. Et j'ai fait quelques expériences. Je suis à l'université.

— C'est vrai.

Jasper me regarde fixement et finit sa bouteille de bière.

— Toujours pas de réponse.

— J'ai été avec deux filles.

— En même temps ? demande Jasper en attrapant une autre bouteille de bière dans le seau.

Il l'ouvre, son regard ne me quittant pas.

— C'est une deuxième question, dis-je.

Jasper fronce les sourcils.

— Non, je suis presque sûr que c'est une partie

de la première question à laquelle tu n'as pas répondu.

— Je suis encore en train d'explorer ma sexualité.

Un sourire se dessine au coin des lèvres de Jasper.

— As-tu déjà été avec un homme ?

— Encore une fois, c'est une autre question.

Je le montre du doigt et je ris.

— Et tu n'as répondu qu'à une seule vérité.

Jasper acquiesce avec un sourire en coin.

— Donc, tu aimes la chatte, mais tu pourrais aussi aimer la bite. Mais tu ne le sais pas parce que tu n'as pas encore baisé. J'ai compris.

— Je n'ai pas dit ça.

— Tu l'as un peu dit, avec ton refus de répondre, dit Jasper.

Il boit une nouvelle gorgée de sa bière et semble se détendre à mes côtés.

Charlotte revient enfin à la table, m'apporte mon whisky et tient un martini pour elle. Je lui arrache mon verre des doigts et en avale une grande gorgée.

— Je suis contente de voir qu'on s'amuse bien ici. Qu'est-ce que j'ai raté ?

— Je viens de demander à ton amie si elle aimait la chatte, dit Jasper.

Charlotte tousse et jette un coup d'œil de Jasper à moi.

— Pour info, je n'ai jamais baisé avec elle.

Elle boit une gorgée de son martini.

— Nous ne sommes que des amies.

Charlotte passe un bras autour de mon épaule.

Je la rejette en haussant les épaules, inquiète de ce qu'elle va dire à Jasper, car Charlotte sait tout de ma vie amoureuse et de son absence. Elle me dit qu'il faut que je me fasse baiser par un mec plus âgé, quelqu'un qui sait ce qu'il fait et qui a de l'expérience.

Jasper n'est pas forcément plus âgé, mais je ne peux pas imaginer qu'il n'ait pas des filles qui se jettent sur lui en permanence.

Charlotte sent le silence et ne le laisse pas durer.

— Et qu'est-ce que mon amie Amber t'a raconté sur sa vie sexuelle ?

— Pas grand-chose, répond Jasper avec un sourire. Deux filles, mais elle n'a pas voulu me dire si c'était en même temps.

Je lui donne un coup de coude dans les côtes.

— C'est une tout autre question.

— Ca fait partie de la première question.

— Tu n'es d'aucune aide.

Je lance un regard noir à ma meilleure amie, qui s'amuse à me mettre dans l'embarras.

Charlotte lève les mains.

— Je ne dirai rien. Ce ne sont pas mes affaires personnelles. Mais tu dois savoir qu'elle a l'habitude d'attirer les fous. Alors, si tu t'intéresses à mon amie, il va falloir que tu obtiennes d'abord mon approbation.

— Je sais, j'ai rencontré ce toxico…

— Je jure que si vous commencez à vous entendre tous les deux…

— Tu vas faire quoi ? demande Charlotte avec un sourire malsain.

J'attrape son martini et je le bois.

— Sale gosse.

Charlotte rit et s'éloigne vers le bar pour d'autres boissons.

— Commande-moi un autre whisky ! crié-je.

Je n'ai pas besoin de regarder par-dessus mon épaule pour savoir qu'elle me fait un doigt d'honneur.

Je finis le whisky sur la table et je ressens un bon coup de fouet dû à l'alcool. Les papillons sont partis se coucher.

— Action ou vérité, dis-je en fixant Jasper.

— Action.

SIX
JASPER

JE N'ARRIVE TOUJOURS PAS à m'enlever de la tête l'idée d'Amber avec deux femmes. Je me déplace, mal à l'aise sur le tabouret de bar.

Je fais tout ce qui est en mon pouvoir pour ne pas réagir au fait qu'elle aime la chatte mais qu'elle pourrait aussi aimer la bite. Et j'ai vraiment envie de savoir si elle a envie de me chevaucher.

Mais je ne peux pas lui demander ça sans passer pour un sale type. Et même si je ne connais pas très bien son amie, Charlotte, elle a raison. D'après ce que j'ai vu, Amber n'est pas douée pour choisir les hommes.

Du moins, ce toxicomane, comment s'appelait-il ? Ce n'était pas un choix sain pour elle. Et je suis curieux de savoir avec quelles autres mauvaises graines elle est sortie, mais ce n'était pas le moment de poser cette question.

D'ailleurs, là, c'est mon tour, et j'ai choisi Action.

Elle a bu deux verres. Elle semble un peu pompette. Je devrais mettre fin au jeu et la renvoyer chez elle avec son amie avant qu'elle ne perde toutes ses inhibitions.

Mais j'ai envie de voir ce que ça va donner. Pour le meilleur ou pour le pire.

— Je te défie d'embrasser la plus jolie fille de la pièce, dit Amber.

Ses joues sont roses et elle se déplace nerveusement sur le tabouret. Elle s'agite quand elle est nerveuse. J'ai remarqué cela chez elle. C'est mignon.

Franchement, il n'y a personne d'autre qu'Amber que j'aimerais embrasser au bar. Mais elle a aussi bu quelques verres et je n'ai pas l'intention de profiter d'elle.

La serveuse revient à notre table pour vérifier si nous avons besoin d'autres boissons et prend les verres et les bouteilles de bière vides pour les emporter.

— Je vais prendre un autre whisky, dit Amber.

J'attends que la serveuse s'en aille avant de tendre la main pour toucher le bras d'Amber.

— Comment es-tu venue ici ce soir ?

Je ne veux pas qu'elle rentre chez elle en voiture. Ce ne serait pas prudent pour elle.

— Métro, dit-elle en souriant.

Ses épaules sont plus détendues, son corps incliné dans ma direction, pointé vers moi.

— Qui vas-tu embrasser ? demande-t-elle.

Noah entend sa question et passe un bras autour de mon épaule.

— Qu'est-ce qui se passe ? demande-t-il, se joignant à la plaisanterie.

Ou peut-être qu'il essaie juste de gâcher ma nuit de plaisir.

— Nous jouons juste à un petit jeu. Owen et toi n'êtes pas en train de parler ?

— J'ai défié Jasper d'embrasser la plus jolie fille du bar, dit-elle.

Kate sort de la banquette.

— J'ai besoin d'aller aux toilettes. Ava, Amber, voulez-vous vous joindre à moi ?

— Bien sûr, dit Amber en descendant du tabouret.

Elle me jette un coup d'œil en arrière, se balançant légèrement en se levant.

— Ton défi attendra mon retour.

— Bien sûr, dis-je en souriant.

Je jette un coup d'œil à Ava et Kate, leur demandant de garder un œil sur Amber.

Elles acquiescent à l'unisson, semblant comprendre mon appel silencieux.

Dès que les filles ont franchi le coin, les garçons sont sur moi.

— Tu ne peux pas coucher avec elle, dit Owen.

Je me passe une main dans les cheveux.

— Qui a dit que j'allais coucher avec elle ?

— C'est le code des frères, plaisante Noah.

— Le code des frères ?

Aucun de mes frères de hockey n'est sorti avec elle. Du moins, je ne les ai pas vus l'emmener à des matchs ou à des after-parties.

— Elle fait partie de la famille, dit Noah. Kyler est ton frère, et tu ne peux pas baiser la petite sœur de sa fiancée. C'est une violation majeure du code des frères.

— Je n'allais pas la baiser.

— Et à propos de ce baiser qu'elle n'arrête pas de t'encourager à faire, dit Noah en plaisantant. Ne tombe pas dedans. C'est un piège.

Ma mâchoire se crispe.

— Qu'est-ce que tu veux dire ?

— La plus jolie fille du bar ?

Owen fait un geste.

— Si tu embrasses une autre fille, elle te détestera.

— Je ne veux pas embrasser une autre fille.

La seule fille que j'ai envie d'embrasser, c'est Amber, et les gars me disent de ne pas m'impliquer avec elle, et je déteste le fait qu'ils puissent avoir raison.

— Précisément, et si tu l'embrasses, elle va se faire de fausses idées, dit Owen. Elle voudra être plus que des amis. Elle t'aime bien et tu lui as fait comprendre que tu étais intéressé.

Il pointe le maillot sur la table, me rappelant ce que j'ai fait.

Les filles se dépêchent de retourner à la table, et Amber se balance un peu en se dirigeant vers son siège.

— Nous devrions probablement te ramener chez toi, dis-je en jetant un coup d'œil d'Amber à son amie Charlotte, qui a disparu.

— Tu veux me ramener chez toi ? demande-t-elle en riant.

Elle est vraiment à la limite de l'ivresse.

— Non, je veux te ramener chez toi.

Mauvais choix de mots car elle pose sa main sur ma poitrine et la laisse lentement glisser jusqu'à mon ventre. Mes muscles se contractent instinctivement à son contact. J'attrape sa main, l'arrêtant avant qu'elle ne la descende plus loin. Je n'ai pas besoin qu'elle sente ma bite tressaillir dans mon jean.

— D'accord, dit Amber.

Elle semble avoir oublié notre petit jeu d'action ou de vérité, ce qui me convient parfaitement.

— Tu veux envoyer un texto à Charlotte ?

— Elle m'a envoyé un message dans les toilettes. Elle m'a dit qu'elle était rentrée chez elle avec un beau gosse du bar. Je lui ai rappelé de se protéger.

— Viens, dis-je en l'aidant à rassembler ses affaires.

Elle tient l'affreux maillot des Island Bruisers dans ses mains, ainsi que son sac à main, tandis que j'attrape mon maillot du match qu'elle a abandonné sur la table.

— On se voit demain à l'entraînement, dis-je en laissant de l'argent sur la table pour payer les boissons d'Amber et de moi-même.

Je vérifie que j'ai bien mon téléphone et mes clés de maison avant de sortir avec elle.

— A quelle distance se trouve le métro ? demande Amber en frissonnant.

Elle retire de ses mains le maillot des Island Bruisers et l'enfile pour se réchauffer.

Faut-il qu'elle me tourmente encore en portant ce truc moche ?

Je n'ai pas de manteau sur moi, et si j'en avais un, je le mettrais sur ses épaules. D'habitude, je prends un taxi pour rentrer à l'appartement les soirs de match.

— Où habites-tu ?

— J'ai un appartement près de l'université de New York.

J'expire un grand coup.

— En coloc ?

— Non, je suis dans un studio, dit-elle. Tu veux venir voir chez moi ?

— Non, toi chez moi.

Il faut que quelqu'un reste avec elle.

Je passe un bras autour de sa taille pour l'aider à se stabiliser.

— D'accord, dit Amber, qui se blottit contre moi tandis que nous traversons la rue.

Il y a un hôtel et une rangée de taxis alignés, attendant les clients.

Je ne tarde pas à entrer dans mon appartement. C'est un luxueux appartement de deux chambres et deux salles de bains. C'est plus que ce dont j'ai besoin puisque je suis à peine ici avec mon emploi du temps rigoureux.

La deuxième chambre est encombrée d'équipement de hockey, et bien qu'il y ait un matelas en ce moment, il est appuyé contre le mur, inutilisé. Je n'ai ni le temps ni l'énergie ce soir pour ranger.

Ma chambre est à peu près décente, sauf que le lit n'est pas fait. Elle n'a pas l'air de le remarquer ou de s'en soucier. Elle s'installe sur le matelas et enlève ses chaussures.

— Rejoins-moi, dit-elle en souriant, les yeux fermés, alors que sa tête touche l'oreiller.

— Oui, dans une seconde.

Je me dirige vers la salle de bains pour me brosser les dents et enfiler quelque chose qui pourrait être considéré comme un pyjama. D'habitude, je dors nu, mais ce n'est pas possible avec Amber sous mon toit.

Je trouve un caleçon et un tee-shirt noir pour me coucher.

Amber grogne quand je sors de la salle de bains, et elle enlève le maillot des Island Bruisers.

— Trop chaud, se plaint-elle en me le lançant.

— Je serais ravi de le brûler pour toi, lui proposé-je, en attrapant le maillot dans mes mains.

Elle se glisse sous les couvertures.

— Tu ferais mieux de ne pas faire ça.

La fille est installée dans mon lit et je ne peux pas m'empêcher de la regarder depuis le cadre de la porte de la salle de bains. Je n'ai pas d'autre lit pour dormir, et le canapé ne conviendra pas à mes longues jambes. Je serai à l'étroit et mal à l'aise.

J'ai besoin d'une bonne nuit de repos pour l'entraînement de demain.

Il y a une chaise dans le coin de la pièce, et si j'étais un gentleman, je prendrais la chaise, je m'endormirais à l'étroit, mais je risque de le regretter en me réveillant.

Je me mets au lit à côté d'Amber.

Nous ne sommes que des amis.

Deux amis peuvent partager un lit. Rien ne doit se passer entre nous.

Elle est froide, et j'attrape mon téléphone, je le branche et je règle mon alarme. Elle ne bouge pas d'un pouce, je me traîne sur le lit, je m'étire et je tire les couvertures sur moi.

Tant qu'elle reste de son côté du lit, tout va bien.

L'alarme me réveille en sursaut et je sens Amber se raidir en l'entendant. Son bras entoure ma taille, son corps se blottit contre mon dos.

C'était plutôt mignon, mais je ne peux pas faire ce genre de choses avec elle, pas si nous devons rester amis.

Je ne dis rien et me détache de ses bras, m'asseyant dans le lit. J'éteins le réveil et lui jette un coup d'œil par-dessus mon épaule.

— Comment as-tu dormi ? lui demandé-je en remarquant un texto de Kyler.

Il l'a envoyé ce matin.

— Merci de m'avoir laissé dormir ici la nuit dernière.

— Ce n'est rien.

Je me lève et m'étire.

— Comment va ta tête ce matin ? Tu veux que je t'apporte de l'aspirine ou autre chose ?

Elle se mord la lèvre inférieure et ses joues rougissent.

— J'espère que je ne me suis pas trop ridiculisée hier soir au bar. D'habitude, je ne bois pas autant.

Je préfère ne rien dire.

— Je dois partir à l'entraînement dans trente minutes, mais tu es la bienvenue. Il y a de la nourriture dans le frigo et...

— Non, ce n'est pas nécessaire, dit Amber en se redressant dans le lit.

Elle jette un coup d'œil vers le bas, apparemment soulagée d'être encore habillée.

Est-ce qu'elle ne se souvient pas d'une partie de

la nuit dernière ? Je ne pensais pas qu'elle était aussi ivre.

Elle cherche son sac à main et l'attrape sur la table de nuit, tout en regardant son téléphone.

— Tu as reçu un texto de ton frère ?

Je souris.

— Oui, je ne l'ai pas encore lu.

— On l'ouvre en même temps ?

Nous ouvrons tous les deux le SMS de Kyler.

Après l'entraînement, je veux que tu viennes à la maison. Je demande Em en mariage et je veux fêter ça.

— Ton frère m'a invité ce soir. Il demande ma sœur en mariage.

Un sourire naturel orne son visage, le genre d'amabilité qui me montre qu'elle est vraiment heureuse pour Emerson et qu'elle veut partager ce bonheur avec elle.

Je me demandais quand il allait faire sa demande officielle. Il avait acheté la bague et l'attendait depuis quelques jours. Il n'en a pas parlé à l'entraînement et m'a fait jurer de ne pas le dire aux autres membres de l'équipe qui pensaient déjà que Kyler était fiancé à Emerson.

— Je suppose que je te verrai plus tard ce soir ? dit Amber avec un sourire.

Elle sort du lit et j'ai une belle vue sur la culotte en dentelle violette qui recouvre ses fesses. Le maillot des Ice Dragons s'enroule autour de sa taille.

Au cours de la nuit, elle a décidé d'enlever son legging. Elle attrape les vêtements posés sur le sol et je me dirige vers la salle de bains pour prendre une douche et m'habiller pour l'entraînement.

Le temps que je sorte de la douche, elle est partie.

Je reçois un message d'Amber sur mon téléphone et je l'ouvre.

On se voit ce soir chez Kyler. On apporte quelque chose ?

Je ris et réponds à son message tout en me brossant les dents.

A part nous-mêmes ?

Elle commence à taper, et trois points indiquent qu'elle est sur le point de m'envoyer quelque chose. Puis ils disparaissent.

Elle n'est pas facile à cerner. Non pas que je doive le faire. Noah et les autres avaient raison. Sortir avec Amber compliquerait les choses.

Une très belle amie.

Qui est une fille.

Je dois garder ma bite dans mon pantalon.

Je n'ai pas d'autre choix, et ce n'est pas en baisant avec une autre fille au hasard que je vais régler ce problème parce que j'ai un peu peur de gémir son nom ou, à tout le moins, de penser à elle.

Il faut que je trouve un moyen de l'oublier. Dans le passé, avec les filles qui me couraient après, je leur disais clairement que je n'étais pas intéressé. Mais je ne veux pas blesser Amber ou être un vrai con avec elle. Elle mérite mieux que ça.

Je prends un café en allant à l'entraînement, et alors que je me dirige vers l'intérieur, la tasse à la main, mon téléphone sonne.

Amber m'a envoyé un message.

Je ne devrais pas me sentir si étourdi ou si zélé en recevant un texto d'une fille. Mais ce n'est pas n'importe quelle fille. C'est Amber Ryan.

Pas étonnant que mon frère ait proposé l'idée d'une fausse relation avec Emerson. Je jure qu'il y a quelque chose dans le patrimoine génétique des Ryan qui rend les filles irrésistibles.

Je ne peux pas le dire à Kyler.

Je vais ouvrir le message, mais mon frère arrive juste derrière moi.

— J'espère que c'est du déca, dit-il en faisant un signe de tête vers ma tasse.

— On s'est couchés tard. J'ai besoin de toute l'aide possible ce matin.

— Tout ce qui te permet de passer la journée. Mais tu viendras chez moi plus tard. Pas vrai ? J'ai prévu de faire la demande en mariage, et je veux que toi et sa sœur soyez là pour fêter ça.

— Encore une demande en mariage ?

Je glousse, taquinant mon frère aîné.

— Il n'y a que toi pour faire ta demande deux fois après l'avoir forcée à te dire oui sur la glace.

Kyler grince des dents.

— Je ne l'ai pas forcée à faire quoi que ce soit. Et tu veux bien baisser d'un ton ? me grogne-t-il. Personne d'autre n'est au courant de cette histoire de fausse relation. Mais ça n'a pas d'importance. Nous sommes cent pour cent réels maintenant.

— Bien sûr, bien sûr, dis-je en hochant la tête et en lui donnant une tape dans le dos. Ta fille est au courant ?

— Ma petite Bristol sait tout, et sais-tu ce qu'elle a dit aux femmes des joueurs ? Qu'Emerson faisait semblant avec moi !

Le visage de Kyler est rouge et je ne peux m'empêcher de rire.

— Pourquoi diable as-tu raconté tout ça à ton enfant ?

La mâchoire de Kyler est crispée, et ses mains se serrent en poings. Il n'a pas intérêt à me frapper pendant l'entraînement, avant même que nous ayons enfilé notre équipement.

— Je n'ai rien dit à Bristol. Je lui ai expliqué notre fausse relation.

— Pourquoi ? demandé-je, en fixant mon frère aîné.

— Va te faire foutre, dit Kyler en grommelant et en se dirigeant vers les vestiaires.

Mes doigts me démangent de lire son texto, mais je ne peux pas. Je range mes affaires dans mon casier en bois et enfile des vêtements d'entraînement.

Kyler est à mes côtés alors que nous nous dirigeons vers la salle de musculation.

Le silence semble être notre ami.

Les autres gars s'entraînent et Kyler ne veut pas poursuivre la conversation avec eux au sujet d'Emerson. Et je n'ai pas l'intention de parler d'Amber.

Je dois me concentrer sur le hockey. Nous avons des exercices à faire plus tard et je ne veux pas être distrait.

— Tout s'est bien passé hier soir avec cette fille ?

demande Owen.

Il reste évasif à propos d'Amber, puisque Kyler est dans la pièce.

— Quelle fille ?

Kyler me jette un coup d'œil en s'asseyant à côté de moi sur un autre banc de musculation. Son regard se resserre tandis qu'il m'étudie.

Se doute-t-il qu'il s'agit d'Amber ?

Elle était au match, et il l'a certainement vue, grâce à ma stupidité qui l'a pointée du doigt.

— Ce n'est rien. Je me suis assuré qu'elle prenne un taxi pour rentrer chez elle, dis-je, ce qui est, en partie, la vérité.

Je lui ai trouvé un taxi. J'ai juste ramené Amber chez moi. Il ne s'est rien passé, mais ce n'est pas à discuter.

Owen ne s'étend pas sur le sujet. Peut-être qu'il sent la tension. En tout cas, je la sens poindre. Je n'ai pas hâte d'aller m'entraîner sur la glace parce que j'ai l'impression que Kyler ne va pas me lâcher, et il ne sait même pas que j'ai partagé un lit avec Amber.

Mais je pense qu'il se doute que c'est elle.

Je pourrais juste être paranoïaque. Oui, j'espère que c'est tout ce qu'il y a, parce que la façon dont il me regarde, en me fixant, me dit que mon frère sait que j'ai le béguin pour Amber Ryan.

SEPT
AMBER

C'EST SAMEDI, donc je suis en congé scolaire, mais je dois travailler au Mad Tea House à l'heure du déjeuner. Les samedis sont toujours très chargés, mais j'ai déjà signalé à mon boss que je ne pouvais pas rester après dix-huit heures. Cela me laisse à peine le temps de me préparer avant d'aller rendre visite à ma sœur chez son fiancé. D'habitude, je travaille de midi à dix-sept heures, mais si Samantha ne pointe pas, je risque de devoir la remplacer.

Je dois prendre plusieurs métros jusqu'à chez lui et j'espère atterrir là-bas avant dix-neuf heures, si les trains daignent être à l'heure, mais ça, ce n'est pas garanti.

Il est quinze heure trente, et Jasper me répond par texto. Je ne pensais pas avoir de ses nouvelles avant ce soir, surtout après ce matin. Je file aux toilettes pour une petite pause, et tant que j'y suis, je jette un œil au message.

Tu veux que je te prenne chez toi ?

Nous ne sommes pas ensemble, alors pourquoi me proposer de m'emmener chez Kyler ? Ça me paraît louche.

Je suis au travail en ce moment, pas sûr que ce soit une bonne idée. Pas le temps de parler.

Le texto que je lui ai envoyé était juste un merci pour avoir veillé sur moi la nuit dernière, rien d'intime ni de romantique. J'essaie de rester cool, même si je l'aime bien. Sauf que sauter dans le lit d'un mec, bourrée, ce n'est pas mon genre. Je ne veux pas que Jasper se fasse des idées, c'est pas du tout ce que je suis.

Tu vas prendre trois trains et être à l'heure ce soir ?

Je jure, on dirait qu'il peut lire dans mes pensées, même si c'est absurde. Je soupire et lui réponds.

Probablement pas. Je finis à six heures.

Je grimace en envoyant le message, j'espère qu'il ne l'interpréta pas mal. Trop tard pour faire marche arrière.

Envoie-moi ton adresse. Je serai là à 18h30. Ça va être juste, mais on sera à l'heure.

Je lui envoie l'adresse, me lave les mains, et je sors des toilettes.

L'après-midi file à toute allure, comme d'habitude, surtout les samedis. Charlotte vient commander son thé vert à la mangue et au jasmin. Si ma boss n'était pas au comptoir, je lui aurais bien filé sa boisson gratuitement, mais bon, Maggie travaille aujourd'hui.

— Comment ça s'est passé hier soir ? demande Charlotte en souriant.

— Et toi alors ? Tu m'as lâchée au Blue Line.

— De rien, dit Charlotte avec un clin d'œil. J'attends les détails. Tu es libre ce soir ?

— Non, je suis prise avec ma sœur à dix-neuf heures.

Je n'ai pas envie de m'étaler sur le sujet, Charlotte ne sait rien de la relation entre Emerson et Kyler. Je ne peux pas lui en parler, et c'est embêtant de garder des secrets à ma meilleure amie.

Le travail s'enchaîne sans répit, et à dix-huit heures, toujours pas de Samantha. Je ne comprends pas comment elle peut encore travailler ici. Chaque fois qu'elle est du soir ou travaille le week-end, elle ne se présente pas. On dit qu'elle est la cousine de Maggie, c'est sûrement pour ça qu'elle n'a pas été virée.

Je me presse à travers le campus jusqu'à mon appartement et je troque mon uniforme de travail contre un pull et un legging. Pour ce soir, je ne suis pas sûre de la tenue à adopter.

Je me maquille rapidement, appliquant du rouge à lèvres et de l'eye-liner avant de saisir mon sac à main et mon téléphone. En direction de l'ascenseur, je presse plusieurs fois le bouton. Jasper doit arriver d'un moment à l'autre, et intentionnellement, je ne lui ai pas donné mon numéro de chambre. Bien que je l'apprécie, je ne veux pas qu'il débarque à ma porte sans invitation.

Non pas que je pense qu'il le ferait. Il ne semble pas être ce genre de personne. Cependant, après l'incident avec Tripp au bar, je suis un peu plus prudente avec les hommes. Mais il est important de noter que Jasper n'est pas mon rendez-vous. S'il vient me chercher, c'est parce que nous sommes de la même famille. Il ne me drague pas ni n'essaie d'entamer une relation avec moi. Il n'a montré aucun signe d'intérêt, à part l'incident sur la glace avec le maillot.

Je ne suis même pas sûre que c'était une tentative de flirt. Jasper ne voulait simplement pas que je supporte les Island Bruisers. Je comprends. Il est territorial quand il s'agit de hockey, voulant que ses amis soutiennent son équipe. Je suis sûre que Kyler est pareil.

J'appuie plusieurs fois sur le bouton de l'ascenseur, et enfin, il arrive. Bien que l'ascenseur soit lent, mon téléphone ne sonne pas encore. J'espère que Jasper ne m'attend pas, car je ne suis plus vraiment à l'heure.

Je me dirige vers le hall et je sors. Jasper émerge de son véhicule, me faisant un signe de la main pour s'assurer que je le vois. En quelques secondes, je suis sur le siège passager.

— Merci de venir me chercher.

— Pas de problème.

Il démarre et appuie sur le bouton vert du GPS pour commencer à se rendre chez son frère

— Belle voiture, lui dis-je.

— N'est-ce pas ? Je n'arrive pas à croire que Kyler ait autant de véhicules.

— C'est sa voiture ?

— Une parmi tant d'autres.

Je boucle ma ceinture et il s'engage dans la circulation, nous permettant d'arriver pile à dix-neuf heures. Le trajet se déroule dans le calme, avec la radio allumée, apaisant un peu la tension. Jasper semble confiant et détendu.

Mon genou rebondit tout au long du trajet, et je

jette un coup d'œil par la fenêtre pour admirer le paysage. Lorsque nous arrivons au domaine, une grande barrière métallique bloque l'entrée. Jasper tape un code d'accès, et le portail s'ouvre, nous laissant entrer.

— C'est chic, commenté-je.

— Tu n'as encore rien vu.

Jasper sourit et me jette un coup d'œil. Il met la première et franchit le portail. Une longue allée mène à l'avant de la propriété, avec des arbres de chaque côté, des haies protégeant l'intimité et une clôture de protection.

La maison elle-même est immense, comme si la propriété n'était pas déjà grandiose. Je ne suis pas habituée à un tel luxe, surtout en comparaison avec mon studio.

Il se gare devant la maison, descend de la voiture, et je le suis jusqu'à l'entrée. Jasper a une clé et déverrouille la porte d'entrée. Il me fait signe d'entrer en premier, et je jette un coup d'œil dans le hall d'entrée. C'est la première fois que je m'aventure dans la demeure de Kyler, et c'est assez impressionnant. Je savais qu'il était milliardaire, mais il démontre une élégance et un style incontestables.

J'enlève mes chaussures et mon manteau,

m'assurant de ne pas érafler le parquet. La maison semble impeccable, ce qui est difficile à imaginer avec une petite fille qui court partout.

Jasper retire également ses chaussures et les laisse près de la porte. Pas besoin de manteau pour lui, il n'avait pas l'air d'avoir froid pendant le trajet.

— Ils sont là ? demandé-je en jetant un coup d'œil autour de moi.

La maison est silencieuse, et je m'attendrais presque à ce qu'un enfant de six ans se précipite sur nous dès notre entrée. Non pas qu'elle soit un chiot, mais elle est plutôt enthousiaste et pleine d'énergie.

— Ils nous ont dit de les retrouver à sept heures, dit-il en consultant sa montre. Nous sommes à l'heure. On va les trouver.

Je ne sais pas où se trouve quoi que ce soit, et Jasper me guide dans le couloir où l'on perçoit un peu d'agitation. Kyler et Emerson sont en train de s'embrasser, inconscients de notre arrivée. Contrairement à ce qui se passerait si deux personnes s'amusaient sur le comptoir de la cuisine ou se collaient contre un mur, elle est assise sur ses genoux, et il a toujours un genou à terre.

Après un moment, ou du moins c'est l'impression que nous avons, Jasper émet un léger bruit de gorge.

— Peut-être qu'on devrait revenir, suggéré-je.

— Amber ?

Emerson a l'air stupéfaite lorsqu'elle me voit et se défait de l'étreinte avec Kyler.

— C'est bon de te revoir, dit Kyler en me serrant la main.

Cela fait quelques jours, et bien que j'aie presque envie de l'enlacer, cela me semble un peu trop tôt et informel.

La mâchoire d'Emerson se relâche, et elle jette un coup d'œil de moi à Jasper.

— Tu sors avec ma sœur ?

Mon estomac fait une culbute à sa question. Qu'est-ce qui lui fait penser ça ?

Jasper sourit largement, me jetant un coup d'œil avant de répondre à Emerson.

— Nous ne sommes que des amis. Ton frère nous a présentés quand il a eu besoin d'aide pour choisir la bague chez Tiffany's.

Emerson semble déconcertée par cette révélation. Je le suis aussi, même si je sais que nous ne sommes rien de plus que des amis. Et techniquement, nous nous sommes rencontrés avant Tiffany's, mais je ne le corrige pas.

— Vous n'êtes que des amis ? répète Emerson comme si elle ne le croyait pas.

Elle me regarde, puis Jasper, attendant une confirmation.

Jasper acquiesce, l'air bien plus détendu que moi. Je souris, mais je ne suis même pas sûre que mes lèvres se retroussent. C'est gênant. Partager le même lit que lui la nuit dernière ne devrait pas me déstabiliser à ce point. Nous n'avons fait que dormir !

— C'est vrai, nous sommes juste des amis, affirmé-je.

Ma sœur se retourne pour faire face à son fiancé, enveloppée dans son étreinte.

— Pourquoi m'as-tu dit que Jasper venait avec sa petite amie ?

Je m'étouffe sous les mots d'Emerson.

— Petite amie ?

Heureusement que je ne bois rien, sinon je l'aurais recraché à travers la pièce.

— Je voulais te surprendre avec la demande en mariage. Et si je t'avais dit que mon frère et ta sœur venaient, tu te serais méfiée, dit Kyler comme si c'était la chose la plus normale au monde.

Ça l'aurait été si je n'avais pas bu jusqu'à plus soif hier soir et si je n'avais pas joué à un jeu puéril d'action ou de vérité avec Jasper, ce que je ne regrette pas. Et c'est là le pire, parce que je ne devrais pas continuer à craquer pour lui.

Emerson semble se détendre avec sa réponse.

— Eh bien, tu as fait du bon travail avec la surprise.

Elle se retourne vers nous, Jasper et moi, et je fais tout ce qui est en mon pouvoir pour maintenir une distance raisonnable entre nous, mais si je bouge légèrement, il me frôlera.

Techniquement, c'est moi qui le frôle.

— Alors, tu as dit oui ? demandé-je en jetant un coup d'œil à la main d'Emerson.

J'ai besoin de me distraire du mec sexy et célibataire qui se tient à côté de moi. Celui pour qui j'ai des sentiments.

Ma sœur me montre la bague qu'elle porte au doigt.

— Je suis fiancée !

— Félicitations !

Je pousse un cri de joie et je serre Emerson dans mes bras. Je suis heureuse pour elle, surtout maintenant que les fiançailles sont réelles et qu'elle n'a plus à faire semblant d'être amoureuse de Kyler Greyson.

— Je suis heureux pour vous deux, déclare Jasper en tapant amicalement dans le dos de Kyler.

Quand je relâche ma sœur, il l'enveloppe

amicalement de ses bras. Il jette un coup d'œil dans la pièce.

— Ça sent bon.

— On vient de mettre une tarte aux pêches au four.

— Tu fais de la pâtisserie ? demandé-je, jetant un coup d'œil à Kyler, car je sais que ma sœur n'est pas douée en cuisine.

— La nounou s'occupe de la cuisine et de la pâtisserie ici, explique Emerson. Elle nous a fait quelques tartes aux pêches cet été, et nous les avons congelées.

— Ça a l'air délicieux.

Jasper se frotte les mains.

— J'ai du vin de dessert pour fêter ça, annonce Emerson, me lançant un regard. Tu peux en boire un verre pendant que tu es ici, mais tu devras rester un peu. Je ne veux pas que tu sois pompette en essayant de trouver ton chemin jusqu'au métro.

— Tu n'as pas à t'occuper de moi, Em.

— Je dois le faire. Tu n'as pas encore vingt et un ans. Un verre de vin. Je ne vais pas corrompre ma petite sœur.

Je n'ai pas besoin de regarder Jasper, car je sens son regard me brûler.

J'expire un grand coup.

— La tarte est prête ? Je peux la sortir du four pour toi.

Je fais tout pour éviter cette conversation sur mon âge, car je ne veux pas que ma sœur apprenne que je bois au Blue Line ou, pire, que j'ai une fausse carte d'identité.

Kyler me rejoint près du four. La minuterie ne s'est pas encore déclenchée, indiquant quinze minutes et le compte à rebours continue.

— Il reste encore du temps, précise-t-il.

Il s'adosse aux placards, croise les bras sur sa poitrine, un sourire amusé sur le visage. Il baisse le ton alors que Jasper est encore sous le choc du fait que j'ai moins de vingt et un ans.

— Je sais que tu m'as fait une farce hier soir, dit Kyler.

Il affiche un air suffisant, fier d'avoir compris.

— C'est juste que je n'arrive pas à savoir pourquoi.

Il jette un coup d'œil de moi à son jeune frère, Jasper.

Ma voix faiblit au fur et à mesure que je parle.

— Je ne sais pas de quoi tu parles.

Je n'ai pas l'air sûre de moi dans ma réponse, et je me sens encore moins confiante lorsque je jette un coup d'œil à Jasper, espérant qu'il puisse me sauver de cette conversation. Parce qu'elle vient d'aller de mal en pis pour moi.

L'anxiété s'insinue dans mon estomac, libérant les papillons. Mes doigts tremblent et je les enfonce dans le coin de mes poches comme si j'étais détendue, mais je suis tout sauf calme.

— Je ne suis pas fâché, juste curieux, dit Kyler, sentant peut-être mon hésitation.

Mais je suis certaine que quiconque me regarde peut lire que je ne suis pas à l'aise avec cette conversation.

Jasper traverse la cuisine et croise mon regard. Ses sourcils se pincent tandis qu'il s'approche, et j'espère qu'il va me sauver de cet assaut de questions et de drames imminents que je ne veux pas affronter.

— Tu es à l'université. Laisse-moi deviner, vingt ans ?

Je presse mes lèvres l'une contre l'autre.

— C'est exact.

Un sourire complice se dessine sur son visage, mais il ne me dénonce pas à Emerson.

— Il faudra qu'on te sorte quand tu auras vingt et un ans pour fêter ça, dit Jasper.

— Bien sûr, répond Emerson en traversant la cuisine et en me passant le bras autour de l'épaule.

Tu devras essayer différents cocktails et découvrir ce que tu aimes. Je tiendrais même tes cheveux en arrière pour toi.

— Je passe sur les vomissements.

Je lui donne un coup de coude dans les côtes.

— Quelle sœur tu es, tu me laisses boire à l'excès.

— Je suis une grande sœur, plaisante Emerson. Je te laisse prendre un verre de vin avec le dessert.

— Un vrai verre, ou tu me donnes une gorgée ?

Je connais le mode opératoire de ma sœur. Elle fait croire qu'elle me fait un grand geste, mais elle me donne l'équivalent d'une dégustation dans un vignoble.

— Tu as vingt ans. Quand tu seras adulte comme nous tous, tu pourras boire autant que tu veux.

Emerson me serre dans ses bras avant de s'approcher de Kyler. Elle passe un bras autour de sa taille, et je roule des yeux, plus vers Emerson que vers eux deux. Je suis heureuse pour eux, mais elle m'agace.

Jasper se racle la gorge, son regard se pose sur moi.

— Je me souviens avoir dû attendre d'avoir vingt et un ans pour boire.

— Tu racontes n'importe quoi, dit Kyler. Je me

souviens avoir reçu deux ou trois canulars téléphoniques de ta part alors que tu étais bourré dans un bar miteux en bas de chez toi.

Jasper pose une main sur sa poitrine.

— Je ne ferais jamais ça.

— Conneries, murmure Kyler en riant.

— Les garçons, dit Emerson en jetant un coup d'œil entre eux. Pas de bagarre dans la maison. Vous gardez ça pour la glace.

— On ne se bat pas, bébé, dit Kyler en déposant un baiser sur les lèvres d'Emerson. Je dis juste à mon petit frère ce qu'il en est.

— Petit ?

Jasper hausse un sourcil en regardant Kyler.

Je jure qu'il est sur le point de se disputer, et même s'il semble de bonne humeur, sachant que ce sont deux joueurs de hockey, cela pourrait facilement se transformer en quelque chose de féroce.

— Je pense que la tarte est prête, dis-je en jetant un coup d'œil à l'horloge.

Emerson prend les assiettes et les fourchettes pendant que Kyler sort le dessert du four et le laisse refroidir quelques minutes.

— Où est le vin ? demandé-je à ma sœur.

— Dans la cave. Tu veux y emmener Jasper et

l'aider à choisir un bon vin de dessert ?

Jasper me fait sortir de la cuisine, et il semble connaître le chemin de la maison en m'emmenant dans les escaliers. Le sous-sol contient une salle d'entraînement et, au fond, une porte mène à la cave à vin.

La pièce est faiblement éclairée, et il tire sur la chaîne du plafond pour projeter une lumière chaude sur la pièce froide.

— C'est chic, dis-je.

La cave a l'air vieille par rapport au reste de la maison, qui est plutôt moderne. Jasper jette un coup d'œil sur moi et sur les centaines de bouteilles de vin qui jonchent la pièce.

— Sais-tu lequel est un vin de dessert ?

— Tu me demandes ça à moi ?

— J'ai oublié que tu avais vingt ans, plaisante-t-il.

— Tu ne peux pas parler à ma sœur du bar ou des boissons ou...

— Ou de la fausse carte d'identité, ajoute-t-il. Je te promets que je ne le ferai pas. Nous avons tous des secrets pour nos frères et sœurs.

— Quels sont les secrets que tu caches à Kyler ? demandé-je et je regarde de lui à la bouteille de vin, lisant les étiquettes.

Rien ne dit que c'est un vin de dessert, mais qu'est-ce que je suis censée chercher ?

J'attrape mon téléphone dans ma poche arrière.

— Qu'est-ce que tu fais ?

— Je cherche un vin de dessert sur Google, dis-je en lui montrant mon téléphone.

— Tu n'as qu'à envoyer un message à ta sœur, dit Jasper. Elle te dira quel vin prendre pendant qu'on est ici.

— Tu veux vraiment qu'elle dise à Kyler que tu es incompétent en matière de vins de dessert ?

Jasper rit, rejetant la tête en arrière, les yeux larmoyants.

— Tu crois que j'en ai quelque chose à faire ?

— Oh, eh bien, dans ce cas, je vais juste lui envoyer un texto.

Jasper sourit et prend une bouteille de Moscato à la pêche.

— Je pense que celui-ci se mariera bien avec une tarte aux pêches.

Il me laisse monter les escaliers en premier, et je ne peux pas m'empêcher de me demander s'il n'est pas en train de mater mes fesses sur le chemin. Je me mords la lèvre inférieure, essayant de ne pas sourire pendant que nous retournons à la cuisine.

— Vous vous êtes perdus là-bas ? plaisante Emerson.

La tarte est sortie du four, déjà coupée en parts et répartie dans des assiettes. Bristol arrive en trombe dans la cuisine, sentant l'odeur de la tarte aux pêches. Elle salue brièvement Jasper et me regarde avec curiosité.

— Bonjour, dis-je en souriant.

— Tu ne ressembles pas à Emmie, dit la petite. Je croyais que les sœurs se ressemblaient toujours.

— Je vois la ressemblance, dit Jasper.

Il prend le tire-bouchon dans le tiroir, familier de la maison de son frère, et ouvre la bouteille, nous versant à chacun un verre.

Elle prend son assiette de tarte et l'emporte dans la salle à manger.

— Combien dois-je en donner à ta petite sœur ? demande Jasper à Emerson, en se moquant de moi.

— Un avant-goût, répond Emerson. Je pourrais lui donner du jus de raisin comme Bristol. Kyler, aide-moi à porter la vaisselle et les boissons dans la salle à manger, veux-tu ?

Je reste dans la cuisine avec Jasper pendant qu'il leur verse à chacun un grand verre de vin. Il me fait goûter dans mon verre, puis me tend la bouteille en se penchant vers moi.

— Ne le dis pas à ta sœur, dit Jasper en me faisant un clin d'œil.

— Ne t'inquiète pas, dis-je.

Je lui tourne le dos et porte la bouteille à mes lèvres. Si Emerson veut me faire chier à propos de l'alcool et de la quantité que je peux boire dans un verre, je vais le boire directement à la bouteille.

Je penche la tête en arrière, laissant le Moscato à la pêche glisser dans ma gorge, et bon sang, c'est doux et bon. Jasper sait choisir ses vins, ou du moins associer la pêche à la pêche. On ne peut pas vraiment se tromper.

— Ne m'oblige pas à te ramener chez toi, murmure-t-il en me regardant avec un sourire.

Ses yeux bruns scintillent tandis qu'il me fixe. Ce regard - l'intensité de son regard - fait revenir les papillons en plein vol.

Je redescends la bouteille et m'essuie la bouche du revers de la main.

— Sexy, taquine Jasper, et je lui jette la bouteille de vin à la figure au moment où Emerson revient à toute vitesse dans la cuisine.

— Tu as besoin d'aide pour porter le reste dans la salle à manger ? demande-t-elle, inconsciente de l'échange entre nous.

C'est probablement mieux ainsi, car je ne sais

même plus quoi en penser. Un instant, il a l'air de flirter. L'instant d'après, il est clair que nous ne sommes que des amis. Et puis il recommence à flirter. Il se peut que j'interprète ce flirt de manière erronée. Ce n'est pas comme si j'avais une tonne d'expérience en la matière. Jasper pourrait être un homme naturellement amical qui s'entend bien avec les femmes, et cela passe pour du flirt. Amical n'est pas synonyme de flirt.

LE DESSERT se passe bien avec Kyler et Emerson. Je suis ravie qu'ils soient officiellement fiancés, et mon grand frère est heureux. Je ne l'ai jamais vu comme ça.

Une petite partie de moi est jalouse parce que je veux aussi ressentir ce sentiment. Le bonheur qu'ils partagent tous les deux est authentique.

Je ramène Amber après le dessert et le vin avec mon frère et sa fiancée. Elle est silencieuse lorsque nous nous dirigeons vers la voiture, et je lui ouvre la portière du passager.

Elle hausse un sourcil, surprise par mon geste, et ouvre la bouche pour dire quelque chose, puis la ferme.

— Merci, dit-elle finalement avant de s'asseoir sur le siège avant.

Je me dépêche de passer du côté conducteur. L'air est frais, et j'aurais dû utiliser le système de démarrage automatique pour réchauffer le véhicule, mais je ne pensais pas que ce serait si inconfortable.

— C'était sympa, dis-je en m'installant dans le siège du conducteur.

J'attends qu'Amber fasse de même avant de mettre la voiture en marche et de m'éloigner de la maison.

— C'était sympa, dit Amber en jetant un coup d'œil par la vitre latérale puis en me regardant. Merci de m'avoir conduite jusqu'à chez ton frère et de me ramener à la maison. J'aurais pu prendre le métro.

— C'est absurde.

Je n'allais pas la laisser marcher jusqu'au métro dans l'obscurité de la nuit. Ce n'est pas très sûr, surtout seule.

Elle règle les ventilateurs et il faut quelques minutes pour que la chaleur envahisse le véhicule. Un silence nous enveloppe, et je ne sais pas si elle retient quelque chose ou ce qui se passe dans sa tête.

Je me racle la gorge, ne voulant pas rester en

silence pendant les trente-cinq minutes de route jusqu'à son appartement.

— Tu vas souvent voir des matchs de hockey ? lui demandé-je.

— Non, répond Amber, et je la regarde.

Elle sourit, me regarde, puis regarde la route, comme si elle évitait mon regard.

— Ton amie aime le hockey, alors ? supposé-je.

— Charlotte ? Peut-être, je ne sais pas.

Je ris et secoue la tête.

— Deux filles qui ne s'intéressent pas vraiment au hockey. Pourquoi vous êtes allées toutes les deux payer des places au premier rang ?

Elle penche la tête en arrière comme si elle demandait à l'univers de répondre à sa place.

— Nous avions pensé que ce serait amusant.

Je n'insiste pas parce que je sens qu'elle est mal à l'aise et que je n'ai pas envie de rendre les choses plus embarrassantes.

— Bien sûr, c'est logique. Vous avez apprécié ?

— Immensément, dit-elle.

Je lui jette un rapide coup d'œil et je vois le sourire sur son visage.

— Nous avons un autre match demain. Tu devrais venir, mais tu ne peux pas porter ce maillot hideux des Bruisers.

— J'aimerais bien, mais je ne pense pas pouvoir me le permettre, dit Amber. En fait, je sais que je ne peux pas. Mais merci pour l'invitation.

— Je peux t'offrir des billets, gratuitement, à une condition.

— Quelle est cette condition ? demande-t-elle, la voix légèrement tremblante.

Est-ce que je la rends nerveuse ?

Nous sommes amis. Il n'y a pas de raison qu'elle se sente nerveuse en ma présence.

— Tu dois porter mon maillot, dis-je. Je veux regarder dans les tribunes et voir que tu me soutiens.

— Ton maillot puant ? rit Amber.

— Il ne sentait pas si mauvais que ça.

— Oh, si.

Elle semble se détendre quand on plaisante.

— Tu m'as jeté un maillot transpirant, mouillé et puant et tu as exigé que je le porte devant tout le monde.

— La plupart des filles trouveraient ça excitant, dis-je.

— Oui, je sais.

Elle rit et repousse ses cheveux derrière son oreille.

— Mais je ne suis pas la plupart des filles.

J'ai remarqué. C'est sans doute pour ça que je n'arrête pas de penser à elle.

— Pour info, je l'ai lavé et il est sur la banquette arrière. Tu le porteras pour le match de demain si je t'achète des billets ? demandé-je.

— Tant que les places ne te coûtent rien. Je ne veux pas t'attirer des ennuis.

— Je n'aurai pas d'ennuis. Mais rends-moi service, laisse ton amie à la maison.

— Tu n'aimes pas Charlotte ? demande Amber, et maintenant elle me regarde comme si j'avais deux têtes.

— Elle n'a pas l'air d'avoir une bonne influence, elle t'encourage à porter le maillot des Bruisers au lieu de celui des Dragons.

— Je te l'ai dit, c'était un défi.

— Et tu acceptes toujours tous les défis qu'on te lance ? lui demandé-je, essayant de la connaître un peu mieux.

— Pas toi ? me demande-t-elle en me retournant la balle.

Elle ne répond pas à ma question, du moins pas encore.

— Cela dépend de la personne qui ose. Il m'est arrivé d'aller jusqu'au bout de quelques audaces, avoué-je.

— Je l'avoue, je ne suis pas du genre à aller jusqu'au bout de mes audaces. Tu n'as pas l'air d'être du genre non plus, dit Amber. Tu as toujours choisi la vérité dans notre petit jeu d'hier soir.

A-t-elle oublié que j'avais choisi Action ?

— Ce n'est pas vrai.

Il est vrai que je n'ai pas suivi le défi, mais seulement parce que mes coéquipiers m'ont clairement fait comprendre que si j'embrassais Amber, j'enfreindrais le code des frères.

— Eh bien, tu n'es pas allé jusqu'au bout du défi, dit Amber.

Elle me regarde, puis regarde la route.

— Ce n'est pas grave. Je n'en suis pas contrariée.

Elle n'a pas l'air heureuse non plus, et à moins de l'embrasser, il n'y avait pas d'autre moyen de contourner son défi qui n'aurait pas fini en désastre.

Je ne sais pas grand-chose de ce que pensent les femmes, mais nous flirtions et elle voulait que je l'embrasse. Je pouvais sentir la chaleur entre nous. Le grésillement du désir.

Nous tournons au coin de la rue et je suis heureux que son campus soit à portée de vue. Encore un pâté de maisons et nous serons chez elle.

— Tu peux aller chercher les billets pour le match de demain à l'hôtel.

— Des billets ? Je croyais que je ne pouvais pas amener mon amie.

— Pas Charlotte.

— Et si je l'amène ?

La fille me nargue. J'essaie de faire une chose gentille pour elle, et elle est déjà en train de planifier comment la gâcher.

Ma mâchoire se crispe. Ce n'est pas que je n'aime pas Charlotte. Je l'ai rencontrée à Blue Line, mais quand les mauvais sentiments commencent à m'envahir, je ne peux pas m'en défaire. Son amie l'a abandonnée pour un mec. Comment Amber était-elle censée rentrer chez elle ? Marcher seule jusqu'au métro, la nuit, bien après minuit ?

— Je te laisserai un billet à l'hôtel, dis-je. Et quand le match sera terminé, tu viendras avec nous pour fêter notre victoire.

— Et si les Dragons perdent ? demande-t-elle. Que se passe-t-il après ces matchs ?

— Tu ne veux pas le découvrir.

———

— Tu as l'air nerveux, mon frère, dit Kyler alors que nous sommes assis sur le banc dans les vestiaires avant le match.

Je ne lui dis pas que c'est parce que j'ai invité Amber au match. Je ne suis pas nerveux à l'idée qu'elle vienne. Je suis plus inquiet à l'idée qu'elle puisse amener son amie et se laisser convaincre de porter le maillot de l'ennemi. Encore une fois.

C'était déjà assez grave qu'elle porte un maillot des Island Bruisers. Non, le pire, c'est qu'elle a dû porter le maillot de Knox Storm. L'abruti. Il devait se vanter qu'elle porte son numéro. Il ne l'aurait même pas remarquée dans les tribunes si je n'avais pas fait toute une histoire en retirant mon maillot et en le lui donnant.

C'était ma faute, et pendant le reste du match, il m'a fait chier, lançant des insultes et des insinuations à Amber, sans qu'elle n'en entende aucune.

Mais peu m'importait qu'elle l'ait entendu ou non. Knox Storm méritait de se faire botter le cul, et je me suis assuré de le faire à plusieurs reprises. Cela m'a d'ailleurs valu d'être expulsé du match pendant la dernière période.

Une erreur que l'entraîneur Malone m'a clairement signifié que je ne devais pas commettre ce soir.

Pas de récidive, même si nous gagnons le match.

— Je vais bien, grommelé-je.

J'aimerais pouvoir voir si elle est dans les tribunes, si elle vient ce soir.

Je le saurai à la minute où je sortirai et où je monterai sur notre banc, car les sièges privés que nous occupons se trouvent directement derrière la vitre où nous sommes assis. Les gars laissent tour à tour leur famille, leurs amis, leurs petites amies et tous ceux qu'ils veulent utiliser ces sièges.

— Tu as vraiment l'air bien, dit Kyler.

Owen jette un coup d'œil à Noah, échangeant un regard silencieux.

— C'est à propos d'une fille ?

Ils essaient d'être discrets devant Kyler, mais il n'en perd pas une miette.

— Quelle fille ?

Kyler plaisante en regardant ses amis, et comme ils ne répondent pas, il me jette un coup d'œil.

— Tu vois enfin quelqu'un ?

Je ne réponds pas parce que si, oui, je sors avec Amber, ce n'est pas dans le sens traditionnel du terme. Nous ne sommes pas petit ami et petite amie. Nous sommes juste amis. Les gars m'ont fait remarquer l'autre soir que c'était tout ce que ça pouvait être avec elle, et ils ont raison.

— Est-ce que j'ai l'air de sortir avec quelqu'un ?

Je réponds à sa question par une question.

Kyler hausse les épaules.

— Je ne sors pas dans les bars avec vous après les matchs. Attends, tu étais avec Amber au bar il y a deux nuits ? La farce...

Heureusement, Kyler est interrompu lorsque l'entraîneur Malone entre dans le vestiaire pour nous donner un discours d'encouragement avant le match. Je n'ai jamais été aussi heureux de voir l'entraîneur de ma vie.

Lorsque le match commence, nous sommes présentés et nous sortons des vestiaires pour aller sur la glace. Je vois immédiatement Amber dans les tribunes. Elle porte mon maillot, celui que je lui ai offert, et je ne peux pas cacher mon sourire suffisant.

Elle me fait un signe de la main et j'essaie de ne pas la reconnaître quand Kyler passe devant moi en se dirigeant vers le banc. Il remarque Amber dans les tribunes et mon regard sur elle.

Ce n'est qu'une amie.

Je suis le premier sur la glace avec Kyler, Owen, Noah, Chase et notre gardien, Aiden. Kyler et moi avons toujours bien joué sur la glace, étant donné que, dans nos anciennes années, nous nous sommes entraînés ensemble, nous connaissons nos mouvements respectifs, et c'est comme une danse harmonieuse que nous jouons, en nous renvoyant le palet avant qu'il ne le lance sur Owen pour marquer un but.

Je veux être celui qui marque, impressionner Amber.

Putain.

D'où vient cette idée ?

Je jette un coup d'œil à Amber dans les tribunes, et elle encourage Owen, applaudissant et souriant. Je veux qu'elle le fasse parce que j'ai marqué un but.

Je n'ai jamais été du genre jaloux.

Je n'ai jamais eu de raison d'être jaloux. Depuis le lycée, je me concentre sur ma carrière et non sur les filles.

Je suis toujours heureux quand mes coéquipiers réussissent parce que nous, en tant qu'équipe, nous réussissons. C'est ce qui est le plus important.

Mais ce n'est pas ce que je ressens en ce moment. Il y a une amertume qui me consume, une rage intérieure qui rampe dans mes veines et qui ne demande qu'à se déchaîner.

Je veux qu'Amber crie mon nom, qu'elle m'applaudisse et qu'elle sourit en me voyant marquer le prochain but.

Je devrais être heureux pour Noah, mais je ne veux pas que son attention se porte sur lui. Mes entrailles sont en feu, et quand j'obtiens enfin le palet, je ne veux pas le donner à Kyler, le centre, même s'il est ouvert, et que Storm et Conrad sont en train de me rattraper.

Knox Storm utilise sa crosse pour me faire trébucher, et Conrad vole le palet, le renvoyant vers leur but.

— Ta copine est dans les tribunes et elle a crié mon nom, dit Storm.

Je sais qu'il essaie de m'atteindre. Je devrais l'ignorer. Il a toujours été un peu con sur la glace, mais dès qu'il parle d'Amber, je vois rouge.

Je plaque Knox contre la vitre, mon poing s'enfonçant dans sa poitrine, et il me renvoie coup sur coup dans l'abdomen.

Le combat dure une minute, peut-être plus, avant qu'on nous sépare.

— Qu'est-ce que c'était que ça ? demande Kyler.

Je ne réponds pas à mon frère. Il ne comprend pas pourquoi je méprise Knox. Storm et moi sommes envoyés au banc des pénalités. Amber est assise derrière le banc des joueurs, de l'autre côté de la patinoire, et ne peut pas me voir. Je suis soulagé de ne pas avoir à l'affronter maintenant, surtout après ce que Knox a dit.

NEUF

AMBER

— JE N'ARRIVE PAS à croire que tu me fasses porter une perruque, grogne Charlotte à mes côtés.

— Je t'ai offert un billet gratuit, chut.

Je lance un regard noir à ma meilleure amie. Nous arborons toutes deux les maillots des Dragons, mais plus précisément, le mien provient du dos de Jasper l'autre jour. Au moins, il a eu la décence de le laver, et même s'il est propre, il exhale toujours l'irrésistible parfum de son propriétaire.

J'essaie de refréner l'envie de renifler mon maillot comme une folle. Heureusement, l'odeur de marécage s'est évaporée dans la machine à laver.

— Oui, mais pourquoi ton copain ne m'aime pas ? interroge Charlotte.

— Ce n'est pas mon copain.

Je reste concentrée sur le match, et je dois admettre que je suis déçue de voir Jasper sur le banc des pénalités, car cela signifie que je ne peux pas le voir jouer.

Heureusement, l'arène est bruyante, empêchant ainsi ses coéquipiers assis devant la vitre d'entendre notre conversation.

— Pourquoi ne m'aime-t-il pas ? persiste Charlotte.

— Je ne sais pas. Tu m'as encouragé à porter le maillot des Bruisers. Peut-être qu'il te fait porter le chapeau.

Charlotte fait un geste dédaigneux de la main.

— Nous avons toutes les deux porté le maillot. Tu es aussi coupable que moi.

Je lui lance un regard noir.

— Tu m'as mis au défi de le porter.

— Oui, et je porte cette perruque, donc on est quittes. D'accord ?

La perruque blonde lui va plutôt bien, avec son teint pâle et ses taches de rousseur. Elle la porte avec élégance.

— Mais je suis presque sûre que ton amant va remarquer qui je suis, perruque ou pas.

— Ce n'est pas grave. Je doute qu'il nous prête autant d'attention, dis-je en espérant avoir raison.

Jasper est libéré du banc des pénalités et retourne sur la glace avec Kyler et ses coéquipiers. Le score est de un à zéro, et les Dragons mènent, mais pas pour longtemps.

Jasper est de retour dans le jeu, tout comme leur adversaire, Storm.

— Hé, ce n'est pas le gars dont on a acheté les maillots ? demandé-je.

— Oui, tu crois que c'est pour ça qu'ils se chamaillent ? demande Charlotte en fronçant les sourcils.

Ma meilleure amie est folle.

— C'est de la folie.

— Mais est-ce que c'est le cas ? demande-t-elle en me jetant un coup d'œil.

Elle hausse les épaules, puis son attention se porte à nouveau sur le match de hockey.

La période est presque terminée, et quand elle s'achève, tous les gars se dirigent vers les vestiaires. La foule qui nous entoure se lève et quitte son siège en traînant les pieds, en s'étirant, en allant aux toilettes, comme d'habitude. Au bout de quelques minutes, un gars essaie de se faufiler entre nous, au premier rang, en portant trois gobelets de bière. Il réussit à en renverser un sur moi, trempant mon maillot des Ice Dragons.

— Désolé, dit-il en bredouillant et en continuant à marcher.

— Sérieusement ?

Je me lève, essayant d'essuyer les restes de bière sur mes vêtements.

— C'est génial, murmuré-je.

Je ne porte rien d'autre qu'un soutien-gorge sous le maillot, et il fait froid dans l'arène. Comme si ce n'était pas assez, la bière est maintenant imprégnée et me donne froid.

Charlotte suggère d'aller aux toilettes, et nous nous dépêchons de monter les escaliers pour y aller. Il y a une longue file d'attente, et nous promettons à tout le monde que nous ne doublons pas, que nous essayons juste d'atteindre le sèche-mains, qui ne fonctionne pas.

Il y a des serviettes en papier, et j'essaie de sécher le maillot trempé, mais il est toujours aussi glacial et inconfortable.

— Tu pourrais acheter un autre maillot ? plaisante Charlotte alors que nous sortons des toilettes, jetant les serviettes humides à la poubelle.

J'agrippe le devant de mon maillot, essayant d'empêcher le froid de mordre ma peau. Le kiosque le plus proche vendant des articles des Ice Dragons a une file d'attente tout autour de l'arène. Nous allons manquer une partie du match si nous faisons la queue.

— Tu pourrais essayer là-bas, dit-elle en montrant les produits des Island Bruisers.

Je gémis. J'ai déjà un de leurs maillots que je ne porterai jamais.

— Sérieusement ? Jasper va me tuer.

Charlotte penche la tête en souriant.

— Pourquoi ? Parce que si vous ne sortez pas ensemble, je ne vois pas le problème.

— Nous sommes amis, Char. C'est comme le poignarder dans le dos.

— Il comprendra. Sinon, il t'apportera un autre maillot. Ce ne serait pas génial ? Tu pourras m'en donner un quand tu en auras fini avec lui.

Je ris de sa franchise. Elle me rapproche de la petite boutique des Island Bruisers, qui est vide de clients. Nous sommes au stade des Dragons, il n'est donc pas surprenant que la majorité des articles vendus soient ceux de l'équipe de Jasper.

— Ce n'est pas possible. Je ne peux pas faire ça.

— Soit tu te gèles dans ce maillot trempé et dégoûtant qui pue la bière, soit tu achètes un de ces maillots pour pouvoir regarder ton copain jouer au hockey.

— Ce n'est pas mon copain, dis-je en grinçant des dents.

— Tu es drôlement sur la défensive pourtant, raille Charlotte.

Je m'approche de la tribune.

— Quel est le maillot le moins cher que vous ayez ? demandé-je.

— Nous avons une recrue, Charlie Hayes, qui en est à sa première année avec les Island Bruisers. Nous avons son maillot à vendre.

— Combien ?

Je paie avec ma carte de crédit et me précipite dans les toilettes pour me changer près des lavabos, car les cabines sont toutes occupées et les files d'attente n'ont pas diminué.

— Jasper va me tuer, murmuré-je, arborant le maillot bleu des Bruisers, alors que je me dirige avec Charlotte vers nos sièges.

— Peut-être.

Je jette un coup d'œil à mon amie.

— Échange tes vêtements avec moi. Donne-moi ton maillot des Ice Dragons.

Pourquoi n'y ai-je pas pensé quand j'étais dans les toilettes ? Les joueurs commencent à sortir des vestiaires alors que la prochaine période commence.

— Hors de question. Ça va être un sacré spectacle.

Charlotte a un sourire malicieux.

— Je te jure que si tu as payé ce loser pour qu'il me renverse de la bière dessus...

— Je ne l'ai pas payé !

Charlotte s'esclaffe.

— Mais ça aurait été un bon plan.

Jasper entre sur le banc des joueurs et s'assoit. Il jette un coup d'œil vers nous et fronce les sourcils.

— Sérieusement, Amber ?

Je pointe du doigt le gars qui se trouve six sièges plus loin dans la rangée.

— Il m'a renversé de la bière dessus !

Kyler s'assoit à côté de son frère et jette un coup d'œil en arrière pour voir ce qui se passe.

— Bon sang, Amber. Je ne t'aurais jamais prise pour une traîtresse.

Ma mâchoire se décroche.

— Je ne suis pas une traîtresse. Je soutiens les Dragons !

— On dirait bien, dit Kyler en haussant les épaules.

— La sœur de ta fiancée est un problème, dit Jasper un peu trop fort.

Je me demande s'il veut que je l'entende.

— Ce n'est pas mon problème. Elle peut soutenir qui elle veut. Je sais que je fais partie de l'équipe gagnante.

Kyler donne une tape dans le dos de son frère avant de retourner sur la glace alors que le match commence.

Jasper, lui, semble être sur la touche, du moins pour l'instant. Il regarde fixement les gars sur la glace, les mains jointes, et je me rends compte qu'il y a un sac de glace sur ses articulations. Quand il s'est battu avec Storm, il s'est probablement fait des bleus aux mains.

Lorsque Kyler reviendra, Parker Montgomery prendra sa place au centre.

Plus je regarde et me concentre sur le jeu, plus je commence à le comprendre.

Jasper jette le sac de glace à la poubelle. Je devrais regarder le match, mais je passe plus de temps à le regarder qu'autre chose, et l'entraîneur demande à Asher de sortir de la glace pendant que Jasper prend sa place d'ailier droit.

Au moins, il aura plus de temps pour jouer. C'est une bonne chose.

La deuxième période est une bataille sans vainqueur clair. Lorsque les Ice Dragons marquent, ils sont rapidement suivis par un but des Island

Bruisers. Je m'engage à n'encourager que les Dragons, mais avec Kyler et Jasper sur la glace, aucun des deux ne semble me remarquer. Et pourquoi le feraient-ils ? Ils devraient se concentrer sur le match.

Lorsque la deuxième période se termine enfin et que les Dragons ne mènent que d'un point, je sens la tension monter au sein de l'équipe. Le match est serré. Ils se dirigent vers les vestiaires et je me lève, m'assurant que le même crétin qui m'a renversé de la bière n'aura pas une deuxième occasion lorsqu'il nous dépassera pour se diriger vers l'allée.

— Ton petit ami ne t'a pas regardée une seule fois depuis que tu as enfilé le maillot de l'équipe rivale, dit Charlotte.

J'aurais aimé ne pas le remarquer, mais c'est comme si Jasper avait eu une crosse de hockey enfoncée dans les fesses pendant toute la dernière période.

— Ce n'est pas mon copain !

— Il est clair qu'il a envie de toi. Du moins, c'était le cas quand tu portais le maillot des Dragons.

— Change de maillot avec moi, dis-je en montrant le sien.

— Et risquer la colère des Ice Dragons ? Nous sommes assises juste derrière l'équipe. Il n'en est pas question. Surtout s'il y a une chance que l'un d'entre eux soit célibataire, dit-elle avec un sourire en coin. Reece, quel est son prénom ? Il est plutôt sexy.

— Noah, dis-je en me mordant la lèvre inférieure.

Il est beau, mais ce n'est pas Jasper Greyson.

— Il pourrait avoir une petite amie.

Charlotte tapote sur son téléphone.

— Il n'en a pas, dit-elle, sans détour, et elle me montre sa photo de profil Instagram. Il n'est pas sexy ?

Elle m'envoie pratiquement le téléphone au visage, un peu trop près. J'attrape son poignet et le tire légèrement vers l'arrière.

— Je ne vois rien.

— C'est parce que tu n'as d'yeux que pour Jasper, qui, je le précise, est décent, mais ce n'est pas Noah Reece.

— Demande-lui de sortir avec toi s'il te plaît, dis-je.

Je doute que l'une de nous deux ait une chance avec Jasper ou Noah, mais au moins je ne serai pas la seule à avoir le cœur brisé et à me faire marcher dessus. Non pas que je lui souhaite cela, mais nous ne sommes rien pour les Dragons, et je suis sûre qu'ils ont des tonnes d'autres filles - des filles plus sexy - qui leur courent après tout le temps.

Charlotte secoue la tête.

— Non, il va m'inviter à sortir ce soir.

Je ne sais pas ce qu'elle manigance, mais j'imagine déjà qu'il s'agit de quelque chose qui se passera au Blue Line après le match. Je ne suis pas sûre d'avoir envie de boire un verre, surtout si Jasper me dénonce avec ma fausse carte d'identité.

L'entracte est presque terminé et l'équipe retourne sur le banc des joueurs. Je ne devrais pas guetter Jasper, mais quand il sort enfin, il a un maillot dans les mains.

Il s'approche de la vitre et me regarde comme si je l'avais trahi.

Je me lève. Je ne sais même pas pourquoi ni ce qui me pousse à le faire, mais c'est comme si j'avais besoin d'être près de lui, d'expliquer ma version de l'histoire, ce qui s'est passé.

— Je t'en veux pour ma performance merdique sur la glace. Porter ce...

Il fait un geste vers le maillot que je porte.

— C'est la plus grande trahison de la part d'une amie.

D'une amie ?

J'expire une grande bouffée d'air et j'embue une tache sur la vitre.

Il m'observe, les yeux rivés sur les miens, le regard inébranlable. Il y a de l'agitation autour de nous, mais je n'y prête pas attention. Je porte ma main à la vitre et dessine un cœur en le fixant.

Jasper ne bouge pas. Ses sourcils se pincent lorsqu'il brise mon regard et voit ce que j'ai dessiné sur la vitre, le cœur entre nous.

Il ouvre la bouche et mon estomac se serre, attendant que les mots sortent de ses lèvres. Noah prend le maillot des mains de Jasper et me le jette par-dessus la vitre.

— L'entraîneur veut que tu sois sur la glace, dit Noah à Jasper.

J'attrape le maillot dans mes mains.

Jasper cligne des yeux et se retourne, le charme entre nous est rompu.

Noah regarde ses coéquipiers patiner sur la glace. Il est sur la touche pour le moment, ce qui pourrait me donner l'occasion de découvrir ce qui se passe avec Jasper.

— Mets ce maillot avant que Jasper ne s'effondre.

Le maillot doré est propre et sent Jasper. Il est grand et je l'enfile par-dessus l'autre que je porte parce que je n'ai rien d'autre en dessous qu'un soutien-gorge pour me changer à ma place.

Noah s'assoit sur le banc en face de nous, dos à nous, concentré sur le jeu.

— Noah, dis-je en tapant sur le verre pour essayer d'attirer son attention.

Il me jette un coup d'œil par-dessus son épaule et me fait un signe du pouce en remarquant le maillot des Dragons.

Charlotte fait signe à Noah et lui sourit, mais il hoche sèchement la tête et se retourne lorsque Montgomery, l'un de ses coéquipiers assis à côté de lui, lui donne un coup de coude sur le côté. Ils échangent quelques mots, mais nous sommes trop loin pour entendre ce qui se dit.

Jasper jette un coup d'œil dans ma direction alors qu'il est sur la glace, et le joueur de hockey de l'autre équipe, Hayes, balance sa crosse comme un club de golf et l'écrase contre le menton de Jasper.

Celui-ci lance des jurons et, lorsque les arbitres se désintéressent de la situation, n'ayant pas vu le jeu, Jasper attend qu'ils soient de retour sur la glace pour s'en prendre à Hayes. Ils se disputent le palet, font la course sur la glace quand Hayes commence à perdre le contrôle et à glisser vers le mur. Jasper l'oblige à s'y jeter à corps perdu. Jasper vole le palet et le passe à Kyler.

Knox Storm surgit de nulle part, plaquant Jasper contre la glace, lui assénant coups de poing sur coups de poing, défendant son coéquipier.

Conrad arrive par derrière, prêt à attaquer Jasper, lorsque Kyler intervient.

Kyler attrape Conrad par le maillot et le tire loin de son petit frère, tandis qu'ils se donnent des coups de poing. Les arbitres les séparent, mais semblent laisser Storm et Jasper continuer à se battre.

Owen se précipite sur Jasper, empêchant les Island Bruisers de se liguer contre lui ; au moins, à un contre un, le combat est équitable. Deux autres coéquipiers des Island Bruisers foncent sur Owen, qui les empêche d'intercepter son frère des Ice Dragons.

Les arbitres finissent par séparer Jasper et Knox et les expulsent du match. Ils expulsent également Kyler et Conrad.

— Sérieusement ? s'écrie Noah.

DIX
JASPER

MES ARTICULATIONS me faisaient mal tout à l'heure, mais la douleur irradie maintenant sous mon menton. Alors que je suis assis sur le banc des vestiaires, un sac de glace posé contre ma mâchoire, je remarque une tache de sang.

Je l'essuie d'un geste rapide, mais il est fort probable qu'il y en ait plus d'où elle provient. Je n'avais même pas pris la peine de me regarder dans le miroir. Je suis sûr que j'ai l'air d'un vrai boxeur. Jetant un coup d'œil aux écrans de contrôle, je vois le match, et au moins, je constate que je ne suis pas le seul joueur à avoir été expulsé.

Mon frère me rejoint dans les vestiaires avec une remarque cinglante :

— Tu as vraiment une tête à faire peur.

— Merci, dis-je en souriant. Au moins, il me semble que j'ai encore toutes mes dents.

Il me lance une serviette propre en me pointant du doigt.

— Tu as du sang sur le visage, dit-il d'un air pragmatique. Nettoie tout ça. La presse veut une interview après le match.

— Je ne vais pas leur servir des banalités, rétorqué-je. Ils vont me questionner sur la bagarre. Ils se fichent de ma performance sur le terrain, du nombre de buts que j'ai marqués. C'est toujours la brutalité du sport qui les intéresse.

— C'est vraiment dommage que nous ne soyons pas jumeaux, déclare Kyler en souriant.

— Je sais.

Mon frère adore être sous les projecteurs. Il s'épanouit dans ce rôle et a su l'utiliser pour sa carrière. Pour ma part, je préfère rester discret. J'apprécie le contrat de débutant que j'ai, et lorsque celui-ci prendra fin, j'aimerais décrocher une offre plus conséquente. Cependant, je n'aime pas être sous les feux des projecteurs, répondre à des questions, surtout celles qui n'ont pas grand-chose à voir avec le hockey.

Lors de ma dernière interview, une journaliste sportive m'a demandé si j'étais en couple.

Sérieusement ? Qu'est-ce que cela peut bien leur faire ? Elle s'est avérée être une chasseuse de scoop à la recherche d'anecdotes sur notre équipe, après avoir passé en revue la moitié des Wolverines et la plupart des Barbarians.

Un coup d'œil à l'écran me rappelle que les Ice Dragons mènent d'un point.

— C'est frustrant, soupiré-je en observant le match, impuissant à aider nos coéquipiers.

Kyler se déshabille et s'assoit à mes côtés sur le banc. Il jette un coup d'œil à l'écran, puis vers moi.

— Qu'est-ce qui se passe entre toi et Amber ?

— Rien.

Kyler me fixe un instant avant de hocher la tête, acceptant ma réponse comme une évidence.

— D'accord, très bien.

Nous reportons tous les deux notre attention sur l'écran lorsque le match se termine, et il est évident que les Dragons sont les vainqueurs. Enfin, je peux respirer, et je laisse échapper un soupir de soulagement.

— Tu vas au Blue Line ce soir ? demande Kyler, alors que les autres joueurs commencent à regagner le vestiaire.

— J'avais prévu d'y aller. Tu nous rejoins ce soir ?

Ce serait la surprise du siècle, Kyler prenant une

soirée de congé de la paternité. Je ne me rappelle même pas la dernière fois où il a emmené Emerson boire un verre avec l'équipe. Cela remonte à une éternité.

— Oui, pour un verre ou deux. Ensuite, je dois rentrer.

— Et Emerson ? demandé-je. Elle vient aussi ?

— Je l'ai invitée, répond mon frère d'un ton énigmatique.

— Et ?

Kyler ne répond pas. Il achève de s'habiller et s'assoit sur le banc, enfilant ses baskets. J'en fais de même, et une fois que mes coéquipiers sont prêts et que la presse nous a laissés tranquilles, nous nous dirigeons vers le Blue Line.

———

Notre table réservée à l'arrière est libre, et nous nous y installons tous. Kyler est assis en face de moi, et je suis à l'extrémité, comme d'habitude.

Owen et Noah taquinent encore sur le fait que j'aie la meilleure position pour observer les filles et tenter de les charmer. J'attrape une bière dans le seau, retire la capsule, et en prends une gorgée. La bouteille froide apaise mes articulations, me rappelant à quel point elles ont été malmenées pendant le match, surtout lorsque mon menton me lançait.

La glace a eu l'effet rapide d'engourdir la douleur.

Kyler prend une bière pour lui, s'asseyant avec un sourire suffisant.

— M&M, tu es là ! s'exclame-t-il en faisant signe à Emerson de s'approcher.

Je ne peux m'empêcher de regarder. M&M ? Je me tourne vers la porte, et Emerson entre dans le bar. Elle est magnifique, portant le maillot de Kyler et un legging noir.

Mon estomac se retourne, et elle se dirige rapidement vers notre table, posant ses lèvres sur celles de Kyler. Il l'attire contre lui, leurs bouches s'affrontant alors que ses doigts s'entremêlent dans ses cheveux.

Je détourne le regard, bois une nouvelle gorgée de ma bière, et mes yeux presque sortent de mes orbites lorsque j'aperçois Charlotte et Amber qui font leur entrée dans le bar.

Amber, qui a vingt ans et n'a rien à faire au Blue Line, se dirige vers le bar pour passer une commande.

Je descends de mon tabouret.

— Je reviens, marmonné-je, espérant que les gars ne poseront pas de questions.

Au moins, Kyler est captivé par Emerson. Je ne jette pas un coup d'œil à Noah et Owen par-dessus mon épaule. Ils m'empêcheraient de commettre la plus grosse erreur de ma vie.

Je me dirige vers le bar, une bouteille de bière à la main, me place à côté d'Amber, et me tourne vers elle. Elle sourit, et je jette un coup d'œil vers le bas, remarquant qu'elle porte mon maillot. Mon cœur se gonfle, bien qu'il ne devrait pas.

Encore moins quand elle portait le maillot de cette recrue idiote, Charlie Hayes, tout à l'heure. Mais cela m'a rongé de l'intérieur, me déchirant membre par membre.

— Je vais...

Elle ouvre la bouche et tend sa carte d'identité.

J'appuie sa main sur le bar et la repousse doucement contre sa poitrine.

— Elle reste sobre ce soir, dis-je. Ne lui donnez rien qui contienne de l'alcool.

— Qu'est-ce que tu... commence Amber, et je me décale légèrement, lui permettant de voir au-delà de moi.

Sa sœur est avec mon frère.

— Merde, fait chier, grogne-t-elle.

— Je suis sûr qu'ils ne vont pas rester longtemps.

Je bloque sa vue, ou plus important encore, je bloque leur vue sur elle. Je la protège, même si je ne sais pas pourquoi je le fais. Elle a vingt ans. Elle ne devrait pas être à l'intérieur du Blue Line. Ils vérifient à l'entrée, mais elle a dû leur montrer une fausse carte d'identité pour entrer, tout comme elle l'a fait l'autre soir.

— Tu ne vas pas me dénoncer à ma sœur ? demande Amber, penchant légèrement la tête, une expression curieuse sur le visage.

— Qu'est-ce que ça peut bien faire ? dis-je en haussant les épaules. J'aime te voir te tortiller.

Mon regard s'attarde un peu trop sur son corps.

Elle se redresse sur ses pieds et détourne le regard, forçant un sourire et remettant une mèche de cheveux derrière son oreille. Elle me lance un regard, et je peux sentir ses nerfs parcourir son corps, me frappant comme de petites étincelles d'électricité.

Elle ne dit pas un mot. Je ne l'ai jamais connue silencieuse, mais ce n'est pas comme si je la connaissais très bien. Nous avons passé un peu de temps ensemble, rien d'extraordinaire pour deux amis. En sommes-nous réellement ?

— Alors, quel est ton genre ? demandé-je,

capturant son regard avant de jeter un coup d'œil dans la pièce. Je pourrais être ton coéquipier, t'aider à attirer tous les mecs que tu veux ici.

Pourquoi est-ce que je lui propose de l'aider à s'amuser un peu ? Je prends une gorgée de ma bière, cherchant mentalement un ancrage au sol. Boire ne va pas résoudre les problèmes, mais ça me donnera au moins l'occasion de me taire plutôt que de trop parler.

— Je ne travaille pas de cette manière, déclare Amber.

— C'est vrai. Tu aimes les filles, dis-je en forçant un sourire.

Les joues d'Amber s'empourprent.

— J'aime les deux, pour info, même si ça n'a pas d'importance. Mais je ne suis pas intéressée par les relations sexuelles.

Charlotte apparaît derrière Amber, arborant une perruque blonde qui semble assez naturelle, bien que je reconnaisse son visage. Je lui avais dit de ne pas amener son amie, et qu'est-ce qu'elle fait ? Elle l'amène au bar. Pourquoi ai-je pensé qu'elle m'écouterait ?

— Encore toi, marmonné-je en jetant un regard à Charlotte, la fille qui ruine mes chances de... de quoi, au juste ?

Amber est hors de portée, même si ma partie masculine ne l'accepte pas.

— Elle est vierge, annonce Charlotte.

Ma langue glisse sur le côté de ma lèvre alors que j'absorbe l'information partagée par son amie. Je m'en doutais déjà d'après ce qu'elle m'avait confié il y a quelques nuits, mais maintenant mes suspicions sont confirmées.

Les yeux d'Amber s'écarquillent, et elle frappe le bras de son amie.

— Sale gosse !

Charlotte rit et embrasse la joue d'Amber. Je ne peux m'empêcher de sentir une sensation de tension en imaginant les deux filles s'emmêler dans les draps.

— Va au diable, dit Amber en repoussant Charlotte. Je me débrouillerai pour rentrer.

— Je n'en doute pas, dit Charlotte avec un clin d'œil.

Elle se tourne vers moi.

— Prend bien soin d'elle.

Charlotte disparaît dans la foule, et Amber jette un coup d'œil vers le bas, se cachant le visage dans les mains.

— C'était humiliant.

— Tout le monde a une première fois, dis-je en

haussant les épaules.

— Pas moi, murmure-t-elle dans ses mains.
Territoire inexploré.

Je devrais la laisser tranquille. Je sais qu'il vaut
mieux éviter de s'engager avec une vierge. Elles ont
tendance à être collantes et trop émotives. Le jeu est
ma priorité, mon premier amour.

J'adore le sexe - quel homme au sang chaud
n'aime pas ça - mais je n'ai pas besoin qu'une fille me
déclare son amour chaque jour ou dessine nos
initiales dans un cœur sur ses devoirs.

— Tu le feras, dis-je en posant ma main sur son
bras.

Elle retire son visage de ses mains et me lance un
regard prudent.

— Tu ne te moques pas de moi ? demande-t-elle,
surprise.

— Pourquoi ferais-je cela ?

— Parce que je suis une jeune fille de vingt
ans...

Elle n'achève pas sa phrase.

— Ce n'est pas grave. Je veux dire, on t'a déjà
embrassée. Non ?

Et comme elle ne répond pas, je réalise à quel
point Amber est innocente et inexpérimentée, et je
veux l'aider, même si je ne devrais pas.

— Non, dit-elle, tendant la main vers ma bouteille de bière.

Je la lui cède pour qu'elle en prenne une gorgée. Elle grimace à cause du goût mais ne recrache pas. Je me demande si elle va cracher ou avaler. Je me racle la gorge et récupère la bouteille de bière.

— Tu en as eu assez.

— On est amis, c'est ça ? demande Amber, et je hoche la tête.

— Oui, je nous considère comme des amis.

Je n'ai pas dit à Emerson que sa petite sœur mineure était au bar. Je pense que cela signifie que nous avons une solide base d'amitié, ou au moins que j'apprécie sa compagnie et que je ne veux pas qu'elle parte.

— Tu m'apprendras à embrasser ? Je veux dire, et si je suis nulle pour ça, et qu'aucun garçon ne veut plus jamais m'embrasser ?

— Attends, tu as été avec deux filles et tu n'as jamais embrassé aucune d'entre elles ?

Je passe une main dans mes cheveux. Dire que je suis à court de mots est un euphémisme.

Ses joues rougissent, et pendant une minute, je pense qu'elle est sur le point de me dire qu'elle m'a roulé. Qu'elle n'est pas vierge ou qu'elle n'a jamais été avec des filles. Je ne sais pas ce que je préférerais entendre. Honnêtement, ça n'a pas d'importance. Je me fiche de son passé. Ce qui m'importe, c'est qu'elle soit honnête avec moi.

— Les baisers étaient interdits. C'était plus exploratoire.

Le visage d'Amber rougit.

Je bois une nouvelle gorgée de ma bière, qui est maintenant presque vide.

— Exploratoire. Comment ?

Je veux qu'elle s'ouvre à moi. Je ne sais pas pourquoi je continue à l'interroger, mais je veux en savoir plus.

Elle fronce le nez en souriant.

— Tu ne vas pas m'obliger à t'expliquer.

— La langue ? Les doigts ? Des jouets ? demandé-je, essayant d'évaluer ce qu'elle a fait.

— Je répondrai à cette question si tu me commandes une boisson forte, dit Amber en faisant un geste vers le barman.

— Je ne peux pas faire ça, dis-je.

Et j'ai vraiment envie de la faire boire et d'entendre tous les détails cochons de sa phase d'expérimentation à l'université, parce que je suis un mec et que ma bite est aussi intéressée que moi.

— Alors je ne peux pas te répondre, dit Amber timidement. Mais je n'ai jamais embrassé un garçon ou une fille. Et les autres trucs, c'était pas mal, mais pas génial. J'étais simplement curieuse.

— Et maintenant, tu es curieuse des garçons ? demandé-je.

— Je n'ai jamais vraiment eu de mec qui m'aimait, dit Amber. Ceux que j'ai aimés ne m'aimaient pas en retour.

Je presse mes lèvres l'une contre l'autre et je réfléchis à sa déclaration pendant une minute. Amber est jeune, innocente et naïve. Elle a probablement été aimée par des tonnes de garçons et n'en était pas consciente à cause de son manque d'expérience.

Elle laisse échapper un souffle tremblant.

— Seras-tu mon premier baiser ?

— Non, dis-je, et je m'en veux de l'avoir repoussée. Il faut que ce soit avec quelqu'un qu'on aime bien, pas seulement un ami.

Je suis presque sûr qu'elle m'aime bien, et je me sens complètement idiot de l'avoir repoussée, mais je ne peux pas faire ça avec la sœur d'Emerson. Kyler ne me pardonnerait jamais d'avoir brisé le jeune cœur d'Amber.

— Je te défie de m'embrasser, dit-elle en me fixant, pleine d'espoir.

— Nous ne jouons pas à Action ou vérité, dis-je.

J'ai appris ma leçon avec ce jeu la dernière fois. Surtout parce qu'elle m'a mis au défi d'embrasser la plus jolie fille de la pièce, et que cela aurait été la porte ouverte à tous les désastres. Sachant qu'elle n'a pas encore eu son premier baiser, je n'ai pas envie d'être celui qui le lui arrache dans un bar.

Elle mérite qu'on l'invite à dîner, qu'on la ramène chez elle et qu'on la dépose avec un baiser d'au revoir. Je ne suis pas cet homme. Je connais ma bite, et nous voudrions tous les deux plus d'elle.

— Mais on pourrait ? Je croyais que tu ne reculais jamais devant un défi, dit Amber.

Elle a raison, ce n'est pas le cas, mais je n'ai pas accepté ce jeu d'Action ou vérité qu'elle a décidé de m'imposer.

— Nous ne sommes pas en train de jouer à Action ou vérité, répété-je.

— Tu n'as jamais donné suite au dernier défi, rétorque-t-elle en me fixant du regard. Je te défie d'embrasser la plus jolie fille de la pièce.

J'exhale un lourd soupir.

— Tu ne veux pas que je fasse ça, Amber.

Ses sourcils se froncent, et elle pince les lèvres. Est-ce qu'elle craint que ce soit parce que je pense qu'il y a quelqu'un de plus beau qu'elle ici ? Parce qu'il n'y a personne d'autre. Je n'ai d'yeux que pour Amber Ryan.

Mes doigts effleurent le maillot qu'elle porte. Mon maillot. Je l'attrape par l'ourlet, la rapprochant de moi.

— Pourquoi as-tu mis un maillot des Bruisers aujourd'hui ?

— Un abruti m'a renversé de la bière dessus entre deux périodes de jeu, murmure-t-elle. J'aurais bien acheté un autre maillot des Ice Dragons, mais la file d'attente était trop longue.

— Tu aimes bien m'énerver, dis-je en la regardant fixement, essayant de la comprendre.

Amber est un mystère. Même en jouant cartes sur table, je n'arrive pas à la cerner.

— Tu veux partir d'ici ? demande-t-elle. On dirait que ma sœur et ton frère ne sont pas près de dégager.

Normalement, quand une fille me demande si je veux partir, cela implique d'aller chez elle ou de l'emmener chez moi pour une partie de jambes en l'air. Mais ce n'est pas ce que j'ai en tête pour Amber.

ONZE

AMBER

— C'EST MAGNIFIQUE, m'émerveillé-je en contemplant la ville depuis le toit de son immeuble.

Un jardin fleuri, des guirlandes lumineuses créent une ambiance romantique, et des étoiles parsèment le ciel nocturne. La luminosité de la ville rend difficile l'observation des étoiles, mais l'ensemble demeure d'une beauté saisissante.

Je me demande s'il amène toutes les filles avec qui il sort ici avant de les inviter chez lui. Un frisson me parcourt, remarqué par Jasper qui ôte sa veste de cuir pour me la poser délicatement sur les épaules.

— Tu vas geler, lui fais-je remarquer, le regardant s'installer à mes côtés.

— J'ai chaud.

Il est tard, bien après minuit, et bien que je devrais probablement mettre un terme à cette soirée, je ne veux pas que la nuit se termine. Elle ne fait que commencer avec Jasper.

— Tu as un match demain ?

— C'est un jour d'entraînement. Et toi ? Des cours tôt ?

— Pas trop tôt.

J'ai cours à neuf heures du matin, mais je ne veux pas qu'on me traite comme un enfant en m'envoyant au lit pour que je dorme suffisamment.

Sur le toit, deux chaises d'extérieur sont disponibles, et Jasper me tire pour m'asseoir sur ses genoux, ses bras enserrant ma taille. Un soupir nerveux s'échappe de moi.

Va-t-il m'embrasser ?

Je lui ai confié que je voulais qu'il soit mon premier baiser, que je souhaitais apprendre à embrasser correctement un garçon. Même s'il n'était pas nécessairement d'accord, cette soirée a franchi certaines limites.

Pourquoi m'inviter à admirer la ville et les étoiles chez lui s'il n'est pas intéressé par moi ? Pourquoi jouer avec mes sentiments ?

À moins que ce ne soit sa façon de traiter tous ses

amis ? Je doute qu'il fasse monter ses coéquipiers sur ses genoux pour partager ce genre de moments.

Je me crispe, et il ajuste les revers de sa veste pour me tenir chaud.

— Tu frissonnes, constate-t-il en trouvant la fermeture éclair au bas de la veste et en l'enroulant autour de moi.

Je frissonne, mais ce n'était pas à cause du froid. Il faut frais dehors, mais mes nerfs me font trembler.

Au moins, il ne semble pas remarquer la différence. Je devrais lui en être reconnaissante, mais mon estomac est en tumulte.

— Tu me rends nerveuse, murmuré-je, espérant que l'expression de mon anxiété la ferait disparaître.

Jasper esquisse un sourire.

— Tu n'as pas à être nerveuse avec moi. Nous ne sommes que des amis.

Je laisse échapper un souffle court, assez fort pour qu'il hausse un sourcil, attendant que je poursuive.

— Je te mets au défi d'embrasser la plus belle fille du toit, lancé-je.

Son sourire s'agrandit, et il repousse les longues mèches de mes cheveux derrière mes oreilles, les rassemblant en une queue de cheval. Il saisit mes cheveux, maintenant ma tête haute, nos regards se croisant, me maintenant complètement à sa merci.

Oserais-je avouer que j'apprécie cette sensation, le fait qu'il ait le contrôle sur moi ? Ses doigts glissent sur ma tête, mes cheveux, puis il se penche, son souffle chatouillant mes lèvres avant de s'approcher de mon oreille.

— Bébé, tu étais la plus jolie fille du bar, mais je ne t'embrasserai pas.

L'air semble être aspiré de mes poumons, et je suis reconnaissante d'être assise, même sur les genoux de Jasper, car sinon, j'aurais perdu l'équilibre. La pièce tourne, et je fais de mon mieux pour retrouver mon souffle.

Qu'est-ce que je fais ?

Pourquoi me jette-je sur lui alors qu'il manifeste clairement peu d'intérêt ? Certes, il me trouve séduisante, mais parmi la multitude d'autres femmes séduisantes qui suscitent davantage son intérêt, je ne figure pas.

Je devrais me lever et quitter ses genoux. Les alarmes retentissent dans mon esprit, me mettant en garde contre le danger de rester assise sur ses genoux à cet instant précis. Mais je demeure figée, incapable de bouger ne serait-ce qu'un pouce. Ma respiration est saccadée, nerveuse et paniquée.

— Bien sûr que non, articulé-je, prenant de profondes inspirations avant de tenter de me lever en balançant mes hanches vers l'avant.

Ses mains posées dessus m'en empêchent.

Soudain, je sens quelque chose d'autre, non seulement ses mains, mais quelque chose de piquant niché sous mes fesses. Mes yeux s'écarquillent, et je jette un regard à Jasper.

— La plus jolie fille du bar ne t'attire pas ? Eh bien, je suis sûr que tu peux appeler celle qui te fait fantasmer ou te servir de ta main.

Je m'affranchis de son emprise, et il me libère.

Je descends précipitamment les escaliers jusqu'au premier étage et hèle un taxi. Par chance, l'un d'eux s'arrête au moment où je sors.

— Amber Ryan ? demande le chauffeur alors que j'ouvre la porte arrière.

— C'est moi, dis-je.

Jasper avait probablement appelé ce taxi. Plutôt que de me courir après, il me renvoie chez moi. Au moins, ses priorités sont claires.

Une fois à la maison, je m'allonge dans mon lit, mais le sommeil ne vient pas rapidement. Deux heures et vingt minutes plus tard, l'alarme incendie retentit. Heureusement, j'avais choisi de dormir en T-shirt et en pyjama de flanelle. Je saisis mon sac à main, mon téléphone et mes clés. Probablement une fausse alerte, mais les exercices ne se font jamais au milieu de la nuit.

Je saisis la poignée de la porte et me dirige dans le couloir. Une nuée de fumée flotte, et le couloir est plus chaud qu'il ne le devrait, comme si le feu s'était propagé dans le bâtiment.

Je ne suis pas seule dans le couloir. D'autres voisins commencent à s'inquiéter, et lorsque nous réalisons que ce n'est pas une fausse alerte, nous frappons aux portes, convergeons vers la cage d'escalier, tentant de réveiller tout le monde.

Finalement, nous sortons à l'extérieur, et au loin, le bruit d'un camion de pompiers en approche se fait entendre. Les flammes illuminent le ciel nocturne. Le toit est englouti par les flammes, et le dernier étage du côté ouest du bâtiment a disparu. Au moins deux appartements ont été ravagés, peut-être plus, difficile à déterminer d'ici.

Nous traversons la rue, observant les pompiers arriver et déployer leurs tuyaux. Une équipe est envoyée à la recherche des résidents. Un autre camion de pompiers et une ambulance arrivent. Je regarde ma montre. Il est quatre heures et demie du matin.

Charlotte habite dans un autre immeuble. Je tente de l'appeler, mais tombe directement sur sa boîte vocale. Il est incertain qu'elle soit chez elle. Peut-être a-t-elle passé la nuit avec quelqu'un rencontré au Blue Line.

Je lui envoie un bref message.

Incendie d'appartement. Je vais bien. Envoie-moi un texto quand tu auras ce message.

Je suis persuadée qu'elle sera informée au réveil, ou qu'elle constatera les dégâts en allant en cours à sept heures.

Je n'ai même pas pris la peine de mettre des chaussures dans ma hâte de partir, mais c'est probablement mieux ainsi. J'aurais pu rester coincée à l'intérieur. Le feu gronde, les flammes s'élèvent de plus en plus haut à mesure que le bâtiment se consume, et l'incendie fait rage à un autre étage.

Mon étage.

Je jette un coup d'œil à mon téléphone. J'appelle Emerson, mais elle ne répond pas. Je raccroche et réessaie. Peut-être n'a-t-elle pas eu le temps de répondre ? Elle est sans doute rentrée tard. Son téléphone est probablement en mode silencieux.

J'ai le numéro de Kyler, et je grimace en essayant de le joindre.

— Allô ? grommelle-t-il, à moitié endormi.

— J'ai besoin de parler à ma sœur.

— Amber, c'est toi ? demande Kyler. Tu vas bien ?

Il semble plus alerte, éveillé, réalisant que quelque chose ne va pas, car je ne prends jamais l'initiative de l'appeler.

— Je dois parler à Emerson.

— Qu'est-ce qui ne va pas, Amber ? demande ma sœur, qui répond enfin au téléphone.

— Il y a eu un incendie dans mon appartement, dis-je, la voix tremblante. Je vais bien, mais j'ai besoin d'un endroit où passer la nuit.

Elle m'invite chez eux, et ils insistent pour que je prenne un taxi à cette heure-ci. Je n'oppose aucune objection. J'appelle un taxi et j'attends au bout du pâté de maisons, loin du chaos. La police arrive, demandant aux gens de se retirer, de s'éloigner du danger.

Les pompiers ne semblent plus lutter pour sauver l'immeuble, mais plutôt pour protéger le complexe d'appartements voisin et empêcher l'incendie de se propager de manière incontrôlée à un autre bâtiment. Ils utilisent des lances à eau et des tours à fumée avant que d'autres flammes ne ravagent la nuit.

Je ne peux pas regarder, et je suis reconnaissante quand le taxi arrive, m'emmenant loin du campus. Le portail s'ouvre rapidement avant que je n'aie le temps de sonner, tout comme la porte d'entrée.

Kyler est réveillé et m'attend à mon arrivée.

— Je suis désolée de t'avoir réveillé, dis-je.

Il jette un coup d'œil à mes pieds nus, fronçant les sourcils alors qu'il se tient à l'entrée.

— Je n'ai pas eu le temps de mettre des chaussures.

— J'imagine, dit Kyler. Viens, je vais te montrer la chambre d'amis. Demain, Em pourra t'emmener faire du shopping et t'acheter de nouveaux vêtements et de nouvelles chaussures.

Je serre les lèvres et acquiesce. Je ne veux pas de nouveaux vêtements. J'aime mes affaires, mais même si elles ont survécu à l'incendie, elles ne seront pas accessibles immédiatement. Même si je porte mon pyjama en classe, je ne peux pas me présenter pieds nus.

— Merci, dis-je.

Je suis Kyler à l'étage et essaie d'être aussi silencieuse que possible. La porte de la chambre de gauche s'ouvre, et Emerson en sort, me serrant dans ses bras.

— Je suis contente que tu ailles bien.

— Merci.

Je me force à sourire.

— Je vais bien.

Ils me conduisent dans la chambre d'amis au bout du couloir, je ferme la porte et m'effondre sur le lit.

MON PORTABLE FAIT un boucan infernal ce matin. Je grogne et m'empare du téléphone.

— Quoi encore ?

— Eh bien, tu es éveillé, réplique Noah.

— Ça ne pouvait pas attendre après l'entraînement ?

Peu importe ce qu'il veut, la réponse sera non. Pas de faveurs. Pas de café. Non, tout simplement.

Je suis de très mauvaise humeur ce matin à cause de ce qui s'est passé entre Amber et moi.

— Ta nana, elle fréquente l'université de New York.

C'est une affirmation, pas une question.

— Je n'ai pas de nana. Où tu veux en venir, Noah ?

Je frotte le sommeil de mes yeux et me redresse dans le lit.

— Amber, la fille que tu zieutes, tu as vu les infos ? Un des bâtiments près du campus a brûlé.

Cela me réveille illico. Je bondis du lit et allume la télé.

— Quelle chaîne ?

— Toutes, dit Noah. Ils ont déjà sorti trois cadavres.

J'ai l'impression que mon estomac va tomber, et je trouve une des chaînes locales où l'on voit des restes de fumée carbonisant encore l'arrière-plan, et un complexe d'appartements qui n'est plus qu'un tas de gravats et de cendres.

— Ils ont donné l'adresse ? demandé-je.

Et juste au moment où je pose la question à Noah, l'adresse s'affiche en bas de l'écran.

— C'est le building d'Amber.

J'enfile un jean et un tee-shirt et je sors. Je raccroche avec Noah, il faut que j'appelle Amber.

Elle ne répond pas.

Je jette un coup d'œil à ma montre. Il est neuf heures. Peut-être qu'elle est en cours ce matin ? Peut-être qu'elle est avec Charlotte ?

Mais je sais pas où habite son amie.

Je tente de la rappeler.

Elle répond toujours pas.

Je lui envoie un message.

Tu es en vie ? Tu ne réponds pas au téléphone, et il y a eu un incendie dans ton bâtiment la nuit dernière ? Appelle-moi.

Bien sûr, si elle n'est pas en vie, elle ne peut pas répondre à mon texto. Mais dans la panique, j'ai balancé la première pensée qui m'est venue à l'esprit.

Je prends un taxi et file droit vers son appartement. Je ne sais pas trop ce que je vais trouver, mais j'ai besoin de réponses. Peut-être qu'ils pourront me dire qui a perdu la vie dans l'incendie, car les journaux refusent de donner cette info tant que les proches sont pas prévenus.

J'ai la nausée rien qu'en pensant au parent le plus proche. Est-ce Emerson ? Est-ce qu'elle va l'apprendre en premier ou quelqu'un d'autre ? J'ai jamais entendu parler des parents d'Emerson, et Amber n'a jamais lâché un mot sur son paternel ou sa mère.

Je ne sais presque rien d'Amber, et c'est encore plus douloureux.

Des barricades sont posées à un bloc de son appartement, et le chauffeur de taxi me laisse aussi près qu'il peut. Je lui donne de l'argent et je me dépêche de faire le reste du chemin à pied.

Il y a une caravane garée au milieu de la rue et un tableau blanc sur le côté avec les numéros d'appartement des gens dénombrés.

Je connais pas le numéro d'appartement d'Amber. Je n'ai jamais mis les pieds chez elle. Je prends quelques photos, essayant de déchiffrer ces infos.

— Je peux vous aider ? demande une femme en me lançant un coup d'œil.

— Ma copine...

Je marque une pause.

Ce n'est pas tout à fait le bon mot.

— Elle habite ici.

— Comment elle s'appelle ?

— Amber Ryan, dis-je en expirant.

— Le numéro de l'appartement ? demande-t-elle.

Je secoue la tête.

— On vient de commencer...

Elle sourit pas, son expression est sombre, et elle plonge la main dans la caravane pour en sortir une planchette à pince.

— Son nom, c'est Amber Ryan ? redit la femme.

J'acquiesce.

— C'est ça.

— Elle est portée disparue, dit la femme.

— Qu'est-ce que ça veut dire ?

Je secoue la tête, consterné.

— Aux infos, ils ont dit qu'il y avait au moins trois cadavres sortis de l'incendie.

Je ne veux pas imaginer qu'elle puisse être l'un de ces cadavres.

— Il y a pas mal de résidents qui ont échappé à l'incendie et qui sont partis chez des amis sur le campus, ou que leur famille est venue chercher. Nous avons essayé de demander à tout le monde de nous communiquer des informations, mais certains résidents sont partis avant que nous n'arrivions.

— Elle s'en est sortie.

Je dois y croire. Amber est une battante.

— Nous ne savons pas. Vingt-six résidents manquent à l'appel. Il est également possible que certains n'aient pas été à leur appartement la nuit dernière, dit la femme.

Amber était ici. Je l'ai renvoyée chez elle, et s'il lui est arrivé quelque chose, je ne me le pardonnerai jamais.

Les vestiges sont bloqués avec du ruban adhésif comme s'il s'agissait d'une scène de crime, et je retourne en titubant jusqu'au métro. Je ne prends pas la peine d'appeler un taxi. J'ai besoin de l'air froid sur mon visage pour m'engourdir.

J'essaie à nouveau de joindre Amber. Pas de réponse. Je ne sais pas si elle m'ignore ou si quelque chose lui est arrivé. Mais j'aime à penser qu'elle ne m'ignorerait pas, surtout depuis que son appartement a brûlé. Elle doit savoir que je m'inquiète.

Je n'ai pas le numéro de Charlotte. Je n'ai aucun moyen de la joindre. Et je ne sais pas quels sont les cours d'Amber, donc je ne peux pas vraiment l'attraper en sortie de classe. Le campus de NYU est vaste, ce qui ne va pas faciliter ma recherche.

Je me dirige vers le métro, je prends le train et je laisse mon esprit vagabonder. Si elle est en cours, elle ne répondra pas à mes textos ou à mes appels. Il se peut même qu'elle ne les voie pas pendant un petit moment.

Cela fait plus d'une heure que je l'ai appelée ce matin.

Je n'en peux plus d'attendre. De m'interroger. De m'inquiéter. C'est trop douloureux.

Je change de train à la gare et je suis le plan, je dois changer à nouveau de train pour aller chez mon frère. Il aurait été plus simple de prendre un taxi pour aller chez Kyler. Je ne suis pas sûr qu'il soit chez lui, mais j'ai besoin de parler à quelqu'un, et peut-être qu'Emerson a entendu quelque chose, sinon je vais l'inquiéter toute la journée.

Je ne vois pas d'autre solution.

Il me faut un certain temps pour arriver chez Kyler, surtout parce que les trains ne circulent pas à l'heure. Mais quand j'arrive enfin chez lui, le ciel s'est couvert et s'est assombri. On dirait qu'il pleut, ce qui est tout à fait approprié.

J'ai le code d'accès et je remonte l'allée jusqu'aux portes d'entrée.

Que vais-je dire ?

Et si Emerson n'est pas au courant ?

Je frappe à la porte d'entrée, et bien que j'aie une clé, je ne me sens pas à l'aise d'entrer sans y être invité.

Kyler ouvre la porte, me jette un coup d'œil et fronce les sourcils. Il a l'air aussi fatigué que moi.

— Tu as entendu parler de l'incendie à l'université de New York ? demandé-je, ne sachant pas comment aborder le sujet avec Kyler.

Commencer l'histoire en disant que sa nouvelle belle-sœur - ou plutôt sa future belle-sœur - pourrait être morte, c'est un peu drastique.

Kyler soupire et acquiesce.

— Oui, on l'a appris. Amber dort encore à l'étage.

Il montre l'escalier.

— Elle est ici ?

L'air semble s'échapper de mes poumons et je suis momentanément étourdi, voire vertigineux.

— Elle a appelé sa sœur hier soir, et comme elle ne répondait pas, elle m'a appelé pour nous dire ce qui s'était passé. Elle a pris un taxi et est venue ici. Em et elle iront acheter des vêtements et des chaussures quand elle se réveillera.

Il jette un coup d'œil à sa montre et hausse les épaules.

— J'imagine qu'elle sera debout dans un petit moment.

— Je suis soulagé, dis-je en essayant de me remettre la tête à l'endroit parce que Kyler me regarde bizarrement.

— Oui, on l'est tous. Tu as toujours cette chambre d'amis ? demande mon frère.

Je hoche la tête. Il y a plein de trucs dedans, mais la chambre elle-même n'a pas disparu.

— Oui, pourquoi ?

— Em et moi sommes fiancés. Nous sommes dans une petite bulle parfaite, et je crains que le fait d'amener sa sœur à vivre avec nous puisse...

— Faire éclater ta bulle ?

Je ris et croise les bras sur ma poitrine. Je

comprends ce qu'il veut dire. Il vient juste d'établir une relation entre Emerson et lui. L'ajout d'une autre personne dans la situation de vie pourrait certainement affecter la dynamique.

— Amber est géniale. Je me disais que tu avais parlé d'avoir une colocataire, et comme tu n'es presque jamais chez toi entre les matchs et les entraînements, tu pourrais envisager de l'inviter à emménager avec toi.

— Il n'y a pas d'autres logements sur le campus qu'elle pourrait louer ?

Kyler hausse les épaules.

— Je vais prendre un café. Tu en veux un ? demande-t-il en se dirigeant vers la cuisine.

— Je reviens, j'en ai pour une minute, dis-je et je me dirige discrètement vers les escaliers.

Si Amber dort encore, elle n'a pas vu les textos et les appels frénétiques que je lui ai envoyés. Et elle n'a jamais eu besoin de les voir.

Je connais assez bien la maison de mon frère, je sais quelle chambre est la sienne, quelle est celle de sa fille, et même où la nounou dort de temps en temps. Il y a encore plusieurs chambres d'amis au bout du couloir, et je tente ma chance en poussant discrètement la porte.

Les lumières sont éteintes, les rideaux fermés, et

Amber ronfle doucement sur le lit, la tête sur l'oreiller, les cheveux en éventail à côté d'elle.

J'essaie de ne pas la fixer, mais c'est difficile de ne pas la regarder dormir. Elle est magnifique.

Je jette un coup d'œil dans la pièce sombre et aperçois son téléphone à côté du lit. Bien sûr, elle l'a mis près du lit. Je suis aussi silencieux que possible, je m'approche d'elle sur la pointe des pieds et j'attrape son téléphone.

Elle marmonne dans son sommeil et roule du dos sur le côté, face à moi.

J'attends de m'assurer qu'elle n'ouvre pas les yeux, je laisse passer quelques secondes avant de débrancher son téléphone et de jeter un coup d'œil à l'écran. Il est verrouillé.

Je le tourne vers son visage, essayant d'utiliser l'identification faciale, quand il s'illumine comme le soleil qui brille sur son visage.

Ses yeux s'ouvrent et je baisse le téléphone, sans même jeter un coup d'œil pour voir si ça a fonctionné.

— Jasper ?

Ses sourcils se pincent et elle frotte le sommeil de ses yeux. Elle resserre la couverture autour d'elle.

— Qu'est-ce que tu fais dans ma chambre ?

J'AVAIS PERÇU LE CRAQUEMENT, le
gémissement du plancher, mais j'étais sûr que ce
n'était pas dans ma chambre. Bon sang, je ne suis
même pas dans ma propre chambre. Les souvenirs
de la nuit dernière me reviennent en mémoire, et je
ne veux pas me réveiller. Je veux dormir,
m'immerger dans un autre monde de doux rêves et
de fantasmes chauds et réconfortants. Pas dans la
froide et dure réalité : mon appartement a pris feu la
nuit dernière, et je dois dormir chez le fiancé de ma
sœur.

Cependant, lorsque j'ouvre les yeux, parce que je
jure que quelqu'un a ouvert les rideaux, je me
retrouve nez à nez avec Jasper. Techniquement, il
plane au-dessus de mon lit, et je suis allongée avec la

tête sur l'oreiller le plus doux imaginable, mais il me fixe sans hésiter.

— Jasper, que fais-tu dans ma chambre ?

Je ne veux pas lui offrir un spectacle gratuit, quel qu'il soit, alors je tire la couverture plus haut. Bien que je porte un T-shirt, je n'ai plus de bas de pyjama. J'avais chaud sous les couvertures et, au petit matin, je l'ai jeté par terre.

— Et si on parlait au petit déjeuner ? Habille-toi et je t'invite.

Je soupire.

— Sors, dis-je en montrant la porte du doigt.

Il se précipite hors de ma chambre et ferme la porte. J'attends une minute pour m'assurer qu'il ne revienne pas à l'intérieur avant de sortir du lit. J'attrape mon bas de pyjama en flanelle sur le sol et l'enfile à nouveau.

Je suppose que je suis descente. Ce n'est pas comme si j'avais d'autres vêtements. Je n'ai pas fait mes valises pour un voyage. Ce ne sont pas des vacances. Je cherche mon téléphone sur la table de chevet et réalise qu'il n'est plus là.

— Jasper !

Je grogne et pousse la porte de la chambre. Il se tient dans le couloir et regarde mon téléphone.

— Qu'est-ce que tu fais ?

— Rien, dit-il.

Il me fourre le téléphone dans la main et se précipite dans les escaliers.

Qu'est-ce qui lui prend ? Je jette un coup d'œil à mon téléphone. Rien de bizarre ou de suspect, mais il est déverrouillé.

A-t-il utilisé mon visage pendant que je dormais pour déverrouiller mon téléphone ? Aurait-il pu me voir entrer mon code au bar ? Je descends les escaliers après lui, pieds nus, et me dirige vers la cuisine.

— Je vais emmener Amber prendre le petit-déjeuner. Ça te dérange si j'emprunte ta voiture ? demande Jasper à son frère.

— Bien sûr, et va lui chercher des vêtements et des chaussures pendant que tu es dehors. Em m'a dit que ses chaussures n'iront pas à sa sœur et que les miennes seront trop grandes.

C'est comme si je n'étais même pas dans la cuisine avec les deux qui parlent autour de moi.

— Les courses d'abord, le petit déjeuner ensuite. J'ai compris, dit Jasper.

— Le petit-déjeuner d'abord, dis-je en croisant les bras sur ma poitrine. Je suis affamée.

— Ne jamais discuter avec une femme, dit Kyler.

Jasper me conduit au garage et prend les clés de

la Porsche. Je m'installe sur le siège avant dans mon pyjama confortable. Mais il fait un peu froid quand il ouvre le garage, et qu'une rafale de vent froid m'assaille. Je ferme la portière et boucle ma ceinture.

— Je connais un petit resto sympa à l'autre bout de la ville si ça te convient, dit Jasper.

— C'est toi qui payes ? lui demandé-je en lui jetant un coup d'œil.

— Mon frère paye, dit-il en me montrant la carte de crédit de Kyler.

— Tu as vraiment volé ça à Kyler ?

Ma mâchoire se décroche, et je jette un coup d'œil à la porte du garage, attendant qu'elle s'ouvre et qu'il engueule son jeune frère pour l'avoir volé.

— Non, il me l'a donné pour les urgences, et vu que tu n'as que les vêtements que tu portes sur le dos et pas de chaussures, je considère que c'est une urgence.

— Je ne veux pas d'aumône, Jasper. Et c'est l'argent de ton frère.

— Emerson avait prévu de t'emmener faire des courses aujourd'hui...

— Oui, et j'ai prévu de payer pour tout ce que j'achète.

Jasper acquiesce et sort de l'allée.

Nous roulons en silence jusqu'à ce qu'il s'arrête

devant un restaurant. Il a de la chance car quelqu'un vient de partir, et il y a une place devant le restaurant. L'endroit a l'air décent de l'extérieur, et mon estomac gargouille.

— Attends ici, dit-il, et je le regarde comme s'il avait deux têtes.

— Euh, pourquoi ?

Il coupe le moteur, sort de la voiture, se précipite vers ma porte et l'ouvre.

— Ok, tu peux déboucler ta ceinture, dit Jasper en riant.

Il a presque l'air nerveux avec son sourire de garçon qui orne son visage.

Je détache la boucle, et avant que je puisse poser mes pieds sur le sol, il me soulève dans ses bras.

— Qu'est-ce que tu fais ?

J'éclate de rire.

— Tu n'as pas de chaussures et je ne veux pas que tu attrapes le tétanos ou l'hépatite sur le trottoir.

J'enroule mes bras autour de son cou, et il m'entraîne dans le restaurant pour nous trouver une table. Il me dépose doucement sur le bord, et je pivote pour faire face à la table.

— Je ne pense pas qu'on puisse attraper le tétanos ou l'hépatite en étant pieds nus, dis-je en souriant.

— En revanche, on peut avoir des engelures.

— Bien sûr, s'il faisait vingt degrés de moins. Ce n'est pas que je me plaigne. Je n'ai jamais été portée par un homme.

Jasper s'installe dans la banquette en face de moi tandis que la serveuse nous apporte un menu.

— Je prendrai un café, avec un supplément de crème et de sucre.

— Café noir, dit Jasper en souriant à la serveuse, qui a l'âge d'être notre grand-mère.

Mais la femme note tout et retourne derrière le comptoir.

— Laisse-moi deviner, tu préfères que ton café n'ait pas le goût d'un vrai café.

Il se moque, et ça ne me dérange pas. Je suis heureuse de cette distraction, surtout après la nuit dernière et ce matin. Je me mords la lèvre inférieure, me rappelant la sensation d'être assise sur ses genoux, et j'ouvre le menu, tentant de me distraire.

— Qu'est-ce qu'il y a de bon ici ? demandé-je, et la pièce semble chaude, un peu étouffante même.

Je ne l'avais pas remarqué tout à l'heure, mais j'étais dehors, portée par le joueur de NHL le plus sexy de la ligue.

— Tout, répond Jasper. Mais mes préférées sont

les gaufres aux cerises, pépites de chocolat, éclats d'amandes et crème fouettée.

Je secoue la tête et je souris en le regardant. Si je mangeais comme lui, je ferais deux fois mon poids, mais il fait aussi beaucoup d'exercice et il joue au hockey, ce qui doit brûler une tonne de calories. Mon regard descend le long de son torse, imaginant ce que cela ferait de presser mes doigts, mes paumes, sur sa peau chaude.

— Tu me fixes, dit Jasper.

Je cligne rapidement des yeux et regarde à nouveau les yeux. Il sourit, et il s'enfonce dans son siège, s'étirant, le sourire ne quittant jamais son visage. Ses yeux brillent, le brun ressemblant davantage à du chocolat chaud sous la lumière crue du restaurant, mais d'une manière ou d'une autre, il est toujours beau.

— Qu'est-ce qu'il y a au programme aujourd'hui, je veux dire, à part t'emmener faire des courses ?

— Tu n'es pas obligé de venir avec moi, dis-je.

Je ne peux pas imaginer qu'il veuille faire du shopping avec moi. Il le fait juste parce que, eh bien, je ne sais même pas pourquoi il a accepté. Emerson était censée m'accompagner, mais elle a dû être occupée. Je n'ai pas besoin de chaperon.

La serveuse apporte nos deux tasses de café ainsi

qu'un petit bol contenant des crèmes individuelles et différentes variétés de sucre et de substituts de sucre.

— Faire du shopping ? rit Jasper. C'est ma raison de vivre.

Je roule des yeux et attrape un paquet de sucre que je lui lance.

— Menteur.

Jasper se penche en avant lorsque le paquet de sucre heurte sa poitrine et tombe sur la table. Il attrape un pot de crème et le tient dans sa main droite.

— Je croyais que tu prenais le tien noir.

— Oh, c'est le cas, dit-il avec un sourire en coin et en pressant doucement les parois du récipient en plastique.

Le couvercle bouge mais ne se détache pas tout à fait.

— Je te jure, Jasper, que si tu m'asperges avec ça...

Le récipient est pointé directement sur moi.

— Tu feras quoi ? demande-t-il avec un sourire narquois. Qu'est-ce que tu vas faire ?

— Je porterai le maillot de ton rival au prochain match auquel j'assisterai, menacé-je.

Il pousse un peu trop fort et la crème explose sur la table, me frappant au visage. Il rit, mais son rire semble crispé. Peut-être est-il gêné ou nerveux ? Je n'ai jamais vraiment connu Jasper comme étant l'une ou l'autre de ces choses.

Ses yeux sont écarquillés, et il jette un coup d'œil autour de lui. Est-il inquiet que quelqu'un l'ait vu ?

La serveuse s'approche de la table.

— C'était mignon, dit-elle en posant une demi-douzaine de serviettes supplémentaires à côté de moi.

Je tamponne la crème, essuyant le désordre qu'il a fait.

— Merci, dis-je à la serveuse, qui me fait un signe de tête.

— Êtes-vous prêts à passer votre commande ?

— Nous avons besoin de quelques minutes supplémentaires, dit Jasper, dont le visage prend quinze teintes de rouge différentes.

Bon sang, il est gêné. En fait, c'est plutôt mignon, sauf pour la partie où il m'a aspergée de crème.

— Tu mériterais vraiment quand je porte le maillot des Island Bruisers pour aller au match, dis-je en le regardant fixement.

Son regard se crispe.

— Tu l'as déjà fait deux fois. Je pense que tu peux laisser le maillot de l'équipe rivale à la maison.

Il grimace en entendant ses propres mots. À la maison. L'endroit qui a brûlé la nuit dernière.

— Merde, je suis désolé.

Jasper lève les yeux vers moi et me tend la main sur la table.

— C'est bon, dis-je. C'est juste une chose de plus à remplacer, pas vrai ?

Je force un sourire, et il me lance un regard noir.

— Tu n'achèteras pas un autre maillot des Island Bruisers. Tu essaies de me dire que tu es amoureuse d'eux ou quelque chose comme ça ?

Pas d'eux.

Je grimace, et son sourcil se pince.

— Je jure que si tu sors avec Knox Storm ou Charlie Hayes, grogne-t-il.

— C'est mignon. Tu es tout jaloux, dis-je en fronçant le nez avec un sourire, pour le taquiner. Surtout quand tu sais que je n'ai aucune chance avec un joueur de hockey professionnel.

Jasper se racle la gorge et jette un coup d'œil au menu.

Il ne le nie même pas.

— Tu es prête à commander ? demande-t-il.

Ce que je veux n'est pas sur le menu. C'est lui.

APRÈS LE PETIT-DÉJEUNER, nous faisons d'abord une pause pour acheter ses chaussures, car elle insiste sur le fait que je ne peux pas la porter dans tous les magasins. Elle se trompe sur ce point. Je pourrais très bien la porter partout. Quelques personnes se sont arrêtées, nous observant fixement. Je les ai toutes ignorées.

Certaines ont même pris des photos, mais je suis persuadé que c'était parce qu'elles n'avaient pas l'habitude de voir un homme porter une jolie fille en pyjama. Sans maillot, il est peu probable qu'on m'ait reconnu. Kyler prétend que je nie l'impact de mon image à chaque sortie, mais je ne suis pas comme mon frère aîné, constamment assailli par les médias et les demandes d'autographes.

En traversant deux magasins, elle opte en premier pour une paire de bottes à la mode, accompagnée d'une paire de chaussettes noires et roses à pois assorti à son pyjama. Cette fille donne l'impression que tout est sexy. Elle ne m'a pas permis d'utiliser la carte de crédit de mon frère, sauf pour le petit-déjeuner, où elle a insisté pour que je paie, rappelant que je l'avais aspergée de crème.

Ce n'est pas la seule crème que j'aimerais voir sur son visage. Je réprime mes sentiments et la tension croissante que je ressens pour elle en pensant à autre chose. Cependant, cela ne fonctionne pas vraiment. Plus je la repousse, plus j'ai envie d'elle. C'est probablement l'effet de la romance interdite. Une fois que tous les obstacles seront levés, les choses seront différentes.

Ce qui m'inquiète d'autant plus, car je ne veux pas que les rencontres avec elle soient gênantes après que nous nous soyons mis d'accord, étant donné que nous sommes susceptibles de nous voir. Pour commencer, au mariage de Kyler et Emerson. Ma seule autre option est de suivre le conseil de Noah et de l'envoyer dans la « friend zone ». J'ai fait un assez bon travail pour maintenir notre relation platonique, mais à chaque fois qu'elle me fait ces yeux de biche ou ce sourire explosif, j'ai envie de l'embrasser et de lui montrer ce que c'est que d'être vénéré par un homme.

— Tu as bientôt fini là-dedans ? lui demandé-je.

Elle est dans la cabine d'essayage pour la énième fois, en train d'essayer une robe, ce qui me surprend, car je la vois toujours en jeans, en leggings, avec un maillot ou un pull.

— Ne rigole pas, d'accord ? J'ai besoin de ton avis.

Elle ouvre lentement la porte et sort.

Ma réaction est immédiate dès qu'elle sort de la cabine d'essayage. La robe est d'un bleu profond, le décolleté tombe incroyablement bas tout en rapprochant ses seins l'un contre l'autre, offrant une vue imprenable sur le tout. Elle sublime cette robe. Cependant, le fait qu'elle la porte pour un autre homme me donne des haut-le-cœur. Je ne veux pas qu'elle sorte avec Charlotte dans cette robe, prétendant avoir vingt et un ans, buvant, faisant la fête, s'amusant et se faisant draguer par plusieurs hommes.

— C'est dévergondé, dis-je.

Je regrette chaque mot qui sort de ma bouche parce qu'elle est aussi sexy que le péché, et encore plus parce que je déteste ce mot. Je me racle la gorge.

— Tu vas donner une mauvaise impression, à

moins que tu ne cherches à faire croire à tous les mecs du bar que tu es partante.

— Partante ? répète-t-elle.

— Pour un plan cul, dis-je.

Ses yeux s'écarquillent, et elle se couvre les seins en se dépêchant de retourner dans la cabine. Je suis le plus grand connard de la planète. Je ne peux pas avoir Amber Ryan, mais je ne veux pas qu'un autre homme l'ait non plus. Elle ne dit pas un mot de plus, laisse la robe sur l'étagère près de la cabine d'essayage et prend quelques jeans, leggings et pulls. Sans un mot, elle se dirige vers la caisse.

— Tu veux essayer quelque chose d'autre ? lui demandé-je.

— Non.

Sa réponse est froide, calculée et décisive. Je sors la carte de crédit de mon frère, son Amex noire, lorsque la caissière commence à scanner tous les articles.

— Range ça, ordonne Amber. Je peux payer mes propres vêtements.

Elle me repousse légèrement en passant sa carte de crédit sur lecteur. J'ouvre la bouche pour argumenter, mais la caissière nous fixe intensément, et j'ai l'impression qu'elle est sur le point de m'arracher la tête si j'interviens.

Une fois la transaction terminée, Amber demande à la vendeuse d'enlever les étiquettes et si elle peut utiliser la cabine d'essayage pour se changer. Pendant qu'Amber s'isole dans la cabine avec ses sacs, je saisis la robe abandonnée sur l'étagère, que j'ai commentée maladroitement précédemment. Je me sens comme un monstre.

Je porte la robe à la caisse pendant qu'Amber se change.

— Vous êtes sûr ? Vous aviez l'air plutôt enthousiaste à l'idée que votre petite amie ne le porte pas.

— Ce n'est pas ma petite amie, répliqué-je rapidement, tout en lui faisant signe de scanner l'article.

Amber sort de la cabine d'essayage d'un pas sautillant, probablement avec son pyjama soigneusement rangé dans l'un de ses sacs de shopping. Au lieu de cela, elle porte un legging noir et un pull marron trop grand qui lui tombe sur les fesses - des fesses qui ne devraient pas être cachées. Je prie silencieusement pour qu'elle ne me déteste pas encore pour ma remarque précédente.

— Où allons-nous ? lui demandé-je.

Elle jette un coup d'œil à mes mains tenant l'un des sacs du grand magasin.

— J'ai oublié quelque chose à la caisse ? demande-t-elle.

— Non, j'ai juste fait quelques achats pour moi.

Elle sourit, ses yeux s'illuminent.

— Qu'as-tu acheté ?

Elle inspecte mon sac, mais il est recouvert de papier de soie, cachant la surprise à l'intérieur.

— Je te le dirai à une condition... Non, laisse tomber.

— Quoi ? demande-t-elle, sa bouche se fermant. Allez, Jasp. Donne-moi ça.

Oh, j'aimerais bien lui donner, mais pas comme elle le pense. Je me mords la langue et maintiens le sac hors de sa portée alors qu'elle tente de me le prendre des mains.

— Je t'ai laissé voir cette robe ridicule sur moi. Qu'est-ce que tu as acheté de si embarrassant ? Ce sont des sous-vêtements ?

Amber rit, naturelle et sincère. Il n'y a rien de faux chez elle, jamais. J'aime ça chez elle, comment elle peut être si insouciante, même après ce qui s'est passé ce matin.

— Ce ne sont pas des sous-vêtements ni de la lingerie.

Ses yeux s'illuminent.

— Oh, ça aurait été bien ! Je n'aurais pas pensé que tu porterais de la lingerie féminine.

Elle me pousse et se dirige vers la porte, l'ouvrant avant moi, me faisant signe de sortir en premier.

Je ne la contredis pas, même si j'aime bien tenir la porte aux dames. C'est au moins une petite forme de galanterie qui ne devrait pas être morte.

— Pour information, je ne porte pas de lingerie féminine, dis-je en me rapprochant, ne voulant pas que quelqu'un entende notre conversation parce que c'est beaucoup trop embarrassant hors contexte.

— Je ne le saurai jamais tant que tu ne me l'auras pas montré, dit Amber sans se départir de son sérieux, levant les yeux vers moi. Montre-moi ce qu'il y a dans le sac, ou montre-moi ta culotte.

Elle sourit d'une oreille à l'autre.

— Bien essayé, dis-je. Ça n'arrivera pas. Ce précieux cadeau est à moi.

— Attends. Alors, c'est un cadeau ?

Elle ne rate rien.

— C'est pour ton frère ? Ma sœur ? Pour moi ?

La dernière question est un peu grinçante, comme si elle la lançait simplement et qu'elle ne croyait pas que ça pouvait être pour elle.

— Je n'ai pas le droit d'en parler.

Je continue à marcher, retournant vers la Porsche, et elle est juste à côté de moi, se dépêchant de suivre mes pas.

Je ralentis, réalisant que je mesure près de trente centimètres de plus, et qu'elle semble trottiner pour me suivre.

— C'est une utilisation intéressante de la terminologie, dit Amber. Je ne sais pas si elle parle plus quand elle est nerveuse ou si elle veut vraiment savoir ce que j'ai dans le sac. C'est pour une fille ?

— C'est quoi, vingt questions ?

— Oui ! s'exclame-t-elle. Laisse-moi deviner en vingt questions, et si j'ai raison, je verrai ce que c'est. Si je me trompe, je n'y toucherai pas.

Je ne sais pas.

— D'accord, grommelé-je.

— Alors, c'est pour une fille ? plaisante-t-elle.

Nous nous approchons de la voiture, et j'appuie sur le bouton de déverrouillage du porte-clés.

Je n'oublie pas d'ouvrir le coffre et d'y déposer mon sac, là où elle ne peut pas l'atteindre et en fouiller le contenu pendant que je conduis.

— C'est une autre question. Oui, c'est pour une fille.

Ses yeux s'écarquillent, et elle pince les lèvres.

Amber dépose ses sacs dans le coffre à côté du mien et se précipite dans la voiture. L'air est devenu frais, et le soleil se cache derrière les nuages. Je n'ai pas pris de manteau, mais elle a eu la prévoyance d'acheter des vêtements chauds, au moins, pendant qu'elle était au magasin.

— Pour une fille. Ok, question suivante. Est-ce que tu sors avec quelqu'un ?

Ce n'est pas la première fois qu'elle me pose cette question, mais peut-être pense-t-elle que cela a changé ces deux derniers jours.

— Non.

C'est la seule réponse qu'elle obtient, oui ou non.

— D'accord. Le cadeau est-il pour la famille ?

Je grimace en essayant de penser à ce qu'est exactement Amber pour moi. Nous ne sommes pas encore une famille.

— Non, dis-je.

— Il t'a fallu du temps pour répondre. Pas la famille, mais tu n'étais pas sûr. Oh, c'est pour ma sœur, Emerson ? Elle va faire partie de la famille, mais pas encore tout à fait.

Elle est trop astucieuse. Cette fois, je réponds plus vite.

— Non.

— Ok, pas pour la famille. Pas pour ma sœur. C'est pour une fille, donc ça ne peut pas être un de tes coéquipiers.

— C'est une question ? demandé-je, sachant que ce n'est pas le cas mais essayant de la faire dévier de sa route.

— Est-ce que c'est pour quelqu'un qui aime le hockey ?

Je ris.

— Oui. Je pense qu'elle aime le hockey, elle a assisté à deux matchs, alors je dis oui.

C'était une question sans queue ni tête de sa part. Elle aurait pu me demander quelque chose de mieux, de plus juteux. Je devrais être soulagé qu'elle ne se soit pas incluse dans la ligne de questionnement.

— Il te reste quatorze questions.

— C'est pour moi ?

C'est la question à laquelle je ne veux pas répondre. Je jette un coup d'œil dans le rétroviseur, j'attends que la circulation se libère et j'appuie sur l'accélérateur.

— Alors ?

Elle attend ma réponse.

Je ne vais pas lui mentir. Éviter, peut-être, mais pas mentir.

— Oui, dis-je enfin.

— Je peux l'ouvrir ?

— Non.

— Pourquoi pas ?

Amber se plaint, et je jure qu'elle ressemble beaucoup à Bristol quand ma nièce n'obtient pas ce qu'elle veut.

— Tu as l'intention de me donner le cadeau ?

Mes mains se crispent sur le volant.

— Oui.

— Quand ?

— Tu gaspilles deux questions avec ton pourquoi et ton quand.

— Elles ne comptent pas parce que tu n'as pas répondu.

Au moins, cette fois, il n'y a pas de question. Elle souffle et croise les bras sur sa poitrine. Elle n'a pas l'air fâchée, juste agacée par moi.

— Très bien, question suivante. Est-ce que tu vas me le donner aujourd'hui ?

Je la regarde. Probablement pas, mais je dois répondre par oui ou par non.

— Non.

— Demain ? demande-t-elle.

— Non.

Elle repose sa tête sur le siège.

— Ce week-end ? devine-t-elle.

— Non.

— C'est pour moi, mais tu n'as pas l'intention de me le donner. Qu'est-ce qui se passe, Jasper ?

— C'est une autre question inutile, dis-je en essayant de cacher le sourire qui se dessine sur mon visage.

Elle a posé quinze questions jusqu'à présent, et elle est loin d'avoir deviné le cadeau.

— D'accord, donc pas pour une fête. Oh, pour mon anniversaire. Tu as l'intention de me l'offrir pour mon anniversaire ?

Ses yeux s'illuminent comme si elle avait compris. Sauf que je ne sais pas quand c'est son anniversaire. Alors je secoue la tête.

— Non.

— Ce jeu est difficile, dit-elle en riant. J'ai encore une dizaine de questions à poser, non ?

— Il en reste quatre.

— C'est tout ? Bon, il faut vraiment que je m'y mette.

Elle se frotte les mains en réfléchissant à sa prochaine question.

— Est-ce que c'est quelque chose que tu donnerais à quelqu'un en public ?

Sa question me laisse perplexe.

— Oui ?

Je n'ai pas confiance en ma propre réponse. Pourquoi ne l'offrirais-je pas en public ? Mais encore une fois, pourquoi le ferais-je ? Elle serre les lèvres.

— Alors ce n'est pas de la lingerie pour moi, dit-elle avec insolence. Et non, Jasper, ce n'est pas une question.

— Je ne connais pas ta taille, murmuré-je, et la voiture me semble étouffante.

— Ok, donc ça ne peut pas être des vêtements parce que tu ne connais pas ma taille. Mais le sac vient du même magasin où nous venons d'acheter des vêtements. Est-ce une couverture ? Est-ce que tu m'as acheté quelque chose dans un autre magasin et que tu as demandé à la vendeuse de le mettre dans un de leurs sacs ?

— C'est deux questions. Non, et non. Tu en es à ta dernière question, dis-je. Fais en sorte qu'elle soit utile.

Je suis content de la distraire, mais je ne sais pas combien de temps elle va encore sourire alors que nous nous rapprochons du campus de l'université de New York.

Elle prend note de la direction que nous prenons, loin de chez Kyler et à l'autre bout de la ville de mon appartement.

— Où va-t-on ?

Je souris, reconnaissant qu'au moins sa dernière question ait été gaspillée sur quelque chose qui n'avait rien à voir avec la robe. Je vais la lui donner. J'ai juste besoin de la bonne occasion.

— Ça fait vingt questions, et je vais te donner la dernière. Nous nous dirigeons vers ton appartement. Nous devons leur faire savoir que tu es en sécurité. Ils n'ont pas retrouvé ta trace après l'incendie, et ils essaient d'identifier les restes.

— Oh.

Elle expire doucement et ses épaules s'affaissent. La réalité semble la frapper et elle devient silencieuse.

— Ça va aller, dis-je en lui tendant la main. Tu n'es pas obligée de faire ça toute seule.

Nous roulons aussi loin que possible et parcourons à pied le dernier pâté de maisons. Le périmètre est bouclé, les gens n'ont pas le droit de passer dans la rue. Le poste de commandement de tout à l'heure est toujours garé devant ce qui était l'immeuble d'habitation.

Les mains d'Amber tremblent et je serre l'une d'elles avant de la rapprocher et de passer un bras autour de sa taille. Je n'ai jamais été aussi inquiet que ce matin, affolé, incapable de la joindre. Elle s'approche de la personne responsable, répond à quelques questions et remplit un questionnaire pour l'équipe locale de gestion des urgences et l'école.

Je lui laisse un peu d'espace alors qu'elle s'assoit sur le bord du trottoir, le presse-papiers à la main.

— Hmm.

Amber me fait signe de m'approcher.

— Oui ?

— Ils ont besoin de l'endroit où je vais loger. Je n'ai pas l'intention de rester longtemps chez ton frère, mais tu peux me donner son adresse ?

— Utilise la mienne, dis-je.

— Quoi ?

Elle me regarde fixement, confuse. Je force un sourire et lui donne l'adresse de mon appartement et elle la note.

— Merci.

Lorsqu'elle a fini de remplir les formulaires, elle leur demande s'il existe d'autres possibilités de logement et ils lui donnent un numéro de téléphone à contacter par l'intermédiaire de l'école. Elle passe quelques coups de fil sur le chemin du retour à la voiture, mais tous les appartements situés dans un rayon de cinq kilomètres ne sont pas disponibles. Les dortoirs sont pleins, hébergeant plusieurs résidents déplacés à cause de l'incendie.

Elle raccroche et fait la grimace.

— C'est bon. Je prendrai un logement plus loin du campus et je prendrai le train.

Je lui ouvre la portière de la voiture. Elle a l'air perdue, empêtrée dans ses pensées, comme une toile dont elle ne peut se défaire.

Les paroles de mon frère me reviennent à l'esprit, me rappelant que je devrais inviter Amber à vivre en colocation. Je ne suis pas vraiment près du campus de NYU, mais cela rendrait le logement plus abordable, d'avoir une colocataire. Et même si je n'ai pas besoin de l'argent qu'elle apporterait pour payer les factures, j'aime bien être près d'elle. Je n'aurais pas besoin d'excuse pour la voir et je l'aiderais à sortir d'une situation difficile.

— Je serais heureux de t'avoir comme colocataire, dis-je en la regardant fixement.

— Tu dis ça parce que tu te sens mal pour moi.

Amber entre dans la voiture et attrape la ceinture de sécurité. Je ferme la portière et me dépêche d'aller du côté du conducteur

Je monte à bord et je démarre la voiture, et il ne faut pas longtemps pour que le chauffage se mette en marche. Le moteur est encore un peu chaud à cause de notre dernier trajet.

— Je ne me sens pas mal pour toi. Je cherchais un colocataire avant d'être repêché par la NHL.

— Je ne vais pas te gêner ? demande Amber. Je veux dire qu'on devra avoir une sorte de code, tu sais, au cas où tu voudrais ramener une fille pour t'amuser.

— Pour m'amuser ?

Je sais que ce n'est pas ce qu'elle veut dire, mais c'est amusant de la voir se tortiller.

— Netflix and chill.

— Regarder un film et partager du pop-corn ensemble ?

Le sourire ne quitte pas mon visage alors que je me dirige vers mon appartement. J'ai un peu de ménage à faire dans la chambre d'amis, mais Amber peut m'aider ou, au moins, se moquer de moi pendant que je rends la pièce présentable.

— Peut-être ? Je n'ai jamais fait de Netflix avec quelqu'un, dit-elle en plaisantant. Tu te souviens, je suis vierge.

J'essaie de ne pas rire ou de ne pas être ridiculement excité par son honnêteté. C'est rafraîchissant.

— Tu ne devrais probablement pas prendre l'habitude de dire aux célibataires que tu es vierge. Ils pourraient prendre ça pour une invitation.

— Oh, dans ce cas, Jasper, je suis vierge.

Je jure qu'elle essaie de me faire faire une crise cardiaque. Chaque fois que le mot « vierge » sort de ses lèvres, ma bite s'agite. C'est comme le mot magique qui l'allume, littéralement. Et il n'y a pas d'interrupteur quand il s'agit d'Amber.

NOUS VOILÀ CHEZ JASPER, qui insiste pour que je m'installe, mais je doute que ce soit la meilleure idée. Je veux dire, le beau joueur de hockey dont j'ai le béguin et que j'ai discrètement traqué en ligne veut que je partage son chez-lui ? Charlotte me dirait :

— Vas-y, installe-toi avec lui.

Mais je lui ai pas encore envoyé de texto. Peut-être devrais-je le faire. Elle pourrait même me mettre les idées en place. Mais vivre avec Charlotte, ce n'est pas possible. Son appart n'a qu'une chambre, et à moins de vouloir squatter le canapé pour l'éternité, ça ne va pas le faire. En plus, elle ramène souvent des gars chez elle, et je n'ai pas envie de me réveiller au milieu de la nuit pour les voir à poil en train de se diriger vers la salle de bains.

— Il faut que j'envoie un texto à Kyler pour lui dire qu'on sera de retour pour le dîner et que je rendrai la Porsche ce soir.

Jasper envoie un texto dans le couloir alors que nous nous dirigeons vers l'ascenseur. Je suis impressionnée par le fait qu'il y ait des ascenseurs et un portier. L'endroit semble déjà huppé, et je me demande comment je vais faire pour payer même la moitié du loyer. Il faudra qu'on ait cette discussion rapidement.

— Oui, bien sûr, dis-je, et il se dirige vers l'ascenseur, appuyant sur le bouton du vingt-quatrième étage.

Je connais bien l'immeuble. J'y suis déjà venue une fois, un peu pompette, et il m'a laissé squatter son lit. La dernière fois, c'était hier soir, quand il m'a emmenée sur le toit pour me montrer la ville illuminée.

Il appuie sur « envoyer » et râle.

— Pas de signal.

Il faut une minute pour que le message passe, une fois que nous sommes coincés dans l'ascenseur.

— Tu lui as dit que tu m'as proposé de vivre avec toi ?

Je souris, taquinant un peu.

— Je me suis dit que j'en parlerais pendant le dîner ce soir.

Je ne sais pas s'il plaisante ou pas. L'ascenseur sonne et il me fait signe de sortir.

— C'est notre étage.

Je sors, et il retente d'envoyer le message. Cette fois, ça marche. Il prend la clé dans sa poche et déverrouille la porte d'entrée.

— Les dames en premier.

Je le regarde en secouant la tête avec un sourire.

— Tu ne diras plus ça quand on aura vécu ensemble, en tant qu'amis, précisé-je, même si je ne sais pas trop pourquoi je me donne la peine d'ajouter ce détail.

Il sait bien que nous sommes dans la friend zone - Jasper s'est assuré qu'on ne franchisse pas cette frontière, et me voilà coincée, incapable de m'échapper.

Il me laisse entrer chez lui et allume la lumière dès que je franchis le seuil, refermant la porte derrière moi. Je dépose les courses près de la porte. Il se balade dans la maison avec son sac mystérieux, se moquant gentiment de moi. La cuisine est complète, avec un coin repas équipé de tabourets. La salle à manger s'est transformée en salle de jeux avec une table de air hockey. Pourquoi ça ne me surprend pas ?

— Elle peut se transformer une table de ping-pong, si tu aimes, me dit Jasper.

— J'ai déjà joué. C'est cool.

Il m'emmène plus loin dans l'appartement, qui semble confortable mais a plus l'air d'une maison, beaucoup plus spacieux que mon studio.

— Le salon, dit-il en montrant le canapé en cuir et la télé énorme fixée au mur.

— Wow.

— Ouais, soixante-quinze pouces. On peut pas faire beaucoup plus grand ici.

Il rayonne.

Je serre les lèvres pour ne pas faire de blague coquine sur la taille comparée à celle d'une partie intime masculine. C'est sur le bout de ma langue, mais je peux pas me résoudre à le lâcher. Ma nervosité revient, et je croise les bras en serrant les poings.

Jasper ne semble pas remarquer mon malaise, ou il fait semblant que tout va bien.

— Les chambres, dit-il en me faisant signe de le suivre. Ma chambre.

Il montre la porte et l'ouvre quelques secondes, juste assez pour que j'y jette un coup d'œil. Il pousse le mystérieux sac à l'intérieur de sa chambre, près de la porte. Le lit est fait, mais quelques fringues traînent dans le panier à linge débordant sur le sol.

Sont-elles propres ou sales ? Ce n'est pas la première fois que je vois sa chambre, mais ma tête a heurté l'oreiller la dernière fois, et le reste est un peu flou.

— Et ta chambre, qu'on doit ranger, enfin, que je dois ranger, et tu pourras t'installer et regarder la télé ou me tenir compagnie, dit Jasper.

— Je peux t'aider, dis-je

— Tu pourrais regretter cette offre.

Jasper ouvre la porte de la chambre d'amis. À l'intérieur, des piles de livres s'entassent du sol jusqu'à ma taille, et une table de ping-pong est posée contre le matelas, à la verticale contre le mur. Il y a une commode dans le coin, le seul meuble bien placé qui semble ne pas nécessiter de déplacement.

Au milieu du sol, un énorme sac noir qui pourrait sérieusement contenir un être humain.

— Qu'est-ce qu'il y a là-dedans ? demandé-je, montrant le sac de sport surdimensionné.

— Des affaires de travail.

— De travail ? Tu es employé dans une morgue avec des cadavres ?

Jasper éclate de rire.

— La NHL, et bien qu'il y ait quelques rivaux que j'aimerais voir morts...

Il passe devant moi et se penche pour ouvrir le sac noir.

— Désolé de te décevoir, mais il n'y a pas de cadavres. Juste des équipements de hockey supplémentaires.

Je me sens bête. Bien sûr, Jasper travaille pour la NHL. C'est sa profession. C'est un joueur de hockey.

— Qu'est-ce que ton équipement fait ici ? Vous ne le stockez pas, genre, au stade ?

— L'équipe a un responsable de l'équipement qui gère tout, mais j'ai des équipements qui datent d'avant que je ne rejoigne la NHL. Je ne peux pas les jeter comme ça.

— Tu pourrais les donner, suggéré-je. Ou les signer et les offrir à une œuvre caritative si tu ne les utilises pas. Ça pourrait rapporter gros lors d'une vente aux enchères.

Il sourit chaleureusement.

— Tu me donnes trop de crédit.

Il attrape le sac de sport et le balance dans le placard à vêtements, maintenant surchargé de trois manteaux, de deux paires de chaussures, et d'un énorme sac de hockey.

— Et tous ces livres, tu veux en faire quoi ? demandé-je, jetant un coup d'œil.

Il y a une pile de manuels scolaires. Il a dû fréquenter l'université à un moment donné. Jasper n'a jamais mentionné qu'il était étudiant, bien que je n'imagine pas qu'il soit encore inscrit, avec la NHL qui monopolise son emploi du temps.

— Ceux-là, dit-il en poussant un soupir. On peut les donner.

— Tu es sûr ? On pourrait peut-être les revendre à l'école où tu les as achetés. Ils semblent tous en parfait état.

— C'est parce que je ne les ai jamais ouverts, répond Jasper. J'ai hésité entre l'université et la NHL. Tu devines lequel a gagné. Pas de regrets, si ce n'est d'avoir dépensé de l'argent pour ces pavés inutiles.

— Tu pourrais les vendre à la librairie, dis-je.

— Et gagner dix balles sur un bouquin qui en vaut cinquante ? Non merci. Je préfère les donner. Qu'un étudiant ait une bonne surprise en fouillant la friperie.

— Si tu fais ça, tu devrais les déposer dans une friperie près du campus que tu as fréquenté. À moins que ce ne soit pas à New York ?

Je ne sais pas grand-chose de Jasper ni de son

passé. Ce que je sais est basé sur nos brèves conversations et sur son profil sur les médias sociaux, qui semble indiquer qu'il fait la fête et s'amuse beaucoup avec ses coéquipiers.

Quelle est la part de vérité ?

— On peut le déposer près de l'Université de New York, dit Jasper.

Je souris en réalisant qu'on aurait pu être à NYU en même temps, voire être camarades de classe.

— Qu'est-ce que tu prévoyais d'étudier ?

— Je vais passer pour un intello.

— C'est ce qui t'inquiète ? Dis-moi, tu sais que je vais étudier la microbiologie.

Il secoue la tête et rit, ses cheveux tombant sur ses yeux.

— C'est vrai, j'avais oublié. Encore plus intello.

Il me montre du doigt et sourit.

— Et ?

J'attends qu'il développe. Il aime ce jeu qui consiste à me taquiner, à ne pas me donner de vraies réponses. En vérité, cela ne me dérange pas non plus. Je me détends quand je suis près de lui, surtout quand il plaisante et joue, comme deux amis qui se connaissent depuis toujours.

— Vingt questions ?

Il me sourit.

— Non !

Je ris et lui tape sur le bras.

— Dis-moi.

— D'accord, et si tu posais une question et que j'y répondais ? Et vice versa. Dans les deux sens.

— Alors, c'est comme Action ou Vérité sans l'Action ? demandé-je.

— Je ne pensais pas que c'était un jeu, mais oui, si c'est comme ça que tu veux l'appeler.

Il prend une poignée de sacs pour y mettre les manuels, mais il ne peut pas en mettre trop, sinon ils se déchireront bien avant qu'il ne puisse les soulever.

— Tu as posé ta question. Je vais y répondre. Je me suis inscrit à l'université de New York pour étudier la littérature.

— Intello, dis-je en le taquinant.

Je l'aide à empiler les manuels dans plusieurs sacs différents.

— C'est mon tour, dit Jasper.

Pendant que je mets les manuels dans les sacs en plastique, il passe en revue la pile de livres de fiction, décidant lesquels il va donner et lesquels il va mettre sur une étagère dans sa chambre.

— Quelle est la vraie raison pour laquelle tu as

porté le maillot des Island Brewers pendant la deuxième période du match d'hier ?

C'est sa question ?

— Je te l'ai dit, et je le pensais. Un abruti a renversé de la bière sur le maillot que tu m'as donné. Il était mouillé et la patinoire est froide. Ce n'était pas une bonne combinaison. Je voulais acheter un maillot des Dragons avec ton numéro, mais la file d'attente était interminable. En plus, ça a attiré ton attention, dis-je avec un sourire timide.

— Tu me voles toujours mon attention pendant les matchs, murmure-t-il.

— A mon tour. Qu'y a-t-il dans le sac que tu as acheté pour moi ?

Jasper sourit et roule des yeux.

— Tu ne veux pas lâcher l'affaire. Tu n'aimes pas les surprises ?

Je serre les lèvres en terminant la pile de manuels.

— J'aime les surprises, mais je suis aussi nerveuse quand je ne sais pas de quoi il s'agit.

Il est impossible qu'il n'ait pas vu ma nervosité et mon anxiété se manifester.

— C'est compréhensible, dit Jasper.

— Et ? Tu n'as pas répondu à ce qu'il y avait dans le sac.

Jasper inspire brusquement, son souffle se bloque dans sa gorge.

— Tu as remarqué que j'ai évité la question. Et si nous en avions chacun une à laquelle nous n'aurions pas à répondre ?

Je peux accepter ça.

— Ok, question suivante...

— C'est mon tour, dit Jasper.

— Non, ce n'est certainement pas ton tour. Tu m'as demandé si je n'aimais pas les surprises. C'était ta question. La prochaine, c'est moi qui la pose.

Il grommelle sous son souffle.

— Vas-y, je t'écoute.

— As-tu déjà pensé à moi, pas comme à une sœur, mais comme à...

Je fais une pause, essayant de demander sans prononcer les mots.

— Tu veux dire romantiquement ?

Jasper est prudent dans sa confirmation de la question.

Je devrais dire oui, c'est ce que je voulais dire, mais ce n'est pas le cas. Et c'est peut-être ma seule chance de jouer cartes sur table.

— Sexuellement.

Jasper se lève et s'essuie les mains sur son pantalon. Il regarde ailleurs que vers moi.

— Ça suffit, ce jeu, dit-il en sortant de la chambre, en passant devant moi et en enjambant les sacs de livres.

Je jure sous ma respiration et me pince l'arête du nez. J'ai été trop loin.

SEIZE

JASPER

JE PEINE à croire à la question d'Amber. D'accord, je ne devrais peut-être pas être si surpris, puisqu'elle adore toujours les jeux comme Action ou Vérité et Vingt Questions. Mais c'est moi qui ai lancé ce petit jeu de vérité, alors elle n'est pas entièrement à blâmer.

Je devrais peut-être lui mentir, lui dire que je ne la vois que comme une petite sœur. Qu'elle est mignonne, mais trop jeune et immature pour être avec quelqu'un comme moi. Si je dis ce qu'il faut pour laisser une petite cicatrice, elle passera à autre chose. Elle me détestera peut-être, mais au moins, nous pourrons tous les deux mettre cette tension sexuelle non résolue de côté.

Enfin, pas littéralement de côté.

Je ne sais pas comment je vais faire pour vivre avec Amber et la voir sortir avec d'autres hommes. Mais c'est un problème pour un autre jour. Pour l'instant, elle m'a demandé si j'avais déjà pensé à elle de manière intime.

Ma réponse ?

J'ai évité.

Je suis un foutu lâche quand il s'agit d'Amber.

Si je lui disais la vérité - que je pense à elle tout le temps, bon sang - quand je me douche, je m'abandonne à l'idée qu'elle me donne du plaisir ; quand j'essaie de m'endormir le soir, je m'accorde du plaisir en pensant à elle, imaginant son intimité comme un étau sur ma virilité.

Et les rêves, ils sont encore plus réels. Je peux sentir son parfum, le doux lilas et le gel douche à la lavande qui font tressaillir ma queue quand elle est là. Une seule bouffée et je suis prêt.

Mais c'est trop en dire, et si elle doit vivre avec moi, il doit y avoir des limites et des règles de base.

Pour commencer, pas de relations intimes.

Du moins, pas entre nous. Et si j'ai mon mot à dire, je préférerais qu'elle reste vierge, car je ne veux pas non plus qu'elle partage ce moment avec quelqu'un d'autre. Je me mords la lèvre inférieure.

Je ne peux pas lui dire de ne pas sortir avec

quelqu'un. Elle a vingt ans. Célibataire. Elle trouvera forcément des hommes avec qui sortir, ou des femmes d'ailleurs. Je ne sais pas. Je ne veux pas qu'elle les ramène à la maison. Non pas que je veuille qu'elle partage son intimité ailleurs et qu'elle revienne ensuite à l'appartement le matin ou tard le soir.

Je soupire et me dirige vers la cuisine quand j'entends le doux bruit de ses pas qui me suivent.

— Jasper ?

La voix d'Amber est douce et sucrée, comme du miel.

Mais si je cède à mes envies, je risque de me faire prendre. Noah avait raison, elle est hors de portée, même si nous ne vivons pas ensemble.

C'est ma nouvelle colocataire.

Je ne peux pas fantasmer sur le fait de la plaquer dans la douche ou de partager des moments intimes sur le comptoir de la cuisine.

— Je vais bien. J'avais juste besoin d'eau.

J'attrape le pichet d'eau filtrée dans le frigo et un verre, et je me sers à boire.

— Tu en veux ? demandé-je.

— Tu n'aurais pas quelque chose de plus fort ? demande Amber en riant.

C'est un rire nerveux, celui qui s'échappe

quand elle est mal à l'aise et anxieuse. J'ai remarqué ses petits tics. Les petites choses que les autres ne remarqueraient pas chez elle, je les vois. Son pied rebondit. Elle tapote ses doigts sur ses genoux. Parfois, elle se mordille même la lèvre inférieure.

Il y a de la beauté dans sa nervosité, mais je ne lui dirai jamais. Cela ne ferait que la rendre encore plus anxieuse.

— D'accord.... Tu me montres où sont les verres ? demande Amber.

Je lui fais faire un tour rapide de la cuisine, je lui explique où sont les verres, puis j'en sors un pour qu'elle puisse boire.

— Merci.

Elle se force à sourire, et ses joues sont très rouges.

Je parie qu'elle regrette d'avoir posé cette question il y a cinq minutes. Peut-être que je peux faire comme si rien ne s'était passé ? Cela fait-il de moi un imbécile d'avoir évité de répondre à la question de savoir si j'ai pensé à elle de manière intime ?

Bien sûr, j'ai pensé à elle de manière intime. J'ai aussi pensé à elle nue. Et j'ai pensé à ce que ça ferait de partager des moments intimes avec elle sur la glace avec toute l'arène qui nous regarde et nous encourage.

Ce ne sont que des fantasmes.

Ils ne peuvent pas se réaliser. En tout cas, pas le dernier. Et peut-être que c'est bien de garder ces fantasmes pour moi, pour me donner quelque chose à apprécier quand j'ai besoin de me détendre. Je n'ai jamais été intéressé par les « puck bunnies », ces filles qui courent après les joueurs de hockey pour les séduire, comme si nous n'étions que des cases à cocher sur une liste. Non, merci. Je n'ai pas besoin de m'engager là où mes frères ont été, et je considère tous mes coéquipiers comme mes frères, pas seulement Kyler.

Le téléphone d'Amber sonne, elle le sort de son sac et jette un coup d'œil sur le message qui s'affiche à l'écran.

— C'est ta personne préférée, Charlotte, dit-elle en envoyant une réponse rapide.

Je ne peux qu'imaginer ce que ces deux-là sont en train de comploter.

— Dis-lui que ses cheveux blonds ne me trompent pas. Je sais qu'elle était au match avec toi.

— C'est moi qui ai eu l'idée de la perruque, répond Amber. Contrairement à ce que tu penses, je n'ai pas beaucoup d'amis proches. D'ailleurs, sans elle, je n'aurais jamais eu le courage de me montrer à nouveau au Blue Line.

— Eh bien, à chaque fois que les gars sont là, tu es la bienvenue. Je ne peux pas promettre que Kyler n'amènera pas Emerson, donc c'est quelque chose que vous devrez régler tous les deux.

Amber rougit.

— Tu veux dire que tu ne vas pas continuer à me couvrir ?

— Je te couvrirais bien, mais je suis presque sûr que si tu continues, tu te feras prendre. Kyler ou Emerson te remarqueront.

Elle soupire et boit une gorgée d'eau.

— Je ne veux pas me mettre à dos Emerson. Je suis passée par là, et ce n'est pas beau à voir.

Son téléphone sonne, mais cette fois ce n'est pas un texto. Charlotte l'appelle.

— Tu peux répondre dans ma chambre, lui proposé-je, essayant de lui donner un peu d'intimité pendant que je finis de ranger la chambre d'amis pour qu'elle devienne officiellement la sienne.

— Merci, dit-elle en souriant faiblement et en se dirigeant vers le couloir.

Je ne devrais pas me retourner. Je ne devrais pas lui jeter un dernier coup d'œil, mais je dois le faire, et je me demande si elle sait que je l'observe, que je me languis d'elle, que je fantasme sur elle.

Je n'arrête pas d'entendre les mots de Noah dans ma tête.

Le code des frères.

Mais c'est plus qu'un simple code de frère maintenant que nous sommes colocataires. Sortir avec Amber ne serait pas sage. Ça rendrait les choses compliquées, et pour quelques minutes de plaisir indéniable, ça ne vaut pas la peine de prendre le risque.

Parce qu'indubitablement, ça va échouer. Que ce soit dans quelques semaines, quelques mois ou quelques années, je ferai toujours passer le hockey en premier, et elle sera déçue, et son ressentiment se transformera en haine. Je ne veux pas infliger ce genre de douleur à Amber.

Je l'aime trop pour la blesser, et je veux qu'elle fasse partie de ma vie en tant qu'amie, avant tout.

Il me faut quelques heures, mais j'ai presque fini de remonter le cadre du lit quand j'entends la porte de ma chambre s'ouvrir en grinçant.

Elle a parlé avec Charlotte pendant un moment avant que le silence ne s'installe dans l'appartement.

Amber sort de ma chambre. On dirait qu'elle sort tout juste d'une sieste. Ses joues sont roses et ses cheveux sont ébouriffés. Ce look lui va bien, mais elle pourrait rendre n'importe quoi sexy.

— Désolée, je me suis endormie sur ton lit.

Je ne suis pas désolé. Ce soir, mes draps sentiront son odeur.

— Ce n'est pas grave, dis-je. Tu as bien dormi ?

— Mieux que la nuit dernière.

Elle esquisse un léger sourire et jette un coup d'œil à sa montre.

— Tu as presque tout fait.

— Oui, il ne reste plus qu'à finir ce cadre et à poser le sommier et le matelas dessus. Tu veux envoyer un message à ta sœur pour lui dire qu'on part bientôt ?

— Bien sûr, dit Amber en baillant.

Elle est absolument adorable à moitié endormie. Nous finissons avec le matelas, et la chambre d'amis est présentable. Amber aura toute la place nécessaire pour ranger les quelques affaires qu'elle a acquises aujourd'hui dans la commode vide. Étonnamment, les tiroirs étaient déjà vides. Le reste de la pièce, en revanche, était un désastre.

— Tu veux prendre tes sacs et ranger tes affaires ? demandé-je en expirant.

Le sac avec la robe que je lui ai achetée. Je l'avais oublié dans ma chambre, celle-là même qu'elle occupait seule depuis un bon moment. Je croise son regard, mais elle ne dit pas un mot. Si elle sait que la robe est dans le sac, elle n'a même pas donné le moindre indice. Elle ne demande plus non plus ce qu'il y a dedans, mais peut-être a-t-elle succombé au fait que j'allais la faire attendre. Mais pour combien de temps ? Et pourquoi diable ai-je pensé que c'était une bonne idée d'acheter cette robe ? Je ne veux pas qu'un autre homme la reluque dans cette tenue. Mon pantalon se resserre, et je grogne en me dirigeant vers la cuisine.

J'ouvre le réfrigérateur. Non pas qu'elle ne puisse pas faire ses propres courses, mais je ne veux pas non plus qu'elle pense que je me nourris de plats à emporter. Parce que ce n'est pas le cas. Enfin, pas en général. Mon corps est un temple. Vous connaissez la chanson. En tant qu'athlète, j'y crois. La nourriture que je mets dans mon corps me fournit des nutriments et me permet d'être prêt pour le jour du match. Si je grignote de la mauvaise nourriture toute la journée, je n'aurai pas la même endurance pour un match.

— Je suis prête, dit Amber en entrant dans la cuisine. Mais il faut qu'on parle.

— De quoi ?

Je la regarde par-dessus mon épaule, ferme le

réfrigérateur et tourne pour lui faire face. D'habitude, ce ne sont pas des mots que j'aime entendre.

— Le loyer.

— C'est vrai, dis-je en hochant la tête. Combien payais-tu pour ton appartement ?

Je sais sans l'ombre d'un doute que mon appartement sera bien en dehors de son budget. C'est dégoûtant de voir à quel point l'immobilier est cher à New York, et je ne m'attends pas à ce qu'elle contribue pour moitié alors que je sais que ses revenus sont loin d'égaler les miens. Elle est à l'université et travaille, je crois, à temps partiel. Nous n'avons pas non plus abordé ce sujet récemment.

— Je payais un loyer de 2 850 dollars.

— Peux-tu continuer à te le permettre ? demandé-je, allant droit au but.

Mon loyer s'élève à plus de 14 000 dollars pour un appartement de deux chambres et deux salles de bain à Manhattan. Je ne vais pas lui demander de partager l'hypothèque. Elle gagne moins d'un dixième de ce que je gagne en un an, et j'ai signé un contrat de trois ans.

— Oui, je peux.

Elle force un sourire, et j'ai l'impression qu'elle a probablement du mal à payer ses factures. Je ne vois pas comment elle le pourrait en travaillant à temps partiel.

— Donne-moi la moitié de ton loyer, soit 1 400 dollars, et cela devrait être juste et équitable. Je m'occupe des charges.

— Tu n'es pas obligé de...

— Je sais, mais je veux le faire, dis-je. Tu vas devoir remplacer ta garde-robe, tes manuels scolaires et tout le reste.

Amber gémit.

— Ne me le rappelle pas.

— Est-ce qu'il y a une chance que tu puisses utiliser l'un de ces livres ? demandé-je en montrant les piles de sacs dans le couloir.

Je devrais les descendre à la voiture et les donner, mais je doute qu'il y ait assez de place dans la Porsche pour tout cela.

— Nada, répond Amber. C'est bon. Je me servirai de mon physique et de mon charme pour convaincre les professeurs de me donner des A.

— Ouais, je ne pense pas que ça marche à l'université, mais peut-être que si tu leur montres tes seins...

Elle me frappe le bras, rejette la tête en arrière et rit.

— La moitié de mes professeurs sont des femmes.

— Ça ne veut pas dire qu'elles n'apprécient pas une belle paire de seins quand elles les voient.

Ses joues brûlent, et elle attrape l'un des sacs que j'ai l'intention d'envoyer dans une friperie.

— Laisse. J'appellerai quelqu'un pour ramasser toute cette merde.

— On peut les déposer sur le chemin du dîner, dit Amber. Au moins une partie.

— C'est la direction opposée, et c'est bon. J'enverrai un message à un ami. Il sera parti quand on rentrera à la maison.

— Sérieusement ?

Elle me regarde comme si j'avais deux têtes.

— Quel genre d'ami fait disparaître des objets de ton appartement ?

Je souris, la fixe, et penche la tête.

— Tu es sûre de vouloir savoir ?

Elle grogne et secoue la tête.

— Je n'ai pas besoin d'être complice d'un crime.

— Un de mes amis vit dans l'immeuble, et il travaille près de la friperie. Si je lui donne cent dollars, il sera ravi de descendre les sacs pour moi.

— Je le ferai pour cent dollars, répond Amber.

— Tu as une voiture ?

Je ne l'ai jamais vue conduire en ville, mais il est possible qu'elle ait un véhicule garé quelque part.

— Je vais transporter les sacs dans le métro.

Son sourire s'agrandit.

— Imagine tous les regards qui me verront traîner trois sacs dans les escaliers et sur le quai.

— Avec le poids de ces sacs, quelqu'un va sûrement penser qu'il y a un corps dans l'un d'eux.

— Un corps avec des coins, dit-elle en plaisantant.

Je prends les clés de la Porsche et celles de l'appartement. Il y a un double dans le tiroir, et je l'attrape.

— La clé de ta nouvelle maison, dis-je en lui tendant le double.

— Je pensais vraiment que lorsque j'emménagerais avec un homme, ce serait différent.

Amber rougit.

Je la conduis dans le couloir, dans l'ascenseur, et jusqu'à la voiture.

— Je peux conduire ? plaisante-t-elle en haussant les sourcils.

Je ne sais pas si elle a le permis de conduire ou non, mais je ne pense pas que mon frère apprécierait que je confie les clés de sa Porsche à ma colocataire.

— Et si tu demandais à Kyler, quand tu le verras au dîner, si tu eux emprunter la voiture ?

Je lui ouvre la portière côté passager et lui fais signe de monter à l'intérieur.

— Ça valait la peine d'essayer, dit-elle en souriant faiblement alors qu'elle s'assoit dans la voiture.

Je ferme la portière et me dépêche de monter à mon tour, je démarre le moteur et nous nous dirigeons vers la maison de mon frère pour le dîner.

— Tu vas leur dire ou c'est moi qui le fais ? demande Amber.

— Leur dire quoi ?

— Que nous vivons ensemble.

La façon dont elle le dit donne l'impression que c'est presque scandaleux.

Je me mords la lèvre inférieure en la regardant.

— Nous ne sommes que des colocataires, lui rappelé-je.

— Je le sais bien. On pourrait jouer avec eux et leur dire qu'on se fréquente.

— Non, dis-je, mettant un terme à son idée avant qu'elle ne devienne incontrôlable. On ne fera pas ça avec Kyler. Tu peux dire à Emerson ce que tu veux, mais je ne lui dirai pas que je me tape la sœur de sa fiancée.

Elle ne sait pas que Kyler m'a demandé de faire emménager Amber chez moi, et je n'étais pas d'accord avec cette idée au départ.

Mais j'ai changé d'avis aujourd'hui, en l'ayant à mes côtés, en réalisant qu'elle a besoin d'un endroit où loger, et que je veux qu'elle soit ma colocataire.

Amber sourit et me regarde fixement.

— Je te mets au défi de le faire.

DIX-SEPT
AMBER

VIVRE avec Jasper s'est révélé plus facile que je ne l'avais imaginé, peut-être parce que je le croise beaucoup moins souvent que ma propre sœur. Enfin, c'est ce que je croyais. Nos chemins se croisent de temps en temps, mais entre ses entraînements matinaux et ses soirées de jeu qui se prolongent tard dans la nuit, nos emplois du temps divergent.

Je fais des heures supplémentaires au Mad Tea House pour m'assurer de disposer de suffisamment d'argent pour couvrir ma part du loyer. Je sais bien que ma contribution est loin de ce que Jasper paie réellement, mais mon loyer a épuisé mon compte d'épargne. Jasper s'oppose catégoriquement à ce que je débourse le moindre centime de plus, et jongler avec les dépenses devient un exercice délicat, surtout pour remplacer ce que j'ai perdu dans l'incendie, y compris mon ordinateur portable, qui a coûté presque autant qu'un loyer.

Mon téléphone sonne, c'est Charlotte qui m'informe qu'elle est devant chez moi. Je me dirige vers l'ascenseur pour l'accueillir. Elle se tient là, dehors, dans le froid, lorsque j'arrive sur le trottoir. Je lui lance un simple « Tu peux entrer » avant de la serrer dans mes bras.

Depuis l'incendie, nous n'avons pas vraiment eu l'occasion de rattraper le temps perdu. Mon emploi du temps a été fou, entre le rattrapage de mes études et les jours manqués après l'incident. Certes, un de ces jours était excusable, mais les deux autres, c'était simplement parce que je n'avais pas la motivation de prendre le métro sous la pluie maussade pour me rendre en cours.

— Tu t'en es bien sortie, me dit Charlotte. Le petit ami est à la maison ?

— Ce n'est pas mon copain, mais oui, cet endroit est incroyable. Viens donc. En plus, il fait un froid glacial dehors.

Charlotte, imperturbable, n'a pas froid, contrairement à moi qui frissonne malgré mon pull et mon jean. L'achat imminent d'un manteau d'hiver est inévitable, mais j'ai reporté cela à ma prochaine paie.

Nous entrons, je la guide vers l'ascenseur puis jusqu'à cet immense appartement à deux chambres.

— Ah, merde, lâche-t-elle quand elle entre. C'est comme ça que les riches vivent.

— Je ne suis pas riche, rétorqué-je, même si elle a raison.

Cet endroit est spectaculaire, surtout comparé à mes anciens logements. Son appartement d'une chambre n'est guère mieux que ce que j'avais, une cuisine un peu plus grande, c'est tout.

— Non, mais il l'est. J'ai regardé le salaire de départ d'un joueur de la NHL sur Google et j'ai vu que c'est presque un million de dollars par an.

— Ce n'est pas possible.

Je refuse de le croire. Elle consulte son téléphone, tape quelque chose avant de me montrer le chiffre sur la page de recherche.

Je n'ai pas vraiment envie de regarder. C'est comme violer sa vie privée, une frontière que je ne devrais pas franchir. Mais elle me met le téléphone sous le nez, me laissant aucune échappatoire.

— Tant mieux pour lui, lâché-je.

Au moins, cela me soulage un peu de contribuer à ma part du loyer. J'aurais aimé payer plus, étant donné que nous partageons l'appartement en tant que colocataires, mais cela reste hors de ma portée financière.

— Tant mieux pour toi, plaisante Charlotte. Tu peux me présenter à l'un de ses amis célibataires ? Noah est canon.

Je sors deux limonades du frigo et entraîne Charlotte dans le salon.

— Je ne connais pas vraiment ses amis, avoué-je. Je veux dire, à part notre rencontre au bar.

Je m'installe sur le canapé à côté d'elle. Il y a une chaise vide en face et la télévision en face de nous. Je ne prends même pas la peine de l'allumer. J'ai déjà assez de distractions avec la visite de Charlotte.

— Vous ne sortez pas ensemble ? Et Jasper ne sera pas fâché si tu lui piques son alcool ?

— C'est le mien, et ne lui dis pas que j'en ai pris. On doit finir le pack de douze avant son retour.

— Ou le cacher sous ton lit.

Charlotte rit en secouant la tête.

— Tu as vraiment peur qu'il se mette en colère quand il découvrira ? Ce n'est pas ton père. À moins que tu aimes l'appeler papa.

J'empoigne l'oreiller du canapé et le lance dans sa direction.

— Tu es incorrigible, et on a presque le même âge.

— Sauf que lui peut boire légalement, rétorque Charlotte.

Où veut-elle en venir ? Dans quelques mois, j'aurai l'âge légal pour boire, et elle aussi. Elle roule des yeux, se penchant en arrière pour se mettre confortablement sur le canapé.

— Je suis jalouse, Amber. Tu as tout. L'appartement. Un petit ami sexy qui plus est dans la NHL. C'est comme cocher une case de plus dans la liste des choses à accomplir.

— Ne sois pas jalouse. Mon appartement a brûlé.

Charlotte se lève et jette un coup d'œil autour d'elle.

— Fais-moi faire un tour.

— Oh, d'accord.

Je me sens comme une hôtesse incompétente. J'ai l'habitude de mon studio, où l'on voit presque tout d'un seul coup d'œil. Je la guide à travers l'appartement, lui montrant la cuisine et le salon, qu'elle a déjà vus.

— C'est la salle de jeux, dis-je, en désignant la table de air hockey au milieu de ce qui serait normalement la salle à manger.

— Montre-moi où opère la magie.

— Quoi ?

— Sa chambre.

Elle hausse les sourcils.

— Je te montrerai ma chambre, mais pas de magie. Pas d'action. Pas d'excitation, sauf pour dormir.

— Le sommeil peut être amusant, une fois que tu l'as chevauché comme une cow-girl, dit Charlotte.

Elle ne semble pas savoir quand s'arrêter.

D'un geste sec, j'ouvre la porte de la chambre. La pièce est simple, fonctionnelle. Il y a un bureau près de la fenêtre que Jasper a insisté pour que j'aie pour mes études. La commode est contre le mur, et le lit est à l'autre extrémité.

— Et sa chambre ? demande-t-elle après avoir jeté un coup d'œil à mon espace ordinaire.

— C'est privé, intervient Jasper en arrivant par derrière.

— Je ne t'ai pas entendu arriver, dis-je.

J'agrippe ma cannette de limonade et il me regarde sans rien dire.

— Salut ! Je suis Charlotte.

Mon amie rousse rayonne, comme s'il ne l'avait pas déjà croisée lors des matchs de hockey et au bar.

— Je sais qui tu es.

Les yeux de Jasper se plissent.

— Tu ne devrais pas être en cours ? lui demande-t-il.

— J'ai fini pour la journée. Mes devoirs sont déjà faits.

Charlotte chuchote « papa » dans son dos et se dirige vers le couloir.

— Je peux partir si je dérange.

— Tu viens d'arriver. Ne sois pas absurde, dis-je. J'allais bientôt préparer le dîner, Jasper. Tu restes à la maison ce soir ?

Il a joué un match hier, ce qui signifie qu'aujourd'hui, il s'est entraîné comme d'habitude - tout ce que font les joueurs de hockey professionnels les jours où ils ne sont pas en compétition.

— Il me semble que oui, dit-il en faisant un signe de tête vers ma boisson. Quelqu'un a besoin d'un superviseur.

— Tu n'as que quelques mois de plus que moi, répliqué-je. Et je ne vais nulle part.

— Boire et cuisiner pourraient être considérés comme un crime si tu mets le feu à l'appartement, commente Jasper.

Charlotte nous observe en silence, finissant sa limonade. Un sourire en coin apparaît sur son visage. Elle semble prendre un peu trop de plaisir dans cette plaisanterie.

— Je n'ai pas déclenché l'incendie dans mon immeuble.

— D'accord, mais tu as déclenché l'alarme incendie ici deux fois, révèle Jasper.

Charlotte ne peut plus contenir son silence.

— C'est pour ça que tu commandes toujours à emporter ou que tu manges à la cafétéria du campus ?

Charlotte vient-elle de me lancer une pique ?

— Traîtresse !

Je grimace et me tourne vers Jasper.

— Pour info, l'alarme incendie est juste trop sensible.

Ses yeux brillent, et j'ai envie d'effacer ce sourire suffisant de son visage.

— Je vais préparer le dîner, déclare Jasper en nous faisant signe à Charlotte et à moi de nous éloigner de la cuisine.

Même si je ne suis pas dans la cuisine, je me tiens dans le couloir, mais je comprends le message et m'installe sur le canapé avec mon amie.

— Qu'est-ce que tu nous prépares ? demande Charlotte depuis le canapé, un sourire enjoué sur le visage.

— Ça dépend. Tu brûles des cuisines et tu déclenches des détecteurs de fumée ? demande

Jasper à Charlotte. Tu sembles du genre, vu que tu as essayé de convaincre ma colocataire de porter le maillot du rival à chaque match auquel elle a assisté.

— Deux matchs, dis-je en levant deux doigts vers lui. Et tu ne m'as pas invité à revenir te voir jouer.

— J'ai eu une série de matchs à l'extérieur, explique Jasper.

— Quelque chose t'a manqué ? enchaine Charlotte.

— À part mon lit ? demande Jasper.

À l'évocation de son lit, mes joues s'embrasent, me rappelant la fois où j'ai fait la sieste dedans. J'ai même dormi sous ses couvertures la première nuit de notre rencontre. Même si j'étais complètement ivre et qu'il a été parfaitement respectueux.

Parfois, j'aurais préféré qu'il ne le soit pas, peut-être que cette tension sexuelle non résolue entre nous aurait été... résolue.

— Je t'ai manqué, dis-je. Tu t'es demandé si j'avais brûlé ton appartement en préparant le dîner.

— Je t'ai laissé de quoi manger, plaisante Jasper. Et de l'argent, mais je vois que tu n'y as pas touché.

Charlotte se rapproche, les yeux écarquillés, et me chuchote :

— Il t'a laissé de l'argent ?

— Et je n'y ai pas touché. Nous sommes colocataires. Ce ne serait pas approprié.

Mon chuchotement a besoin d'un peu de pratique, car Jasper me jette un coup d'œil depuis la cuisine.

— Quelle partie du fait de se nourrir et de ne pas détruire notre maison ne serait pas appropriée ? demande Jasper.

Sa question est sincère, et il détourne le regard pour prendre une planche à découper dans le placard.

— C'est ton argent. Je ne vais pas le dépenser.

Tout comme quand je lui ai dit que je ne laisserais ni lui ni son frère payer mes vêtements ou mes chaussures après l'incendie.

— Elle est honnête, commente Charlotte. Mais si tu veux que quelqu'un te prenne ton argent...

— Oh, je suis sûr qu'il y a plein de filles pour ça, dit Jasper.

Il me sourit en commençant à couper les légumes, et je m'étends sur le canapé, envahissant l'espace de Charlotte

Elle comprend et prend place sur la chaise vide, s'assurant ainsi que lorsque Jasper nous rejoindra, il sera obligé de s'asseoir avec moi sur le canapé.

Ce n'était pas mon plan, je le jure. Je voulais juste

étirer les jambes. Mais il ne tarde pas à mettre le dîner au four et à régler la minuterie.

Il ouvre le frigo et prend une bière.

— Les filles, vous voulez un autre verre ? propose-t-il.

Nous répondons toutes les deux à l'unisson :

— Oui !

Jasper apporte deux autres limonades dans le salon et une bouteille de bière pour lui.

— Vous devriez acheter les bouteilles, dit-il. Elles n'ont pas un goût aussi métallique.

— Peut-être que j'aime le goût métallique, dis-je en riant. Et la facilité d'ouverture.

Je me déplace, m'asseyant pour que Jasper ait de la place sur le canapé à côté de moi, et j'ouvre ma cannette quand il s'assoit

Il la fait tinter avec sa bouteille.

— Santé.

Charlotte lève son verre à l'unisson et je la félicite d'avoir pris le siège vide.

Au bout d'une minute, Jasper pose sa bière sur la table basse à côté du canapé.

— Tu peux remettre tes pieds en place, dit-elle, et je hausse un sourcil, curieuse.

Je me recule légèrement, déplaçant mes jambes vers le canapé mais les gardant pliées, m'assurant de ne pas empiéter sur son espace. C'est toujours sa maison, et même si je ne devrais pas me sentir comme une étrangère - je paie un loyer - je me sens toujours chez lui, et je ne suis qu'une invitée.

Non pas qu'il m'ait jamais fait ressentir cela. Au contraire, il fait tout ce qui est imaginable pour que je me sente la bienvenue. Il a sorti des serviettes propres et m'a même envoyé un SMS depuis l'hôtel où il se trouvait pour me dire qu'il y avait des shampooings minuscules et m'a demandé si je voulais qu'il en prenne dans le chariot du service d'entretien lorsqu'il passerait par là.

Pour mémoire, j'ai dit non.

Je peux me permettre d'acheter mon propre shampoing, mon propre gel douche et une nouvelle brosse à dents. Et s'il demande à quelqu'un de lui apporter ses courses parce qu'il est trop occupé pour y aller, il y a un magasin à quelques rues de là où je me rends à pied depuis l'appartement pour faire mes propres courses.

Je garde mes genoux pliés, mes pieds juste à côté de ses jambes, mais je ne repose pas mon corps sur le sien. C'est une limite que nous n'avons pas franchie, et je ne pense pas qu'il veuille que mes pieds, vêtus de chaussettes à pois roses et noires qui montent jusqu'aux genoux, soient sur ses genoux.

— Tu n'es pas contente d'avoir emménagé avec un colocataire qui se trouve être un excellent cuisinier ? se vante Jasper.

— Excellent ? Je n'ai encore goûté aucun de tes plats.

Il est toujours en train de jouer, de s'entraîner ou de voyager pour l'équipe. J'enfonce mes orteils dans sa jambe, en le poussant.

— Comment puis-je savoir que tu n'essaies pas de m'empoisonner ? De m'attirer dans ta belle demeure où tu me voles mes vêtements depuis plusieurs semaines, mon nouvel ordinateur portable, mes manuels scolaires, et où tu m'étouffes avec un oreiller pendant mon sommeil ?

Il saisit doucement mes jambes, les tirant vers le bas sur ses genoux.

— Tu es sûre que tu n'es pas une étudiante en art dramatique ?

Jasper me fixe du regard, et je sens l'air s'échapper de mes poumons sous l'effet de l'intensité de son regard. Ses doigts se dirigent vers mes pieds. Je ne sais pas s'il est sur le point de me chatouiller ou de me masser.

— Je devrais probablement y aller. Je dînerai sur le chemin du retour.

Charlotte se lève et interrompt le moment, le brisant comme du verre.

Jasper se redresse, ses mains se posent sur mes pieds, mais il ne m'accorde plus la même attention qu'auparavant. Il attrape sa bière sur la table basse et en boit une gorgée.

L'homme ne m'a jamais paru nerveux, ce qui me fait craindre qu'il ne regrette le regard enflammé que nous avons échangé.

Ce n'était rien.

Juste un regard.

— Tu peux rester, dit Jasper.

Il boit une nouvelle gorgée de sa bière.

— Le dîner est prêt. J'en ai fait assez pour trois.

— Eh bien, quand tu le dis comme ça.

Charlotte se rassied sur la chaise.

Je bois une gorgée de ma deuxième limonade, qui est encore meilleure que la première.

Charlotte sourit, et ce sourire m'inquiète parce qu'elle semble toujours causer des ennuis quand elle complote.

— Alors, dites-moi, vous vous êtes déjà embrassés ?

Lorsque les mots quittent ses lèvres, la limonade quitte les miennes, et je la crache en direction de Jasper, l'aspergeant sans pitié. Je jure sous ma respiration et je suis certaine que mes joues sont cramoisies.

Il prend son t-shirt, le soulève pour s'essuyer le visage, puis l'enlève complètement de son torse et me le lance.

Il atterrit sur mon visage et tombe sur mes genoux. Je ne m'attendais pas à ce qu'il se déshabille devant moi ou devant Charlotte.

— Je ne vais pas mettre ça, dis-je en montrant la limonade aspergée sur son t-shirt. La dernière fois qu'il a enlevé son haut et me l'a donné à porter, c'était son maillot trempé de sueur.

Il est posé sur mes genoux tandis qu'il passe délicatement ses doigts sur mes pieds, traçant un chemin du haut de mon pied jusqu'en bas.

Et c'est là qu'il me chatouille. Ses doigts dansent avec une légèreté de plume sur ma voûte plantaire, et je me tortille sur le canapé, essayant de me libérer, mais il ne me laisse pas faire.

— Ta punition, dit-il avec un sourire narquois.

— Pour quoi ?

Je hurle de rire et il continue à me tourmenter alors que j'essaie d'éloigner mes pieds. Il me tire plus loin sur le canapé, à califourchon sur moi, me chatouillant les côtes et me faisant me tortiller à son contact.

La seule échappatoire est de riposter, et j'essaie de lui chatouiller les hanches. Il se tortille juste un peu, assez pour faire basculer son centre sur le mien, et c'est délicieusement bon.

— Charlotte, aide-moi !

Je pousse un cri entre deux éclats de rire.

Je lui jette un coup d'œil et elle sirote son verre, regardant le spectacle que nous lui offrons.

— Je t'aide, dit-elle avec un clin d'œil et elle se lève.

— Où vas-tu ?

— Me perdre dans la cuisine, répond Charlotte.

— Il n'y a que toi et moi, dit Jasper en me regardant.

J'ai le souffle coupé lorsqu'il arrête momentanément de me chatouiller, me laissant respirer. Ses yeux bruns ont pris une teinte plus foncée et sa respiration est épaisse et lourde.

Il se déplace, et je sens sa présence contre moi.

Je veux qu'il m'embrasse, mais si je me rapproche, il me repoussera comme il le fait depuis le début. Je sais qu'il me veut.

Jasper se racle la gorge et quitte le canapé.

— Je vais prendre un t-shirt propre et vérifier l'avancement du dîner.

Charlotte s'écarte alors que je la regarde dans la cuisine.

— Il reste quinze minutes à la minuterie pour le dîner, précise-t-elle.

Alors qu'il se dirige dos à moi vers le couloir de sa chambre, Charlotte chuchote quelque chose d'incompréhensible.

Haussant les épaules, incapable de lire sur ses lèvres, je lui fais signe de s'approcher. Elle réessaie à son retour de la chambre, mais, voyant que je ne comprends toujours pas, elle abandonne. Charlotte prend une autre limonade dans le frigo.

— Tu veux en une autre, Amber ?

— Ça va.

Deux, c'est vraiment ma limite ce soir si je veux éviter que les choses ne deviennent plus gênantes entre nous en tant que colocataires. Mes sentiments pour Jasper doivent être enterrés.

— Tu es libre demain soir ? demande Charlotte, apportant sa limonade avec elle en s'installant sur le canapé à côté de moi.

— Je n'ai rien de prévu. Pourquoi ?

Je peux déjà anticiper les rouages qui s'emballent dans sa tête, et cela me crispe l'estomac.

— Il y a une fête sur le campus et je veux que tu viennes avec moi.

— Il y a toujours une fête sur le campus.

— Crois-moi, celle-ci sera spéciale.

Baissant la voix pour que Jasper ne nous entende pas, elle ajoute :

— Avec des joueurs de hockey.

— Quoi ? aboie-il, le chuchotement de Charlotte étant presque aussi mauvais que le mien. Quelle fête ?

— Je me suis dit qu'avec les tensions sexuelles non résolues dans le coin, si elle a un faible pour les hockeyeurs, elle pourrait peut-être en rencontrer un sur le campus.

— Je n'ai pas de faible pour les hockeyeurs, déclaré-je.

Le seul homme pour qui j'ai des sentiments se trouve à trois mètres de moi. Certes, il joue au hockey, mais c'est lui que je désire. Avec son corps sculpté, ses abdominaux impressionnants et un esprit aussi séduisant que son apparence.

Bon sang, je suis bien trop investie dans Jasper Greyson. Peut-être devrais-je suivre le conseil de Charlotte et sortir pour rencontrer d'autres garçons.

Jasper reste silencieux. Je le regarde sortir les assiettes de du placard et fouiller dans le frigo pour préparer quelque chose.

— Tu as besoin d'aide ? lui demandé-je.

— Tu en as déjà fait assez, murmure Jasper.

Les regards se croisent entre Charlotte et moi.

— Jaloux, murmure-t-elle.

Mais pourquoi ?

Nous ne sommes que des amis. Jasper s'est assuré que cela reste ainsi. Même après m'avoir jeté le maillot, il a repoussé toutes mes avances, et même si elles étaient rares, c'était plus souvent que je ne voulais l'admettre.

Je pourrais interroger Charlotte plus tard, quand Jasper ne sera pas à portée d'ouïe. J'attrape mon téléphone sur la table et lui envoie un message.

Pourquoi est-il jaloux ?

Je lui montre le message et m'abstiens de l'envoyer. Inutile de laisser une trace de notre conversation ou de le faire se demander ce qui se passe entre nous.

Elle prend mon téléphone et change le texto, me répondant.

Il te veut.

Je lui arrache le téléphone et efface le message aussi rapidement que possible.

— Qu'est-ce que vous complotez toutes les deux ? plaisante Jasper, jetant un coup d'œil par-dessus son épaule.

— Rien du tout. Je lui montrais juste quelques photos sur mon téléphone.

C'est un petit mensonge, mais je passe mon téléphone à Charlotte, rendant au moins l'histoire plausible.

Charlotte affiche un sourire suffisant qui en dit plus que nécessaire.

Je me voile la face. Il est impossible que Jasper Greyson ait des sentiments pour moi. Je tape un autre message.

C'est impossible. Il me voit comme une sœur.

Elle prend le téléphone et rit en effaçant le message.

— Quel genre de photos ? demande-t-il, debout au comptoir, en train de couper des légumes pour la salade dans un grand bol en bois.

Il s'arrête et me fixe, les lèvres entrouvertes, mais ne dit rien de plus.

Son comportement est étrangement domestique, et je tente de ne pas le regarder fixement.

— Le genre sexy ! plaisante Charlotte, et je lui donne une tape sur l'épaule.

— Et elle te les montre ?

Jasper fronce les sourcils, comme s'il essayait de comprendre mon comportement, comme si j'allais exhiber des photos dénudées à ma meilleure amie.

— Elle n'est pas nue, précise Charlotte, et je suis sûre que mon visage prend la couleur d'une tomate trop mûre. Juste de la lingerie, et je l'aide à choisir les meilleures photos pour un site de rencontres.

— Quoi ?

Le couteau qu'il utilisait pour couper les légumes tombe par terre.

— Ça va ? lui demandé-je en me levant pour m'assurer qu'il ne s'est pas blessé.

Il marmonne et se penche pour récupérer l'instrument métallique sur le sol.

— J'ai encore tous mes orteils. Tu peux te rasseoir.

Il lave le couteau avec de l'eau et du savon.

Je l'ignore et finis le reste de ma boisson.

— Laisse-moi t'aider, dis-je en entrant dans la cuisine. Contrairement à mon studio, où la cuisine peut à peine accueillir une personne, la sienne peut facilement accueillir deux personnes.

Son salon pourrait accueillir une fête confortable ; même s'il n'y a que quatre places assises, il y a suffisamment d'espace pour se mêler aux autres.

Charlotte se lève et s'approche lentement de la cuisine.

— J'ai l'impression qu'il faut que je propose maintenant, sinon je suis une très mauvaise invitée.

Elle sourit et nous observe tous les deux en s'installant sur l'un des tabourets du comptoir de la cuisine.

Jasper a déjà installé des assiettes, de l'argenterie et des serviettes sur le comptoir où nous mangeons.

— L'une d'entre vous peut prendre des boissons pour le dîner, suggère-t-il.

— Je m'en occupe, dis-je en récupérant trois verres.

— C'est bon. J'ai mon verre ici.

Charlotte lève son verre de limonade pour indiquer qu'elle n'a pas besoin d'autre chose à boire.

Il se passe une main dans les cheveux avant de se remettre à découper les légumes, jetant les concombres coupés dans le bol en bois avec la laitue fraîche et les carottes déjà mélangées.

— Je vais me mettre en appétit, dit Charlotte avant d'épingler Jasper du regard. Tu sors avec quelqu'un ?

— Pardon ?

Il s'éclaircit la gorge et lance un regard qui va d'elle à moi, comme si c'était moi qui l'avais poussée à poser ce genre de questions. Ce n'est pas le cas. C'est à cent pour cent Charlotte qui veut absolument me voir m'envoyer en l'air. Enfin, pas littéralement me voir, juste l'entendre de ma bouche.

— Tu sors avec quelqu'un ?

— Je ne suis pas intéressé, dit-il sèchement, comme pour signifier qu'il n'y a pas d'intérêt entre lui et Charlotte.

— Non ! Je ne demande pas pour moi, dit mon amie en posant son verre sur le comptoir et en levant les mains. Je veux juste dire que vous êtes colocataires. Avez-vous parlé de l'inévitable ? Quand l'un d'entre vous ramène quelqu'un à la maison et qu'il y a un chouchou ou une cravate sur la poignée de porte ?

— Nous ne sommes pas à l'université. Nous avons nos propres chambres, dit Jasper, et sa voix est épaisse et rauque. Je ne pense pas qu'une cravate ou un chouchou soit nécessaire. Et toi

Il tient le couteau dans sa main et le pointe dans ma direction, son regard croisant le mien.

— La discrétion me convient tant que je ne te surprends pas en train de coucher avec une nana sur le canapé ou la table d'air hockey.

Jasper sourit.

— Kyler t'a parlé de ça ?

— Quoi ?

Heureusement, cette fois-ci, je n'ai rien dans la

bouche, sinon quelqu'un aurait eu un deuxième t-shirt aspergé.

Il rit.

— C'est une blague. Détends-toi. Je garderai mes festivités dans la chambre ou la douche. N'importe où avec une porte verrouillée.

— Bien noté, dis-je en posant mes fesses sur le tabouret à côté de Charlotte.

Elle sourit et je lui donne un coup de coude. Elle lui a posé assez de questions pour m'humilier jusqu'à la fin de mes jours. Je ne sais pas ce qu'elle va encore demander pendant le dîner.

DIX-HUIT
JASPER

LE DÎNER avec Amber et Charlotte est intéressant.
Son amie me plaît de plus en plus. Non pas dans le
sens où j'ai envie de coucher avec elle, mais plutôt
dans le sens où je comprends pourquoi Amber la
garde près d'elle.

Là où Charlotte est sauvage et sans abandon,
Amber est calme et réservée. Elles sont
complètement opposées, mais se complètent d'une
manière ou d'une autre. Charlotte ne s'empêche pas
non plus de dire tout ce qui lui passe par la tête.
C'est un peu rafraîchissant, mais aussi terriblement
ennuyeux quand elle essaie de nous piéger tous les
deux.

Je ne suis pas aveugle à l'attirance et à
l'alchimie entre Amber et moi. Mais j'essaie d'être

un homme meilleur en n'agissant pas en conséquence, et si le code du frère n'était pas une raison suffisante auparavant, le fait que nous soyons colocataires est une raison encore plus importante pour m'abstenir de coucher avec Amber Ryan. Ok, pas seulement le sexe. L'embrasser. La caresser. Même la chatouiller et la sentir se tortiller sous mon corps ne doit pas se reproduire. Ma bite est encore agitée, et j'ai fait tout ce qu'il était possible d'imaginer pour essayer de mettre de la distance entre nous. Je ne veux pas qu'elle me considère comme froid ou distant. Je l'aime bien, j'aime bien passer du temps avec elle, mais ça ne peut pas être plus que de l'amitié.

Nous ne pouvons pas mettre notre amitié en péril. Nous terminons le dîner, les filles débarrassent la vaisselle et préparent une sorte de cake aux fruits pour le dessert. En fait, il est mille fois meilleur qu'il n'en a l'air. Bien sûr, la cuisine est un désastre, avec de la crème fouettée au plafond, sur le sol et partout sur Amber. A-t-elle déjà utilisé un batteur électrique ? Elle est mignonne, et il me faut toute ma volonté pour ne pas faire glisser mon doigt sur sa lèvre inférieure ou sur sa joue. Je veux la goûter. Mais je m'abstiens.

— Je devrais y aller, dit Charlotte en jetant un

coup d'œil à sa montre. Si je pars maintenant, je pourrai prendre le prochain train.

Amber essuie ce qu'elle peut atteindre des éclaboussures de crème fouettée avec un chiffon.

— En supposant qu'il soit à l'heure, dis-je en lui jetant un coup d'œil. Laisse le plafond. Je m'en occuperai à mon retour.

Je me retourne vers Charlotte.

— Et si je t'accompagnais jusqu'à la station de métro ?

Je n'aime pas trop qu'elle se promène seule la nuit. Il est presque vingt et une heures, et même si le quartier est décent, je me sentirais mieux en sachant qu'elle est arrivée jusqu'au métro.

— J'enverrai un message à Amber quand je serai rentrée.

— Tu le feras aussi, dis-je. Je te raccompagne.

— D'accord, mais pour info, tu n'es pas mon genre.

Charlotte précise sa position, et je suis soulagé de voir qu'elle ne va pas me draguer, que son petit angle d'interrogation de tout à l'heure était entièrement au bénéfice de son amie.

— Tant mieux, parce que tu n'es pas mon genre non plus.

J'attrape mon manteau et mes clés.

— Je reviens dans quelques instants, dis-je à Amber.

Elle acquiesce, me tournant le dos, et essuie l'extérieur du frigo, étalant la crème fouettée sur l'acier inoxydable. Ouais, c'est encore pire. Je m'en occuperai à mon retour. Au moins, elle essaie. Je l'en félicite.

Nous nous dirigeons vers l'ascenseur, et dès que nous y entrons, elle croise les bras sur sa poitrine, et ses yeux se rétrécissent en me fixant.

— Alors, c'est quoi ton problème ?

D'accord, je ne m'attendais pas à la prochaine inquisition quand j'ai proposé de l'accompagner jusqu'au train. Le fait que je sois gentil va probablement se retourner contre moi, du moins quand il s'agit de Charlotte.

— Mon problème ? répété-je en riant. C'est toi qui encourages ton amie à porter le maillot des Island Bruisers à nos matchs.

Charlotte sourit :

— Oui.

Elle est suffisante et fière de son petit exploit, comme si elle savait que cela me mettrait mal à l'aise. Bon sang.

— Tu ne sors avec personne. Tu aimes Amber ?

Charlotte pose les questions difficiles.

— Je me concentre sur ma carrière, dis-je.

— C'est une réponse boiteuse. Je parie que tu reçois beaucoup d'offres de filles au bar. Comment on les appelle, les filles qui suivent les joueurs de hockey, qui leur courent après ?

— Les Puck bunnies ?

— Pour information, Amber n'en fait pas partie.

Je n'ai jamais eu l'impression qu'elle en faisait partie. Elle n'a même pas jeté un coup d'œil à l'un de mes coéquipiers.

— Et toi ? C'est quoi ton problème ? Tu joues bien la grande sœur autoritaire avec elle, mais tu sais qu'elle a déjà une sœur, n'est-ce pas ?

— Emerson ?

Charlotte hausse les épaules.

— Je ne l'ai jamais rencontrée.

Intéressant. J'essaie de ne pas trop analyser ce que cela peut signifier. Je ne connais la sœur d'Amber que par l'intermédiaire de mon frère. Ce n'est pas comme si Amber m'avait présenté Emerson.

Nous sortons de l'ascenseur et nous dirigeons vers l'extérieur. L'air est frais et humide. La rue brille sous l'effet de la pluie qui vient de tomber, mais il ne pleut pas en ce moment.

Je marche à côté d'elle sur le trottoir,

l'accompagnant à quelques pâtés de maisons vers le métro. Bien que les réverbères soient allumés et que quelques personnes nous croisent en marchant, nous restons assez isolés.

— C'était sympa de faire ta connaissance, dit Charlotte en montrant l'entrée de la station de métro. Merci de m'avoir permis de m'incruster dans un dîner avec toi et ta petite amie.

Elle sourit et je secoue la tête.

— Pourquoi tu n'arrives pas à croire qu'on est juste amis ?

— Oh, je le crois, mais je ne pense pas que toi, tu le crois.

Charlotte sourit et fait un signe de la main, dévalant les escaliers jusqu'au quai, me laissant là pendant une bonne minute avant que je ne tourne les talons et ne retourne à l'appartement.

Je marche d'un bon pas, j'enfonce mes mains dans mes poches et je me dépêche de rentrer dans l'immeuble. L'ascenseur m'attend et je le prends pour monter à notre appartement.

Notre appartement.

C'est encore un concept étrange dans le grand ordre des choses, mais ce n'est plus seulement le mien. Et je n'ai jamais pensé que je serais ouvert à une colocataire, surtout si je ne couche pas avec elle.

J'écarte ces pensées en ouvrant la porte d'entrée et en entrant.

Amber se tient sur la pointe des pieds, debout sur le comptoir de la cuisine avec un chiffon pour nettoyer le plafond.

Je n'avais jamais réalisé à quel point elle est petite, et c'est assez attachant.

Je traverse la cuisine.

— Je ne t'ai pas dit de la laisser jusqu'à ce que je revienne ?

Elle s'avance un peu trop, perd l'équilibre et je la rattrape en la tenant dans mes bras, sans la lâcher.

Amber halète. Le son doux et innocent qui s'échappe de ses lèvres semble presque sexuel, même si je sais que ce n'est pas le cas - un halètement de choc et de peur alors qu'elle tombe, mais heureusement, je suis juste là pour la rattraper.

Je suis stable sur mes pieds, mes bras autour de sa taille, et je ne la lâche pas.

— Désolée, dit-elle, prompte à s'excuser.

Ses bras sont enroulés autour de mon cou, et je devrais poser ses pieds sur le sol, mais je la garde pressée contre moi, profitant de ce moment d'intimité entre nous.

Je veux voler chaque seconde que je peux, et je n'en aurai jamais assez.

Elle penche la tête vers le bas alors que je l'ai nichée entre moi et le comptoir. Je l'appuie sur le bord et, d'une main, écarte ses cheveux de son visage.

Je la désire plus que l'air que je respire.

Elle est le ciel nocturne, parsemé d'étoiles.

Brillante et belle.

Elle n'a même pas la moindre idée de ce qu'elle représente déjà pour moi. Il ne s'agit pas de désir ou de sexe. Le désir est déjà là. Il est là depuis que j'ai posé les yeux sur elle pour la première fois. Le problème est plus important qu'un petit béguin ou qu'un moment de désir partagé entre deux amis.

Je crois que je suis en train de tomber amoureux d'elle.

Je veux l'embrasser. La goûter. Enchanter ses lèvres avec les miennes et l'emmener dans ma chambre.

Je sens encore son odeur sur mon lit. La première nuit où elle est restée, elle a persisté pendant des jours jusqu'à ce que je sois obligé de laver mes draps. Maintenant, son parfum est partout.

La lavande et le lilas se répandent dans toute la maison. Il est niché dans ma chemise à cause de sa proximité, sur mon oreiller depuis qu'elle a fait une sieste dans mon lit lorsque j'ai nettoyé la chambre d'amis, et il continue à me narguer, comme une dépendance dont je ne peux pas me débarrasser, et que je ne veux pas non plus.

Elle devient lentement une obsession. Passer du temps avec elle. Voler un contact sans que cela soit interprété comme quelque chose de plus parce que cela ne peut pas être plus. Nous sommes des colocataires. Des amis.

Je ne peux pas prendre le risque avec elle.

Mais à l'intérieur, je hurle pour qu'elle m'embrasse, pour que je la déshabille, que je l'emmène au lit et que je lui montre ce que c'est que d'être adorée et ravie. Si seulement elle me demandait à nouveau d'être son premier, de me mettre au défi de lui montrer ce que c'est que de s'embrasser, de se toucher, de s'explorer l'un l'autre, je ne pense pas que je pourrais dire non.

Il y a un mur que je dois ériger pour la protéger et me protéger moi-même. Il se dresse brique par brique, le mortier s'effritant à chaque seconde où nous nous regardons dans les yeux, et je sais qu'elle ressent exactement la même chose.

Amber sourit et appuie son front contre le mien. Elle ouvre la bouche, mais avant qu'elle ne puisse dire quoi que ce soit, une cuillerée de crème fouettée tombe du plafond sur mon nez.

— Je crois que j'ai oublié un endroit, dit-elle en plaisantant.

Elle tend la main vers mon visage, mais je lui attrape le poignet pour l'en empêcher. Avec ma prise sur son poignet, elle réussit quand même à me tapoter le nez avec son index, ce qui enlève la pellicule blanche de mon visage.

Avant même que je m'en rende compte, elle met son doigt dans ma bouche, entre mes lèvres, et je suce la crème fouettée, enroulant ma langue autour de son doigt, souhaitant que ce soit ses lèvres et sa bouche sur les miennes.

Son téléphone vibre sur le comptoir derrière elle, et je recule alors qu'elle se précipite de l'autre côté pour l'attraper. Elle jette un coup d'œil au texto, puis à moi, tandis que je la fixe, le comptoir entre nous nous donnant l'impression d'être à des kilomètres l'un de l'autre.

— Charlotte est rentrée saine et sauve.

Même depuis l'autre bout de la ville, son amie réussit encore à me bloquer.

DIX-NEUF
AMBER

— TU ES SÛRE DE TOI ? demandé-je à Charlotte, en observant mon reflet dans le miroir de son appartement.

Je n'ai pas de tenue sexy, comme elle le souligne ouvertement, et nous prévoyons d'aller à une fête sur le campus à laquelle je n'ai même pas envie de participer.

— Tu es magnifique, me lance Charlotte avec son plus grand sourire.

J'enfile une courte jupe noire qui ne me tiendra pas chaud ce soir. Le top à manches longues est mignon mais un peu serré, faisant ressortir ma poitrine.

— Il faut que tu portes ça aussi, dit-elle en me tendant ses bottes.

Nous sommes à une demi-pointure près pour les chaussures, alors je glisse un peu de papier toilette dans les orteils pour qu'elles ne soient pas trop grandes. J'ai mis un peu plus de maquillage que d'habitude, accentuant mes yeux avec un eye-liner épais et mes lèvres avec un rouge naturel. Bon sang, je suis sexy.

Charlotte attrape mon téléphone et prend une photo de moi.

— Envoie-lui ça, et je te parie qu'il viendra à la fête.

— Je ne lui enverrai pas de photo par texto, dis-je en glissant mon téléphone dans mon sac à main.

— Il est occupé ce soir. Des projets.

Je ne développe pas. Il a sa soirée de libre et il est en ville. Je ne sais pas vraiment ce qu'il a prévu, mais il a parlé de voir les gars.

— Des projets avec une fille ? demande Charlotte.

— Des amis. Laisse tomber.

— Je sais que vous êtes amis. J'essaie de te faire passer à l'action.

Je voulais dire qu'il était avec des amis, mais je laisse tomber.

— La fête. Allons-y.

Je préfère aller à une fête et me faire abandonner

par Charlotte quand elle trouve un bel homme à draguer pour la nuit. Au moins, je peux boire quelques verres, danser, flirter et m'arrêter là.

Nous arrivons à la fête et, en moins de vingt minutes, Charlotte m'a déjà abandonnée. Je devrais être furieuse, mais j'ai l'habitude qu'elle me laisse tomber quand un beau gosse attire son attention. La fille est comme un aimant pour eux. Je suis adossée à un mur, un verre à la main, et je me tiens à l'écart. Je n'ai pas vraiment envie de me mêler aux autres. Je pensais que sortir serait amusant et une bonne idée, mais maintenant je regrette ma décision.

— Hey, je crois qu'on est en statistiques ensemble, dit Atlas.

Il est bien connu sur le campus comme l'un des athlètes vedettes de l'équipe de hockey de l'université de New York. Le fait qu'il me remarque est choquant. Je jette un coup d'œil autour de moi, m'assurant qu'Atlas ne parle pas à quelqu'un d'autre, ce qui serait bien plus probable. Nous ne nous sommes jamais dit plus de deux mots en classe, mais il a raison. Nous sommes en statistiques ensemble. Et je méprise ce cours.

— Oui, dis-je en buvant une gorgée de punch, au goût assez prononcé.

Je n'ai aucune idée de l'alcool qu'ils ont mis

dedans, mais c'est plus de l'alcool que du punch. Je ne suis pas trop bavarde. Atlas est beau et a un corps convenable. Je veux dire, c'est un athlète. Mais je me sens mal à l'aise et je me force à sourire. Malheureusement, il semble penser que cela signifie que je suis intéressée. Pour sa défense, il n'a probablement jamais rencontré une fille qui ne s'intéresse pas à lui.

— Tu es bavarde, plaisante-t-il en me souriant chaleureusement. Laisse-moi deviner, tu es venue ici avec une amie, et elle t'a laissée tomber pour un mec ?

Avant que je puisse répondre, il me montre du doigt un couple en train de s'embrasser.

— Mon pote m'a fait la même chose.

En fait, je ne sais pas où Charlotte a fini. Probablement dans les toilettes avec l'un des joueurs de hockey.

— Ce sont de drôles d'amis que nous avons, dis-je, et il acquiesce.

Il tient un gobelet rouge avec du punch qu'il frappe doucement contre le mien.

— Santé.

— Est-ce que ton ami te traîne à beaucoup de fêtes et te laisse tomber ?

J'essaie de faire avancer la conversation, mais je

ne le sens pas vraiment. Il a l'air sympa, mais il n'y a pas l'étincelle, l'alchimie que je ressens avec Jasper. Et je me déteste de penser à lui en ce moment alors que ce type parfaitement gentil essaie de rivaliser pour attirer mon attention ou au moins me tenir compagnie jusqu'à ce qu'il rencontre quelqu'un d'autre de plus charmant.

— Tu veux connaître un secret ? demande Atlas, et avant que je puisse lui dire que je ne m'en soucie pas vraiment, il se penche. C'est un de mes coéquipiers, Reid.

Le nom ne me dit rien, et je n'ai assisté à aucun match de hockey de notre école.

— Oh, dis-je, comme si c'était censé signifier quelque chose, mais ce n'est pas le cas.

— Reid Clayton.

Il me regarde fixement et se rend compte que je ne sais pas de qui il parle.

— La star de l'équipe de hockey - oh, peu importe, tu n'es pas fan de hockey ?

— J'ai assisté à quelques matchs des Ice Dragons.

Je laisse de côté la partie où je suis en colocation avec Jasper Greyson, l'un des joueurs de la NHL.

— Attends, tu es un fan des Dragons ?

Il a l'air légèrement mécontent de la nouvelle.

— Tu as porté le maillot de mon frère à l'un de

ses matchs. Je pensais que tu étais fan des Island Bruisers.

Mon estomac se retourne, et je ne peux m'empêcher de faire un petit pas en arrière, comme s'il avait envahi mon espace et mon intimité. Je me heurte au mur derrière moi. Je suis sûre qu'Atlas ne m'a pas stalker. Nous sommes en classe ensemble, et il m'a probablement reconnu à un match, mais son commentaire est tout de même dérangeant.

Je ne sais même plus quel maillot j'ai acheté la première ou la deuxième fois, et les deux ont été brûlés dans l'incendie de l'appartement. C'est une perte dont je ne me soucie guère.

— Knox Storm, dit Atlas avec un sourire en se penchant et en mettant son bras autour de moi. Je pourrais te faire visiter la patinoire en privé, t'emmener sur la piste, et nous pourrions...

— Si c'est censé être une phrase de drague, tu es très loin du compte.

Je le rejette d'un haussement d'épaules et me dirige vers la porte.

— Sérieusement ? me crie-t-il à travers la musique, en me poursuivant.

Il m'attrape par l'épaule et me fait tourner face à lui.

— Ecoute, je suis sûr que tu es un mec sympa, mais je ne suis pas intéressée.

Je n'ai pas envie d'être ici. Je suis sûre qu'il y a plein d'autres filles qui tombent sous le charme de ses répliques ridicules et de son physique avantageux, mais ce n'est pas moi.

— Tout le monde est intéressé. Il n'y a pas une âme dans cette école qui ne supplierait pas pour avoir une chance avec moi. Allez, Reine des Glaces.

— Reine des glaces ?

Ma bouche se ferme, et je le regarde, choquée.

— Tu ne sais rien de moi.

Je n'aurais pas dû venir, et pire encore, je vais devoir affronter Atlas en cours de statistiques lundi. Au moins, j'ai le week-end pour essayer d'oublier cette conversation et cette nuit. Je me dépêche de sortir, mes jambes gelées dans la courte minijupe noire, et c'est une marche décente jusqu'au métro. J'appelle Jasper, voulant parler à quelqu'un dans l'obscurité pendant que je me dirige vers la station de métro pour rentrer chez moi.

— Qu'est-ce qu'il y a ? Attends une seconde, répond-il, et il y a du bruit en arrière-plan.

Au bout d'une seconde, c'est calme, comme s'il était sorti ou avait pris l'appel dans une autre pièce.

— Tout va bien ?

— Oui, dis-je en soupirant lourdement. C'est juste que je suis un peu loin du métro, et je voulais quelqu'un à qui parler jusqu'à ce que j'arrive à la station. C'est d'accord ?

— Tu es seule ?

Je ris et je renifle à cause du froid. Mon cœur me fait aussi un peu mal, mais je ne pleure pas, du moins pas extérieurement.

— Oui, c'est pour ça que j'ai appelé. Est-ce que ça va ? Tu es occupé ?

— Où es-tu ? Je vais venir te chercher, dit Jasper. Tu es sur le campus ?

— Je reviens d'une soirée. Laisse tomber. Le temps que tu arrives, je serai sur le quai.

— Ça fait combien de temps que tu marches ? demande Jasper.

— Une demi-heure si je portais des bottes à ma taille et une jupe moins courte.

Je dois faire des pas plus petits et, tout en tenant le téléphone d'une main, j'essaie d'empêcher ma jupe de se soulever et de révéler ce qu'il y a dessous. Avec le recul, j'aurais dû opter pour quelque chose de moins sexy.

Il s'éclaircit la gorge.

— Envoie-moi ta position.

Je jette un coup d'œil à mon téléphone et

m'arrête de marcher le temps de lui indiquer ma position.

— Tu me traques maintenant, c'est ça ? plaisanté-je, essayant de prendre la situation à la légère.

Je marche lentement, mes pieds picotent à cause du froid, mes jambes sont engourdies.

— Je viens te chercher.

— Jasper, ce n'est pas nécessaire.

— Reste au téléphone avec moi jusqu'à ce que tu voies la Porsche.

Il y a à nouveau du bruit en arrière-plan, et le téléphone est étouffé alors que Jasper dit quelque chose à quelqu'un, je présume son frère.

— Tu as la voiture de ton frère ? demandé-je.

— Je l'emprunte, dit-il, et le silence le suit alors que je suppose qu'il se dirige vers la sortie de l'immeuble où il se trouve. Continue à me parler.

— Hmm, d'accord.

C'est la première fois que je ne sais pas de quoi parler. Je n'ai pas envie de divaguer. Mes dents claquent, et je regrette de porter cette jupe ridicule alors qu'il fait assez froid pour qu'il neige.

— Où est Charlotte ? demande Jasper, en maintenant la conversation.

Sa voix se fait plus lointaine, et j'entends le bruit d'un moteur de voiture.

J'espère qu'il sera bientôt là, mais je sais que ça va prendre un peu de temps. Pour l'instant, le trottoir est vide. Je n'ai vu personne depuis la fête, et les réverbères clignotent au-dessus de ma tête tandis que j'accélère le pas. Mes pieds sont de plus en plus froids et engourdis. Les bottes de Charlotte ne me réchauffent pas les pieds.

— Charlotte ? Elle est probablement en train de coucher avec un type qu'elle a rencontré. Je ne sais pas, elle a disparu à la fête et m'a laissé tomber. Typique.

Je jure que je l'entends grogner à ma réponse.

— Ce n'est pas grave. J'ai l'habitude. C'est juste que je n'en pouvais plus de ce type qui me draguait.

— Qui te draguait ?

Ses réponses sont courtes. Brutales.

— Ce n'est rien.

Je n'ai pas vraiment envie d'en parler à Jasper, ni à personne d'ailleurs. Je ne sais pas à quoi pensait Atlas. Pourquoi parler de son frère ? Pensait-il vraiment que le fait d'avoir Knox Storm comme frère m'impressionnerait ? Parce que ce n'est pas le cas. Et m'appeler Reine des glaces ? Qu'est-ce que c'est que ça ? Parce que je n'ai pas voulu lui faire une pipe ?

— Tu esquives ma question, dit Jasper. On peut parler d'autre chose que de la fête ?

Je grimace sur mon ton, ne voulant pas m'emporter contre lui. Rien de tout cela n'est de sa faute.

— Désolée.

— Ne le sois pas, dit-il, la voix calme et posée. J'y suis presque. J'ai mis le chauffage dans la voiture pour toi.

Je vois une Porsche au feu suivant, son clignotant allumé, attendant de tourner dans la rue où je marche. L'air frais me chatouille la peau, et je frissonne en m'entourant de mes bras.

Dès que le feu passe au vert, Jasper tourne au coin de la rue, et le rugissement de son moteur se fait entendre alors qu'il appuie sur l'accélérateur avant de s'arrêter brusquement. Je me précipite vers la porte du passager, l'ouvre d'un coup sec, et monte à l'intérieur. Le souffle de chaleur bienvenu est rafraîchissant contre ma peau qui picote.

Jasper ne bouge pas. Son regard me parcourt.

— J'aurais dû prendre une couverture, dit-il en me regardant longuement, sans oublier de jeter un coup d'œil à mes jambes nues.

Pour n'importe quel autre homme, je ferais une remarque sournoise sur son regard persistant, mais au lieu de cela, cela me réchauffe au plus haut point, et j'exhale une respiration nerveuse.

J'essaie de détourner son attention de mon corps sans pour autant lui dire de ne pas regarder. Parce que la vérité, c'est que son attention ne me dérange pas, elle me plaît.

— Oui, j'ai emprunté la voiture de Kyler. Je peux te déposer à la maison avant de la lui rendre.

Il se passe une main dans les cheveux, secoue la tête comme s'il essayait de se concentrer, et repart sur la route.

Le silence ne dure que quelques secondes.

— Je n'ai pas envie de rentrer, avoué-je en jetant un coup d'œil dans sa direction. Je peux traîner avec vous ce soir, ou il n'y a pas de filles ? Je ne veux pas m'incruster dans sa soirée si c'est une soirée entre mecs avec l'équipe.

— Il y a toujours des filles, même quand on ne les invite pas, plaisante Jasper. Bien sûr, tu peux venir.

Il me jette un coup d'œil, son regard se posant sur ma jupe courte, avant de reporter son attention sur la route.

— Merci d'être venu me chercher, dis-je en tripotant mes mains sur mes genoux.

Les papillons sont toujours là autour de lui, mais

ils sont apprivoisés, et mon désir pour lui est insurmontable. C'est probablement le punch au rhum de la soirée qui me fait agir par envie, et ça me va. Si c'est ce qu'il faut pour faire savoir ce que je ressens pour lui, qu'il en soit ainsi.

Je pose ma main sur sa cuisse. Il porte un jean. Il est serré, et il est chaud quand je passe mes doigts contre son pantalon. Je fais attention à ne pas aller directement vers sa partie intime, ce que je veux, mais je caresse sa jambe, mes doigts se déplaçant vers l'intérieur de sa cuisse.

La respiration de Jasper s'intensifie. Chaque respiration devient plus forte alors que ses lèvres se séparent, et je jurerais que la voiture commence à s'embuer à cause de la chaleur qui règne entre nous.

— Amber, qu'est-ce que tu fais ?

Je souris en le regardant fixement.

— Je pensais que c'était évident.

Je me déplace légèrement, laissant mes jambes s'écarter, et ma jupe remonte un peu plus haut. Je veux qu'il jette un coup d'œil dans ma direction et qu'il voie ma chaleur, ma culotte en dentelle, et qu'il s'aperçoive que son contrôle vacille.

Sa voix se bloque dans sa gorge.

— Nous sommes colocataires, dit Jasper, et je le vois perdre tout contrôle, se ranger sur le côté de la route et mettre le moteur en position de parking. Viens par ici.

Volontairement, je détache ma ceinture et je grimpe sur la console centrale. Jasper recule son siège, et je m'installe sur ses genoux. Je peux sentir sa chaleur pousser contre la fermeture éclair de son jean et me piquer tandis que je l'aguiche avec mes hanches.

Ses mains saisissent mes fesses sous ma jupe, les écartant et ma culotte se déchire.

Je sursaute devant son empressement, et déjà, nous sommes tous deux à bout de souffle, nous regardant l'un l'autre. Mes doigts s'emmêlent dans ses cheveux, le rapprochant de moi, et je me penche pour l'embrasser.

Nos lèvres ne se sont même pas encore touchées, et il me regarde avec des paupières lourdes en se frottant à moi. Ma bouche s'ouvre, et il se penche en avant, embrassant mon cou tandis que je penche la tête, les yeux se fermant.

— Ressens-la, murmure-t-il à mon oreille, léchant et mordillant le lobe tandis que mon corps se transforme en gelée sous l'effet de son contact.

Jasper se frotte à moi, poussant ses hanches vêtues de son pantalon, poussant sa partie intime vêtue contre mon centre. Je tremble dans ses bras, et il suce et embrasse mon cou tandis que ses doigts tiennent mes fesses, ses mains nues sur ma peau tandis qu'il me tient serrée contre lui.

Je balance mes hanches en tandem avec les siennes.

— Je veux... commencé-je, incertaine de ce que je veux d'autre que lui.

Je me balance contre lui, mes entrailles sont chaudes comme une rivière de lave en fusion qui coule en moi.

Il presse ses lèvres sur les miennes, et je ressens la vague, la chaleur, mon cœur se resserrant, souhaitant que ce soit sa partie intime qui soit enfouie au plus profond de moi.

J'enfonce ma langue dans sa bouche, le buvant, le goûtant, dévorant l'orgasme qui me transperce, et ses ongles s'enfoncent dans mes fesses.

Mon humidité s'infiltre dans son jean, et je le serre de plus en plus fort, le cœur battant à tout rompre contre ma poitrine, alors que je reprends enfin l'air, haletante.

— Wow, haleté-je, essayant de retrouver un peu de sang-froid.

Il est toujours aussi dur sous moi.

Je bouge mes hanches et j'attrape sa fermeture

éclair, mais il me retient, couvrant ses mains avec les miennes.

— Ta première fois ne sera pas dans une voiture, dit-il.

— Et ma première pipe ? demandé-je, en me léchant les lèvres, en retournant de mon côté de la voiture, face à lui, en attrapant sa fermeture éclair.

Il grogne et se couvre le visage de ses mains.

— Je ne pense pas pouvoir tenir si tu continues à parler comme ça, bébé. Et ce n'est pas ma voiture.

Son regard vacille, et je peux lire l'inquiétude sur son visage. Si la voiture est rendue à son frère avec des taches de notre rendez-vous, on est tous les deux foutus.

— Je vais avaler, dis-je en laissant mon doigt danser sur sa fermeture éclair.

Il pose ses mains sur les miennes, ses yeux sombres de désir. Il maintient fermement ma main sur son entrejambe, m'empêchant de dégrafer son jean.

— Tu ne veux pas?

— Je le veux, dit Jasper. Tu n'as pas idée à quel point j'ai envie de toi...

Je ne veux pas qu'il finisse sa phrase.

Je me mets à quatre pattes, je couvre ses lèvres,

j'enfonce ma langue dans sa bouche, mes doigts se posent sur sa nuque, je le retiens contre moi.

— Je te veux.

J'exprime clairement mes intentions. Je ne peux pas prendre mon désir pour autre chose que ce qu'il est, un besoin.

— Tu as bu, dit-il en déposant un doux baiser sur mes lèvres avant de se retirer.

Il gémit contre mes lèvres et me vole un dernier baiser.

— Tu as le goût du rhum.

Bon sang, il est bon. Un peu trop.

— J'ai bu un verre, dis-je en omettant le fait qu'il y en avait plus d'un, mais je ne suis pas ivre.

Légèrement pompette, oui, mais je sais ce que je veux. J'ai toujours voulu Jasper, mais ça n'a pas changé et ce n'est pas près de changer quand je serai cent pour cent sobre demain matin.

— Ta première fois ne sera pas dans une voiture, ivre, avec ton colocataire.

Il me guide doucement vers mon siège, et je prends sa main, la glissant sous ma jupe, laissant ses doigts danser entre mes jambes et explorer l'endroit où je suis trempée à cause de lui.

— Tu es sûr de toi ?

J'AI BEAUCOUP DE DÉTERMINATION. C'est quelque chose que j'ai dû cultiver en tant qu'athlète, surtout en pratiquant le hockey. Boire, faire l'amour, se droguer. Tout cela peut être tentant à un moment donné, que ce soit sous la pression des pairs ou le besoin de se détendre. La drogue peut compromettre une carrière, mais il est facile de l'éviter, surtout avec des tests de dépistage aléatoires.

Quant à l'alcool et au sexe, il est facile de tomber dans ces habitudes. J'ai vu cela avec certains de mes collègues, surtout lorsque les « puck bunnies » se manifestent, flirtant et se jetant sur nous. J'ai suffisamment de bon sens pour les éloigner. Ce n'est pas que je n'ai jamais eu envie de m'amuser un peu, mais ce n'est pas ce que je recherche actuellement.

Cela ne comble pas un besoin que j'ai ressenti depuis un certain temps.

Assis sur le siège avant de la voiture de mon frère que j'ai empruntée pour aller chercher Amber après qu'elle m'ait appelé, affolée et inquiète, j'ai pensé que la seule chose qui me stresserait serait ce qui lui était arrivé à la fête. Heureusement, elle semblait aller bien, même si elle était un peu secouée quand je l'ai récupérée.

J'ai eu du mal à garder les yeux sur la route avec cette mini-jupe qui remontait si haut sur les cuisses que j'aurais juré apercevoir du satin, ou plutôt de la soie ? Avant même de m'en rendre compte, j'ai garé la voiture et elle s'est retrouvée sur mes genoux.

Quand elle me caresse à travers le tissu de mon jean, je suis prêt à exploser. Je ne veux pas de ça, et lui dire non est presque impossible. Ma détermination s'effondre à cause d'elle. Je goûte à nouveau à ses lèvres, qui me rappellent la cerise acide. Un autre goût se fait plus reconnaissable : punch aux fruits. Délicieux, et je réalise qu'elle n'est pas tout à fait sobre.

Combien a-t-elle bu ce soir ?

— Tu as bu, dis-je, et je déteste que ce mot sonne comme une accusation. Tu as le goût du rhum.

— J'ai bu un verre.

Je peux entendre dans son ton qu'elle minimise. Chaque fois que j'ai vu Amber avec un verre, ce n'était jamais qu'un seul. Elle est jeune, curieuse, elle vit sa meilleure vie, et si cela inclut la consommation d'alcool par des mineurs, je ne suis pas son baby-sitter. Mais je ne vais pas non plus abuser de la situation.

— Ta première fois ne sera pas dans une voiture, ivre, avec ton colocataire.

Je la ramène doucement de son côté de la voiture, en maintenant un espace de sécurité entre nous.

— Tu es sûre de ça ?

Son regard est primitif et électrique. J'aspire une bouffée d'air, me rappelant que même si j'ai envie d'elle et de ça, ça ne se passera pas ce soir dans la voiture de mon frère.

— Je te ramène à la maison.

Je m'éclaircis la gorge et me concentre à nouveau sur notre retour à l'appartement, m'engageant sur la route.

Amber est silencieuse, et je suis content qu'elle garde de l'espace entre nous, car si elle avait ouvert mon jean, je ne pense pas que j'aurais été capable de lui dire non. Il a déjà été assez difficile de mettre fin à ce que nous avions commencé.

— Je croyais qu'on allait à la fête de ton ami ? demande-t-elle en me regardant curieusement.

Je ne peux pas me pointer avec une érection qui fait rage, et je vais avoir une sale affaire de frustration sexuelle si je ne rentre pas à la maison pour régler mon énorme problème qui me fait souffrir comme pas possible en ce moment. Ma virilité tressaille rien qu'en entendant sa voix, sans prétention et innocente par rapport à la sensation lancinante qui est implacable.

— Nous devons faire un détour. Si tu as l'intention de venir...

Je grimace à mon propre choix de mots, en la regardant.

— Tu vas avoir besoin d'une culotte sous ce truc que tu appelles une jupe.

Je pointe du doigt le petit bout de tissu qui couvre à peine ses fesses.

— Tu ne veux pas que je montre mon minou à tous tes amis hockeyeurs ? plaisante-t-elle, et je ne souris pas.

Il n'y a rien de drôle dans sa suggestion.

— Jasper.

Sa main se tend pour toucher mon épaule, et je grimace. L'idée qu'elle soit avec un autre homme, surtout un de mes coéquipiers, brûle plus fort que la chaleur du soleil.

Je retiens ma colère, ma rage, et ma jalousie qui montent en moi rien qu'à l'idée qu'ils puissent la posséder ainsi. Elle n'est pas à moi. Cela ne devrait pas avoir d'importance. Mais je peux encore sentir sa chaleur, ma virilité qui pulse à l'intérieur de mon jean, et sa zone intime brûlante qui se frotte contre moi. Je perçois son parfum, l'arôme sucré que j'ai envie de déguster sur ma langue. Je veux la voir frissonner et l'entendre gémir mon nom pendant que je la fais jouir à maintes reprises.

— Quoi ?

Je m'exprime avec colère en m'arrêtant et en stationnant la Porsche devant notre immeuble. C'est un parking court durée, trois heures, mais je n'ai pas l'intention de laisser la voiture ici pour la nuit. Je vais régler mes affaires, me rafraîchir, et retourner à la fête, avec un peu de chance sans Amber. J'ai besoin d'espace loin d'elle, ne serait-ce que parce que je ne sais pas combien de temps je pourrai encore contenir ce que je désire. Elle.

Elle se tait et me suit jusqu'à l'entrée principale. Elle continue à tripoter l'ourlet de sa jupe, la tirant un peu plus bas pour dévoiler son ventre. Je suppose qu'il vaut mieux montrer ses hanches et son ventre que ses fesses. Je l'observe tandis que nous nous dirigeons vers l'ascenseur. Elle tire sur l'ourlet comme si cela allait m'empêcher de bien voir ses joues.

Lorsque les portes se ferment et que nous sommes seuls tous les deux, je me penche vers elle, je mets ma main sur ses fesses nues et je la serre. Amber aspire une bouffée d'air.

— Tu reconsidères l'offre ?

Sa voix est rauque et pleine d'inquiétude. Elle est nerveuse. C'est mignon, mais j'aimerais qu'elle puisse se détendre avec moi. Je ne vais rien forcer ni la pousser à faire quelque chose qui la met mal à l'aise. Une autre raison pour laquelle la posséder ou la laisser me faire une fellation dans la voiture n'est pas une bonne idée.

Je me force à sourire, ma virilité cognant contre mon pantalon.

— Si tu viens avec moi ce soir, il va falloir que tu mettes mon maillot.

Elle penche la tête, me regardant fixement.

— Je peux le faire, dit-elle. Mais est-ce que je dois porter quelque chose en dessous ?

Cette femme va me rendre fou. Nous sortons de l'ascenseur et je sors ma clé de ma poche, déverrouillant la porte et nous laissant entrer.

Les stores de la fenêtre sont ouverts, offrant une vue spectaculaire sur la ligne d'horizon de la ville dans la nuit. J'allume les lumières, ce qui nous permet de voir où nous allons, et Amber commence à se déshabiller, laissant une trace de son passage dans ma chambre.

— Qu'est-ce que tu fais ? lui demandé-je, la regardant déambuler, les hanches balancées et le dos tourné, vêtue d'absolument rien.

— Tu m'as dit de porter ton maillot. Je me suis dit que j'allais te donner un petit aperçu sur ce qu'il y aura en dessous.

Elle joue avec moi. Je sais qu'elle n'essaie pas de jouer, mais elle a bu, et même si j'ai envie de la posséder à fond et de lui montrer ce que c'est que d'être comblée, je ne le ferai pas dans ces circonstances. Mais elle complique les choses.

J'ai déjà bu un verre ce soir. Je ne sais pas combien elle en a bu, mais il est clair qu'elle n'a pas les idées claires. J'ouvre mon placard et en retire un maillot des Dragons avec mon numéro, 45, et au dos, Greyson.

— Mets ça et peut-être aussi un pantalon, grogné-je en le lui lançant.

Je laisse tomber mes clés, mon portefeuille et

mon téléphone sur le lit et je me dirige vers la salle de bain.

J'entre et ferme la porte puisqu'elle a envahi ma chambre. Ma virilité tressaille et je me félicite d'avoir essayé d'être un gentleman. Je dégrafe mon jean, ma verge se libère et j'enlève complètement mon pantalon. Autant être à l'aise pendant que je m'occupe de ça. Je passe mon pouce sur le gland, déjà sensible et palpitant. Je ne peux m'empêcher de penser à Amber, à sa petite jupe courte et à sa zone intime humide contre ma virilité.

J'aspire une bouffée d'air, essayant de ralentir et d'éviter d'être trop bruyant.

— Tu vas bien là-dedans ? Tu as besoin d'un coup de main ? demande Amber en frappant à la porte.

J'ai envie de lui crier de partir, qu'elle en a déjà fait assez. Je jette un coup d'œil à la porte fermée. Je ne l'ai pas verrouillée. Dans la précipitation, j'ai oublié de le faire, ou peut-être que, inconsciemment, c'était intentionnel.

Mais d'une seconde à l'autre, elle pourrait entrer en trombe et me voir, ma virilité à la main, en train de m'occuper vigoureusement tandis que je ferme les yeux et m'imagine m'enfoncer profondément en elle. Ai-je vraiment envie de la posséder ? Je donnerais n'importe quoi pour être en elle et sentir son corps se resserrer autour de moi comme un étau pendant que je la fais jouir. Cette seule pensée suffit à faire tressaillir ma queue et je cherche un mouchoir.

Il y a un mouvement et un bruissement de l'autre côté de la porte. La porte de la salle de bain s'ouvre en grinçant, et Amber se tient là, vêtue uniquement de mon maillot, un téléphone portable à la main, en train de m'observer.

— Je jure que si tu filmes ça, grincé-je en la regardant, et je réalise qu'elle tient mon téléphone en l'air, et qu'il vaudrait mieux que ce ne soit pas en mode chat vidéo.

Les yeux d'Amber s'élargissent, et elle porte le téléphone à son oreille sans se retourner. Aucune trace d'intimité lorsqu'elle m'observe.

— Il n'est pas disponible pour le moment, déclare-t-elle.

— Je l'entends, réplique Kyler.

Apparemment, elle nous a tous mis en haut-parleur.

— Où diable es-tu ? Je pensais que tu étais en train de récupérer Amber et que tu serais de retour à cette heure-ci. Tout va bien ? Tu as l'air stressé.

— Je serai bientôt là, dis-je en serrant les dents,

lançant un regard noir à Amber. Raccroche ce foutu téléphone.

Elle met fin à l'appel, tourne sur ses talons, et le jette à quelques mètres sur le lit.

— Puis-je t'aider avec quelque chose ? demande-t-elle, le regard fixé sur moi.

Elle fait un pas en avant, réduisant l'écart entre nous, puis s'agenouille.

— Laisse-moi faire, murmure-t-elle, et je retire ma main tandis qu'elle pose ses lèvres pulpeuses et rubis sur le gland.

Elle prend doucement la couronne dans sa bouche, sa langue traînant sur le dessous de ma virilité, me taquinant.

Mes doigts s'emmêlent dans ses cheveux, essayant de ne pas la forcer à m'enfoncer davantage dans sa gorge, mais je veux sentir sa bouche entière autour de moi. Elle me prend plus profondément, et la sensation est irrésistible. Je tire sur ses cheveux, en prenant une poignée dans mes mains.

— Je vais... dis-je, essayant de la repousser en attrapant le mouchoir.

Je m'attends à ce qu'elle recule, mais ce n'est pas le cas. Ses doigts taquinent mes couilles, et je m'appuie sur le mur pour ne pas tomber tandis que sa bouche me satisfait jusqu'à ce que j'explose sur sa langue et dans sa gorge. Elle déglutit, me fixant avec des yeux ardents.

— Es-tu sûr que je ne peux pas te convaincre de rester ce soir ?

Je suis haletant, à bout de souffle, et je tire Amber à ses pieds en l'embrassant. Je la fais reculer jusqu'au lit, et elle s'y allonge, tandis que je me mets à quatre pattes, la dominant de toute ma hauteur. Mes doigts dansent sur ses cuisses avec une légère pression, et elle se tortille à mon contact. Elle est chatouilleuse, et même si je n'ai pas l'intention de la torturer avec des chatouilles, j'aime la faire se tortiller sous moi.

Je saisis un poignet, puis l'autre, la clouant au matelas. Elle enroule ses jambes autour de mes hanches, faisant peser mon poids sur elle.

— Tu vas me baiser ? demande-t-elle en souriant.

Je grogne, j'adore quand elle dit des choses salaces. C'est primaire et ça me donne envie de la prendre à nouveau, mais pas seulement dans sa bouche.

— Pas aujourd'hui, dis-je. Mais je vais te donner le meilleur orgasme de ta vie.

Ses joues rougissent, et j'imagine que ses seins aussi, mais je ne peux pas le voir parce qu'elle porte mon maillot. Ce qui est sexy comme la braise. Je relève l'ourlet de sa chemise autour de sa taille, révélant ses magnifiques lèvres intimes. Je me glisse sur le matelas, déposant de légers baisers sur ses cuisses.

J'entends sa respiration soudaine, et ses jambes se serrent. Je suppose que c'est un nouveau territoire pour elle.

— Écarte tes petites jambes parfaites. Donne-moi la meilleure vue de ma vie, dis-je, essayant de l'aider à se détendre.

Je ne peux pas la satisfaire avec ma langue si elle a les jambes serrées.

— Tu n'es pas obligé de..., murmure-t-elle.

— Tu ne veux pas que je le fasse ?

Je pose mes lèvres sur son pubis, l'effleurant du menton et des lèvres, déposant de doux baisers sur sa féminité. J'écarte légèrement ses lèvres, et elle inspire un souffle tremblant, puis expire lentement.

Je remonte le long de son corps, j'attrape ses poignets, et je les coince au-dessus de sa tête.

Elle s'agite sous mon contact, ses hanches se soulèvent sous mes mains, elle en veut plus. C'est bon signe. Ses jambes s'écartent un peu plus pour moi.

— Et si on y allait doucement, juste avec les

doigts ? suggéré-je, sentant qu'elle n'est pas encore à l'aise avec le sexe oral, même si elle vient de me faire la plus belle pipe de ma vie.

Je mets ça sur le compte de la nervosité.

— Tu es magnifique, dis-je en relâchant ma prise sur son poignet et en tirant le maillot vers le haut et par-dessus sa tête, voulant voir chaque centimètre de sa nudité, pour admirer sa beauté.

Elle me donne un coup dans la poitrine et m'aide à enlever ma chemise, me laissant nu au-dessus d'elle.

— J'aimerais que tu te voies comme je te vois. Tu es parfaite.

Elle rougit et se mord la lèvre inférieure. Je me penche, capturant ses lèvres avec les miennes. Si elle veut mordre cette lèvre, je vais la libérer d'entre ses dents.

Ses lèvres s'entrouvrent lorsque je me penche pour l'embrasser, et déjà, nos langues se battent en duel. Je glisse un genou entre ses cuisses, et elle les écarte instantanément pour moi. Cette fois, son esprit est distrait lorsque mes doigts descendent sur sa poitrine.

Elle est silencieuse et respire bruyamment, tandis que j'écoute les doux gémissements de ce qu'elle aime et de ce qu'elle n'aime pas. Amber est réservée, et elle se retient.

Mon contact est doux et léger, et elle gémit pour en avoir plus lorsque je taquine ses plis. Elle se recule, agitée et de plus en plus impatiente de voir mes doigts caresser l'extérieur de sa chatte.

Ses yeux sont lourds et sombres, alimentés par le désir. D'un doigt, j'écarte les lèvres de sa chatte et elle est déjà mouillée. La chaleur s'échappe de son cœur, et je guide doucement un doigt épais à l'intérieur.

Elle écarte les jambes, et si je descendais sur elle, ce serait un spectacle parfait. Ma bouche saisit son mamelon, l'amenant doucement entre mes dents pendant que j'introduis un deuxième doigt dans sa chatte serrée.

Elle inspire vivement.

— C'est trop ? demandé-je, ne voulant pas la blesser.

Elle aura besoin d'au moins trois doigts pour l'étirer avant d'être prête pour ma bite.

— Non.

Elle marque une pause et gémit doucement, bougeant ses hanches en même temps que mes doigts.

— C'est bon.

Je ne peux m'empêcher de sourire en la sentant se balancer contre ma paume pendant que je caresse l'intérieur de sa chatte, enroulant mes doigts et taquinant ses entrailles qui se gonflent.

J'utilise mon pouce pour entourer son clito, et ses lèvres s'écartent, ses hanches se balancent alors qu'elle cherche de l'air. Je la rends déjà folle, mais je ne l'ai pas encore sentie se contracter. Je n'ai pas senti ou vu les signes révélateurs de son orgasme imminent. Mais il arrive.

Elle se mord la lèvre inférieure et j'embrasse un chemin qui va de son sein à son cou, suçant et mordillant la peau sensible tandis qu'elle ronronne sous moi.

— Tu n'as pas à me cacher quoi que ce soit, dis-je, voulant qu'elle s'exprime autant qu'elle en a besoin. T'écouter m'excite.

Je ne précise pas que le fait de voir ses hanches se balancer et d'avoir deux doigts profondément enfoncés dans sa chatte me fait également bander. Encore une fois.

La moiteur recouvre mes doigts tandis que je continue à caresser et à taquiner le même point, et elle ouvre les yeux et croise mon regard. Ses joues sont rouges, plus de chaleur s'échappe, et je suis sûr qu'elle le sent aussi, parce que ses yeux s'écarquillent. Il n'y a pas de quoi être gêné, mais je vois l'inquiétude sur son visage.

— Bébé, tu prépares ton corps pour moi, c'est sexy. J'ai envie de te caresser cette petite chatte. La réclamer pour moi.

Ses lèvres s'écartent et elle halète lorsque j'ajoute un autre doigt pour l'étirer.

— C'est bon, ronronne-t-elle, et ses hanches tournent contre ma main, se balançant d'avant en arrière tandis que ses entrailles se resserrent autour de mes doigts.

Ses yeux se ferment et son dos s'arque sur le matelas, commençant à chasser l'orgasme. Je peux sentir chaque frémissement de ses parois, comme un étau contre mes doigts, les serrant et les gardant nichés à l'intérieur tandis que je continue le mouvement.

— Oh, putain, murmure-t-elle, son dos se décollant du lit alors qu'elle halète et gémit, se penchant vers moi.

Ses doigts s'agrippent à mes bras, à mon corps. Elle me veut.

J'ai beau vouloir enfoncer ma bite en elle, ça n'arrivera pas ce soir. Écouter chacun de ses gémissements est comme une symphonie. La perfection.

— Jasper.

Le doux son de mon nom sur ses lèvres est très satisfaisant. Tout comme le fait de la voir se défaire. C'est libérateur.

Elle s'effondre finalement sur le matelas, haletante, tandis que je me détache de son corps et m'allonge à côté d'elle, sur le côté, pour la regarder.

— Putain, c'était incroyable, murmure-t-elle.

J'esquisse un sourire. C'est un vrai coup de pouce à l'ego.

— Bien, dis-je, et je me penche pour embrasser doucement ses lèvres.

Mes doigts dansent sur ses hanches, ne voulant pas cesser de la toucher, jamais.

Je savais qu'un seul goût de l'interdit serait addictif. Je n'avais pas réalisé à quel point.

Amber se retourne pour me faire face et fronce le nez.

— Le lit est trempé.

— C'est la faute à qui ?

Je la taquine en la tirant pour qu'elle s'allonge au-dessus de moi de façon à ce qu'elle ne soit pas dans la tache humide.

Elle se met à califourchon sur ma taille et me regarde de haut.

— C'est clairement ta faute, puisque c'est toi qui as fait ça.

Amber fait un geste vers le matelas et me sourit.

— C'est officiellement ton côté du lit. Le côté mouillé.

———

Nous nous dépêchons de sortir, Amber vêtue de mon maillot des Ice Dragons, et moi de la même chemise à col et du même jean que lorsque je l'ai récupérée. Il me faut toute mon énergie pour sortir du lit alors que tout ce que je voulais, c'était dormir et me blottir contre son corps nu.

Mais comment expliquer à mon frère pourquoi sa Porsche a été remorquée ? Il ne me laisserait plus jamais emprunter la voiture. Amber jette un coup d'œil à sa montre pendant que je lui ouvre la portière et qu'elle monte à bord.

— Tu es sûr que la fête n'est pas finie ?

J'ai reçu une douzaine de textos de Kyler qui veut savoir où je suis et ce qui nous prend tant de temps. Je me dépêche de me glisser dans le siège du conducteur.

— C'est toujours en cours, mais mon frère a beaucoup de choses à dire.

Je lui lance mon téléphone et la laisse lire la liste complète des messages.

Elle jette un coup d'œil sur les textos tandis que je me concentre sur la route, m'engageant dans la circulation pour me rendre à la fête chez Noah. Elle a commencé au bar voisin, mais Kyler m'a envoyé un texto disant qu'ils étaient retournés chez Noah pour traîner, car les bunnies s'étaient pointées et avaient fait des avances à Asher, qui est marié.

Amber lit la douzaine de messages que Kyler a laissés alors que d'autres arrivent.

— Asher vient d'envoyer un texto demandant si nous venions.

— Dis-lui que oui. L'heure d'arrivée prévue est quinze heures.

— D'accord, dit-elle, en tapotant sur l'écran et en appuyant sur « envoyer ». Emerson est à la fête ?

— Elle y est, dis-je, et je sens l'hésitation d'Amber.

— Elle ne doit rien savoir de ce soir.

J'attrape sa main et entrelace nos doigts.

— On peut garder notre petite histoire d'amour secrète si tu veux.

Elle n'a pas besoin de savoir que les gars de l'équipe m'ont dit de ne pas m'approcher d'elle.

— Ça ne te dérange pas ? demande-t-elle, et ses

yeux s'écarquillent. Charlotte pourrait le découvrir, mais je préfère ne pas en parler à ma sœur.

Je ne dis pas que je préférerais que Kyler ne le sache pas non plus.

— Nous devrons peut-être trouver une excuse pour expliquer pourquoi nous avons mis autant de temps à revenir à la fête, dis-je. Je vais trouver quelque chose.

Amber me suit à l'intérieur de l'appartement quand nous arrivons chez Noah. Il a une suite luxueuse et beaucoup d'espace pour accueillir des invités. Kyler m'accoste dès que j'entre dans l'appartement.

— Les clés ?

Je lui remets les clés de la Porsche.

— Tout va bien ? demande-t-il en me jetant un coup d'œil, comme s'il essayait de comprendre pourquoi j'étais en retard, et je ne pense pas que le fait de se taper la sœur de sa fiancée fasse partie de la liste des raisons de notre retard.

Les gars sont toujours dans la cuisine et le salon. Emerson, Kate et Ava sont assises à la table de la salle à manger avec une bouteille de rouge.

— Je suppose que je devrais me mêler à la foule ? dit Amber.

Je hoche la tête tandis qu'elle se dirige dans la direction opposée.

Kyler me donne une tape dans le dos. J'aimerais croire que c'est un accueil chaleureux, mais il m'entoure d'un bras et m'emmène dans le couloir de la maison, à l'écart des garçons.

— Tu veux me dire pourquoi tu es en retard, mon frère ?

Il me presse d'obtenir des informations. D'après son ton, j'imagine qu'il est inquiet, mais je ne suis pas sûr qu'il ne soit pas méfiant non plus.

— Je devais aller chercher Amber à une fête sur le campus. J'ai conduit jusqu'à chez nous, et elle a pris quelques minutes pour s'habiller et se changer les idées.

— Elle va bien ? Quelqu'un lui a fait quelque chose ?

Je peux entendre la rage qui mijote.

— Rien qu'elle n'ait pu gérer. Elle s'est fait draguer par une ordure.

Je ne développe pas parce qu'elle ne m'a jamais donné de détails, mais elle avait l'air d'aller bien.

Kyler acquiesce et me lance un regard appuyé. Son regard est inébranlable.

— Pourquoi as-tu mis deux heures pour revenir

ici avec ma voiture ? Tu l'as prise pour une petite virée ?

— À New York ? Comme je l'ai dit, elle a mis un peu de temps à se préparer et elle avait faim. De plus, j'ai pensé que je devais la dégriser avant de l'emmener avec sa sœur.

— Attends, elle a bu ?

Kyler lâche sa main autour de mon épaule et croise ses bras sur sa poitrine. Je grimace. C'est quelque chose que j'aurais probablement dû garder pour moi.

— Juste un peu de punch à la fête. Comme si tu n'avais pas bu avant tes vingt et un ans.

— J'ai eu Bristol avant d'avoir vingt et un ans, dit Kyler. Je n'avais pas beaucoup de temps libre pour faire la fête et sortir avec des filles.

— Ça te dérange si je rejoins les gars ?

Je ne lui demande pas la permission. Je pointe du doigt mes camarades de l'équipe et je repars dans leur direction.

— Content que tu aies pu revenir à la fête, dit Noah en me donnant une tape sur le bras. C'est gentil de ta part de veiller sur ta colocataire.

— Eh bien, elle fait partie de la famille, dit Kyler en se joignant à la conversation.

Je ne veux pas considérer Amber comme de la

famille, pas dans le sens où l'entend Kyler. Je décide qu'il vaut mieux détourner la conversation d'elle aussi vite que possible. Je jette un coup d'œil à Asher qui se tient à côté de Noah.

— J'ai entendu dire que les bunnies étaient sans pitié ce soir.

Asher rit.

— C'est une façon de le dire. Je jure que Kate allait assassiner Jemma pour avoir mis ses mains sur moi.

— Et nous aurions tous défendu Kate, renchérit Parker.

— Comment est-ce arrivé ?

Je déteste avoir manqué la fête, mais je ne regrette pas ce qui s'est passé entre Amber et moi.

— Kate est allée aux toilettes, dit Asher, expliquant comment Jemma est intervenue dès que sa femme a disparu. Je n'ai pas arrêté de lui dire que je n'étais pas intéressé.

— Et elle n'a pas arrêté de mettre sa main sur sa bite, ajoute Parker. Elle était tenace.

Asher pousse un gros soupir.

— Et je n'ai jamais frappé une femme. Lui enlever les mains de force, bien sûr. Mais Kate a vu tout ça et a frappé Jemma au visage.

Je ne peux m'empêcher de rire et de jeter un

coup d'œil à la table par-dessus mon épaule, remarquant seulement maintenant que Kate a un sac de glace en plastique sur ses articulations.

— Comment va-t-elle ? demandé-je.

— Oh, elle va bien. Jemma n'est pas une grande battante. Elle a tiré les cheveux de Kate et Ava lui a marché sur les pieds. Je ne pense pas que nous soyons invités à retourner au bar avant un moment.

En secouant la tête, je ne peux pas cacher le sourire qui s'affiche sur mon visage.

— D'habitude, c'est nous qui sommes mis à la porte, pas l'inverse.

— Nuit de folie, admet Asher. Mais chaque minute valait la peine de voir la tête de Jemma quand Kate l'a giflée. C'était sexy.

— Deux nanas qui se battent, c'est toujours sexy, dit Owen. Comment va la petite sœur d'Emerson ? On a remarqué que ça vous a pris du temps.

— Elle va mieux, dis-je en me forçant à ne pas me retourner pour la regarder. Elle a pris le temps d'enfiler une tenue plus appropriée.

— Ton maillot, lança Noah en arquant un sourcil.

— Crois-moi. C'était bien plus approprié que la jupe qu'elle portait à la fête du campus.

Rien que de penser à elle dans cette minijupe,

mon esprit s'emballe. Putain. Je ne peux pas commencer à penser à Amber, pas ici, pas maintenant.

Kyler sourit.

— Tu l'as fait changer avant de l'amener ici.

Il me tape dans le dos.

— Elle est déjà comme une petite sœur pour toi, c'est mignon.

Intérieurement, je grimace à l'utilisation de ces mots, petite sœur. Elle n'est définitivement pas ma sœur.

— Je fais juste attention à ma colocataire.

— Je ne l'ai jamais vue avec Emerson à un match, observa Noah. Elles devraient venir, porter des maillots Greyson et se battre pour savoir qui est le meilleur frère de l'équipe.

— Tu essaies de créer un drame ? demande Kyler en lançant un regard à Noah. Parce que tout le monde sait que je suis le meilleur.

Je grommèle et je tourne la tête lorsque je vois Emerson me jeter un regard noir et se lever. Elle se dirige droit sur moi. L'air s'échappe de mes poumons lorsqu'elle m'attrape par le bras et m'entraîne sur le balcon, faisant claquer la vitre derrière nous.

VINGT-ET-UN
AMBER

JE DEVRAIS SAUVER JASPER. Je vois ma sœur le traîner dehors dans le froid, sur le balcon. Elle est livide, et je ne sais pas vraiment ce qui vient de se passer. J'ai l'impression d'avoir raté quelque chose. Est-ce à cause de moi ?

— Tout va bien ? demande Ava en me regardant, puis en regardant où je regarde.

Elle doit sentir mon malaise, ou peut-être sait-elle quelque chose que j'ignore.

— Ma sœur en veut à Jasper, dis-je, attendant de voir si Ava ou Kate vont expliquer son soudain changement de comportement.

Leur a-t-elle dit quelque chose ?

— Tout va bien ? demande Kate, posant sa main sur la table alors que je m'assois en face d'elle.

— Elle s'inquiète juste pour toi.

— Ça ne ressemble pas à Emerson, dis-je en pinçant les lèvres.

Les rares fois où ma sœur m'a appelée ou contactée avant l'incendie sont rares. Des mondes nous séparent, comme si nous tournions autour de deux soleils différents. Parfois, je me demande même comment nous sommes liées.

Mon téléphone vibre sur la table, et je jette un coup d'œil au message de Charlotte.

Où es-tu allée ?

Elle ne réalise que maintenant que j'ai quitté la fête. J'adore cette fille, mais elle est un peu égocentrique quand il s'agit des garçons. Ce n'est pas nouveau avec Charlotte. Elle a toujours été un peu folle des mecs.

Je jette un coup d'œil à mon téléphone, me demandant si je dois répondre.

— On a entendu dire que tu étais à une fête sur le campus, dit Ava, me regardant comme si j'étais une enfant, inquiète que j'aie fait quelque chose que je n'aurais pas dû faire.

Y a-t-il de la déception sur son visage ? Je ne la connais pas très bien, mais elle me rappelle tellement ma sœur dans son regard de jugement que c'en est effrayant. Ou peut-être que je me sens simplement coupable. Mais pourquoi ?

J'attrape mon téléphone et envoie un petit texto à Charlotte pour lui dire que je vais bien.

Mon coloc est venu me chercher. Je me suis fait draguer par un loser. Longue histoire. Je te raconterai plus tard.

Mon texto est plus long que prévu, j'appuie sur le bouton « envoyer » et je me lève.

— Je vais voir comment va ma sœur, dis-je en me dirigeant vers les portes vitrées.

Jasper et Emerson se trouvent de l'autre côté du balcon et ne me remarquent pas lorsque j'ouvre discrètement la porte coulissante et que je sors.

— J'ai peur qu'il lui soit arrivé quelque chose, dit Emerson, les mains dans les poches de son sweat-shirt. Et quand elle voudra parler de la fête, elle le fera. Mais en attendant, laisse-lui de l'espace.

Je me racle la gorge pour faire comprendre que je suis dehors et que je peux les entendre. Ma sœur se retourne pour me faire face.

— Amber, dit-elle en poussant un soupir.

Est-ce de la déception ? Elle m'a clairement fait comprendre qu'elle n'approuvait pas le fait que je boive avant d'avoir vingt et un ans. Elle n'est probablement pas satisfaite non plus de mon choix de participer à une fête sur le campus.

— Si tu as quelque chose à dire, dis-le moi. Ne va pas interroger mon colocataire dans mon dos, dis-je.

Emerson acquiesce et jette un coup d'œil à Jasper.

— Tu peux nous laisser une minute ? demande-t-elle.

— Il fait froid. Ne restez pas trop longtemps dehors, dit-il. Tu portes peut-être un sweat-shirt, mais ta petite sœur a des manches courtes.

Je presse mes lèvres l'une contre l'autre, et mon estomac se remplit de papillons. Je suis déchirée, détestant la façon dont il me traite comme sa petite sœur, mais nageant aussi dans la chaleur en le voyant reconnaître que j'ai froid. Il me voit. Il me remarque. Il se soucie de moi. Contrairement à Emerson, qui semble toujours absorbée par son monde. Il y a tellement de choses que je ne sais pas sur ma sœur aînée, comme la raison pour laquelle elle a quitté le FBI après avoir travaillé si dur à Quantico. Nous ne nous parlons presque jamais. Quatre ans de différence d'âge, c'est une éternité entre nous. Je ne sais pas comment ni quand c'est arrivé, mais le mur est fait de pierre.

— Je vais faire vite, dit Emerson, et je le regarde rentrer dans le bâtiment en faisant glisser la porte.

L'air est encore plus froid sans lui à proximité, et

je frissonne, enroulant mes bras autour de moi pour me réchauffer.

— Tu portes son maillot, dit ma sœur en faisant un signe de tête vers le maillot de hockey surdimensionné des Ice Dragons que je porte.

— Il m'a dit de le porter ce soir. Je pensais que c'était une fête de hockey ou quelque chose comme ça, dis-je en haussant les épaules.

Ses yeux se crispent, mais elle ne souligne pas le fait évident que je suis la seule à porter un de leurs maillots ce soir, et que je ne suis pas la petite amie ou la femme d'un joueur de hockey. Elle n'a pas besoin de le dire à haute voix. C'est un non-dit, et c'est clair et net. La mâchoire d'Emerson est serrée.

— Je ne sais pas à quel jeu tu joues avec lui, mais arrête.

— Il n'y a pas de jeu, murmuré-je, la bouche sèche. C'est pour ça que tu l'as traîné dehors ? Pour lui demander si nous couchons ensemble ?

Elle se déplace, mal à l'aise sur ses pieds, tapant sur ses talons. Elle est habillée à la perfection, elle est rayonnante. Cette robe a probablement coûté plus que son salaire, quel que soit l'endroit où elle travaille maintenant.

— Tu ne le baises pas, n'est-ce pas ? demande Emerson.

— Ce n'est pas que ça te regarde, mais non.

Je souffle, agacée par son manque d'intérêt pour mon bien-être.

— Je vais à l'intérieur.

Je la dépasse, me heurtant à son épaule en me dirigeant vers la porte coulissante de l'autre côté du balcon.

Emerson m'attrape par le bras et me fait tourner face à elle.

— Je ne sais pas ce qui s'est passé ce soir à la fête où tu es allée. Jasper ne le dira pas, mais je pense que tu as besoin de prendre quelques minutes et de te calmer avant de retourner à l'intérieur.

— Tu ne me connais pas, dis-je en écartant mon bras de sa portée.

— Tu as de la chance que Jasper soit arrivé avant que les choses ne tournent mal.

Il y a une lourdeur dans ses mots, une crudité qui me coupe et me brûle de part en part. Je ne lutte plus pour m'éloigner d'elle et me tourner lentement vers la porte. Mon ton est plus doux, plus tendre avec elle.

— Je vais bien. Je me suis fait draguer par un sportif de l'université dont le frère joue pour les Island Bruisers. C'était un con, et j'ai quitté la fête. C'est tout ce qu'il y a à dire.

Je laisse de côté la petite partie où j'ai bu du punch et où le loser m'a traitée de reine des glaces. L'histoire n'est pas aussi tragique ou horrible qu'elle l'a fait croire.

Ma sœur renifle et hoche la tête en serrant ses lèvres l'une contre l'autre.

— C'est tout ?

— Je te promets que je vais bien. Jasper s'est occupé de moi. Il est venu me chercher. Je vais bien

Il s'est occupé de moi d'une manière qui me fait encore vibrer, et je ne peux m'empêcher de me demander ce qui se passera ce soir, après la fête, quand nous rentrerons à la maison.

— Je suis contente que Jasper ait été là pour toi, mais tu peux aussi compter sur moi, sœurette.

J'ai confiance en Jasper, et je me suis confiée à lui plus souvent qu'à ma propre sœur au cours des deux derniers mois. Encore une fois, ce n'est pas quelque chose que je veux partager avec elle.

— Nous sommes amis, Jasper et moi. Si c'était un problème, qu'il vienne me chercher, je pourrais appeler un taxi ou quelque chose comme ça la prochaine fois.

Je ne pense pas qu'il ait dit quoi que ce soit à Emerson, mais peut-être que je lui fais trop confiance.

Elle acquiesce et me prend dans ses bras.

— Je ne veux pas que tu t'attires des ennuis dont tu ne pourras pas te sortir, murmure-t-elle en m'embrassant sur le front. Jasper voyage beaucoup pour l'équipe. Tu peux toujours m'appeler s'il n'est pas là.

— Merci.

Je hoche la tête et recule légèrement, en lui jetant un coup d'œil.

— Tu vas bien ?

J'ai l'impression qu'elle retient quelque chose, mais je n'ai pas la moindre idée de ce que cela peut être.

Elle force un sourire, comme toujours. Emerson ne me dit jamais ce qui se passe dans sa vie.

— Je vais bien. En fait, je suis heureuse, dit-elle en souriant.

C'est la première fois qu'elle a l'air vraiment heureuse depuis longtemps.

— D'accord, c'est bien. Est-ce qu'on peut rentrer ? Je suis gelée.

Je n'attends pas sa réponse et je retourne dans l'appartement. Mes bras sont froids, et je me dirige vers le café que j'ai préparé. Je n'ai pas besoin de caféine à cette heure-ci, mais j'ai besoin de quelque chose pour me réchauffer, et je ne pense pas pouvoir aller le demander à Jasper devant ses coéquipiers ou ma sœur.

Lorsque la fête se termine enfin et que Noah met tout le monde dehors, Jasper m'accompagne à l'extérieur et sur le trottoir, tandis que nous nous dirigeons vers le métro.

— Nous pourrions simplement héler un taxi, suggère-t-il.

Si nous faisons cela, nous serons obligés d'attendre avec les autres couples. Même si Ava et Kate ne me dérangent pas, je préférerais passer un peu de temps seule avec Jasper.

Owen est parti quelques minutes avant nous et n'est nulle part en vue. Je suppose que s'il a pris le métro, nous pourrons le rattraper lorsque nous atteindrons le quai. À cette heure-ci, les trains sont rares.

— Qu'est-ce qu'il y a de drôle ?

Je me précipite à quelques mètres devant Jasper, et il m'attrape par le maillot, me tirant contre lui et enroulant un bras autour de mes hanches.

— Attends, dit-il, et la chaleur de son corps me réchauffe, tout comme son étreinte autour de moi. J'espère que la soirée n'a pas été trop ennuyeuse avec les filles.

Je le regarde, incapable de cacher mon sourire.

— C'était sympa.

J'aurais préféré être enveloppée dans les bras de Jasper pendant qu'il traînait avec ses coéquipiers, mais cela aurait signifié ne pas cacher notre nouvelle relation.

S'agit-il même d'une relation ?

Mon estomac se retourne rien que d'y penser. Je me penche vers lui, enroule un bras autour de sa taille, l'attirant plus près de moi. J'ai besoin de sa force pour m'aider à contenir les papillons qui remontent à la surface.

— Sympa, c'est un code pour ennuyeux, ou alors c'était nul, s'esclaffe-t-il.

— Non. J'ai passé un bon moment, mais j'aurais préféré le passer avec toi, au lit.

Il s'arrête de marcher et me prend dans ses bras, ses lèvres se posant sur les miennes, me dévorant avec avidité. L'air de la nuit est froid, et mes joues piquent, mais rien de tout cela n'a d'importance avec ses mains enroulées autour de ma taille et ses lèvres contre les miennes.

— Moi aussi, murmure Jasper en se retirant. Tu es gelée et tu n'es pas habillée pour le froid.

Il tend le bras pour héler un taxi.

— C'est bon.

La vérité, c'est que le métro prend plus de temps

pour rentrer à la maison. Cela me donne plus de temps pour réfléchir, explorer et chérir les moments passés avec Jasper jusqu'à notre retour à l'appartement.

J'ai envie de l'air froid et du silence de la nuit, du calme qui recouvre la ville. Cela me permet de faire le vide dans ma tête et de laisser mes pensées m'envahir sans pour autant me submerger.

Et la pensée principale, celle qui envahit ma tête, mon corps et tous mes sens, c'est celle de Jasper.

Où diable vais-je dormir ce soir ?

Dans son lit ou dans le mien ? Ou bien me rejoindra-t-il dans mon lit ?

Je suis en train de suranalyser cette simple question avec tous les scénarios possibles et ce à quoi l'issue pourrait ressembler demain.

Les quelques taxis qui passent devant nous ont déjà des passagers.

— Continuons à marcher. Si on peut prendre un taxi sur le chemin avant d'arriver au métro, on le prendra.

Jasper est très professionnel dans son ton, même dans sa façon de marcher et de se porter. Il est concentré et dévoué à la tâche qui lui est confiée.

Il garde un bras autour de ma taille tandis que nous marchons l'un à côté de l'autre vers le métro. Il y a encore quelques mètres, mais je peux voir l'entrée.

J'aurais dû porter un haut à manches longues sous le maillot, mais je ne pensais pas aussi loin. La Porsche était chauffée. Je ne me demandais pas comment nous allions rentrer à la maison après la fête. Apparemment, Jasper n'y avait pas pensé non plus. Je suppose que nous avons été un peu distraits.

Le feu de circulation change et nous nous dépêchons de traverser la rue et de descendre les marches jusqu'au quai du métro.

Il y a plus de gens qui attendent que je ne l'aurais cru à cette heure tardive. Il ne fait pas aussi froid, sans le vent qui souffle. Jasper est blotti contre mon dos, ses bras m'enveloppant comme une couverture. Il pose son menton sur le sommet de ma tête.

— Quel est ton programme pour la semaine prochaine ? demandé-je, essayant de me distraire de l'inquiétude qui me démange et qui se rapproche à mesure que je pense à ce qui se passera quand nous rentrerons à la maison.

— Entraînement. Matchs. Encore de l'entraînement.

Jasper rit. Son souffle est chaud et il me serre plus fort contre lui.

— Nous avons plusieurs matchs à l'extérieur la semaine prochaine.

C'est sans doute mieux ainsi. Cela nous donnera un peu de temps à nous séparer pour comprendre ce que nous faisons.

Je ne dis rien. Je guette le prochain train, debout sur le quai, serrée contre son corps chaud.

— Tu vas me manquer quand je serai parti, avoue-t-il, son souffle chatouillant mon oreille alors qu'il me serre encore plus fort.

Je ne savais pas que c'était possible jusqu'à ce que je sente son érection se presser dans mon dos.

— Moi aussi, avoué-je en laissant mes yeux se fermer.

C'est plus facile d'avouer ce que je ressens quand je ne suis pas en train de fixer son regard.

— Il n'y a aucune chance que Charlotte et moi passions pour encourager l'équipe ?

Je lui jette un coup d'œil par-dessus mon épaule, et son sourire apaise toutes les craintes qui m'habitent.

— J'aimerais bien, mais tu n'as pas école ?

— Oh, c'est vrai.

J'expire un grand coup.

— Je pourrais manquer un jour.

— Non, répond Jasper avec fermeté. Tu ne

manqueras pas tes cours. Ton éducation est importante.

— D'accord, papa, grommelé-je en lui lançant un regard amusé.

— Si tu essaies d'être sexy, c'est raté, taquine Jasper avant de froncer le nez.

Les doubles portes s'ouvrent, le train s'arrête et ralentit. Nous montons dans la foule et embarquons ensemble. Il n'y a pas de place pour s'asseoir, et il est serré contre moi, une main autour de ma taille, l'autre tenant la barre métallique au-dessus de sa tête.

— Je veux que tu viennes à nouveau à l'un de mes matchs, dit Jasper, et je me déplace pour lui faire face.

Il garde sa main sur ma hanche, ses doigts me caressent à travers le maillot que je porte, et il me rapproche en pressant ses lèvres sur les miennes.

Je me fonds dans son baiser. Son corps et ses lèvres me font vibrer. Mon cœur bat fort, noyant les bruits du train qui s'engouffre dans le tunnel.

— J'aimerais bien, dis-je lorsque nous sommes séparés par les secousses du métro qui change de rails.

Il me rapproche de lui, sa main sur le bas de mon dos, me maintenant pressée contre lui.

— Mais tu ne peux pas porter le maillot du rival, bébé. Si tu le fais, je serai obligé de te punir.

Je glousse à ses mots et le regarde avec un sourire sournois.

— C'est une menace, bébé ? demandé-je, en utilisant son petit surnom en retour.

Il grogne et couvre à nouveau mes lèvres. Cette fois, sa langue s'insinue dans ma bouche et j'ouvre les lèvres, lui permettant d'entrer. Nous sommes secoués et déplacés par le train, mais aucun de nous ne se sépare. Il me serre plus fort, me gardant contre lui, me protégeant et m'embrassant. Mon corps est chaud et picote, enflammé par ses baisers qui sont brulants et qui m'annoncent ce qui va suivre.

La voix dans le haut-parleur nous informe que notre arrêt est le prochain.

— C'est nous, dis-je en lui tapotant la poitrine, essayant de nous donner à tous les deux une minute pour reprendre notre souffle.

Je me retire à peine et il m'escorte vers les portes quand je réalise que deux personnes avec des téléphones les tiennent discrètement en l'air.

Est-ce qu'ils nous filment ? Peut-être qu'ils regardent simplement des vidéos sur les réseaux sociaux.

J'ai le souffle court lorsque le train ralentit à la

prochaine station, et je me précipite sur le quai, en direction de l'escalator. Jasper est juste sur mes talons et m'attrape la main, rapide à me rattraper.

— Qu'est-ce qui te tracasse ? Tu es tendue depuis que nous avons quitté le train.

— Tu n'as pas remarqué que quelqu'un nous filmait ?

Je me sens paranoïaque. Ce n'est pas comme si nous faisions quelque chose d'illégal ou d'illicite.

Jasper hausse les épaules et nous approchons d'un feu de circulation, obligés d'attendre qu'il change.

— Il y a toutes sortes de gens qui prennent des photos de moi quand ils réalisent qui je suis. D'habitude, c'est quand je porte mon maillot, mais là, c'est toi qui le porte. Ils ont probablement fait le rapprochement. Et nous formons un beau couple. Qui ne voudrait pas nous voir nous embrasser ?

Je me tourne vers lui et son souffle se mêle au mien. Je frissonne, mais cette fois, ce n'est pas à cause du froid.

— Ça te dérange ? demande-t-il en repoussant une mèche de cheveux derrière mon oreille.

Le feu change et il me fait avancer.

Je lui emboîte le pas et le laisse me raccompagner jusqu'à notre immeuble. Nous entrons ; le hall est chaud, et c'est un souffle de chaleur qui m'envahit alors que mes doigts et mon nez sont engourdis.

Jasper s'avance et appuie sur le bouton de l'ascenseur. Son corps, son toucher, sa proximité me manquent. Je me replie doucement sur lui, et il le remarque. Comment pourrait-il ne pas le remarquer ?

— Nous serons à la maison dans une minute, murmure-t-il à mon oreille, une main sur ma hanche, pour me stabiliser.

J'inspire profondément et je peux sentir son odeur. Il est partout, il m'entoure, du maillot à son corps qui se tient derrière moi, me touchant à peine.

Les doubles portes de l'ascenseur s'ouvrent. J'entre dans le petit espace, et il me suit, appuyant sur le bouton de l'étage, et ses bras s'enroulent autour de ma taille, m'attirant contre sa poitrine.

Ses bras sont chauds, son contact m'apaise, et nous avons atteint le vingt-quatrième étage sans que je m'en rende compte.

— Nous y sommes, dit-il, m'indiquant que je devrais probablement me défaire de lui et sortir.

Il sort sa clé de la poche de son pantalon et déverrouille la porte, me faisant signe d'entrer. La maison est silencieuse, et je tends la main vers l'interrupteur alors que je suis submergée par des souvenirs de tout à l'heure, où nous nous amusions tous les deux dans son lit.

Mon souffle est rauque et mes nerfs picotent dans mon estomac, ce qui me rend à nouveau anxieuse.

Il ferme la porte d'entrée et verrouille la serrure.

— Je devrais me préparer à aller me coucher, murmuré-je avant de me tourner vers la chambre à coucher.

Est-ce que je m'attends à ce qu'il me suive ou à ce qu'il s'invite à mes côtés ? Nous n'avons pas défini cette chose entre nous, et je ne pense pas que trois heures du matin soit le moment de le faire.

— Il est tard, dit Jasper en se frottant les yeux.

Je me retourne et me dirige vers le couloir, jetant un coup d'œil à la porte de sa chambre laissée entrouverte, à la lumière encore allumée et aux draps froissés par nos festivités de tout à l'heure. Je me mords la lèvre inférieure et entre dans ma propre chambre, allumant la lumière.

Il éteint les lumières du salon et se dirige vers le couloir.

— Je peux t'envoyer un texto pendant mon absence ? demande Jasper, debout dans l'encadrement de la porte de sa chambre.

— J'aimerais bien, murmuré-je.

— Bonne nuit.

J'entends sa voix douce alors qu'il se dirige vers sa chambre, et la porte se referme derrière lui.

Je ferme la porte de ma chambre et m'effondre sur le lit. Je ne m'embête pas à me déshabiller pour aller au lit. J'aime porter son maillot, il sent Jasper, et je veux être enveloppée de son odeur pendant que je dors.

* * *

Je me réveille le lendemain matin, et Jasper est parti bien avant que je ne doive me lever pour aller en cours. Il y a une note sur le comptoir de la cuisine avec plusieurs billets de vingt dollars qu'il a empilés et laissés derrière lui.

Mange pendant mon absence.

Je mangerai, mais je n'ai pas besoin de dépenser son argent. Je mets l'argent de côté sur le comptoir, le poussant dans un coin où il pourra le récupérer quand il rentrera.

Je me prépare un café et me force à ne pas envoyer de texto à Jasper dès le matin, ce qui est difficile, car j'ai envie de commenter sa note et l'argent.

Mais je ne veux pas avoir l'air trop désespérée. Il

est occupé par l'entraînement, ou du moins il est sur le chemin de l'entraînement.

À quelle heure est-il parti ce matin ?

Je retourne dans ma chambre, j'attrape des vêtements neufs pour me doucher et je jette un coup d'œil à sa chambre. Le lit est fait, les lumières sont éteintes et l'endroit a l'air immaculé. Même le panier à linge qu'il garde habituellement à côté du lit n'est pas visible. Il est probablement rangé dans son placard.

Mon téléphone vibre sur ma table de nuit et je l'attrape avant de sauter dans la douche. Il y a un message de Jasper, et je ne peux m'empêcher de sourire.

Mes draps sentaient ton odeur hier soir. Est-ce que c'est mal que je ne veuille pas les laver ?

VINGT-DEUX
JASPER

J'AI PASSÉ la dernière heure à fixer mon
téléphone, essayant de décider quoi envoyer ou ne
pas envoyer à Amber. Noah est assis à côté de moi
dans le bus, et mon frère est une rangée devant, donc
au moins il n'est pas conscient du dilemme. Noah,
lui, ne perd pas une miette, jamais.

— Tu ne devrais pas être aussi accroché à elle,
dit Noah.

— Je ne le suis pas, dis-je en m'éclaircissant la
gorge.

J'efface encore une fois le message avant d'en
trouver un qui soit un peu dragueur, puis je l'envoie.

*Mes draps sentaient ton odeur la nuit dernière. Est-ce
mal que je ne veuille pas les laver ?*

Noah essaie de regarder le texto par-dessus mon

épaule, mais j'ai placé mon téléphone de façon à ce qu'il ne puisse pas lire ce que je viens d'envoyer à Amber. Je glisse mon téléphone dans la poche de mon pantalon. Je n'ai aucune idée de l'heure à laquelle elle se réveille pour aller à l'école. Je suis toujours hors de la maison le matin avant même qu'elle ne se lève pour ses cours.

— Tu as passé la dernière heure à écrire et à effacer des messages, dit Noah.

— Et alors ? On est dans le bus et je m'ennuie.

Je m'en sers comme excuse parce qu'il a raison, elle entre dans ma tête, et elle ne le sait même pas encore.

Une nuit. C'est tout ce qu'on a eu, et on n'a même pas encore fait l'amour. Non pas que je n'arrête pas de penser à ce que ce serait de lécher sa chatte et d'enfoncer ma bite dans sa chaleur serrée. C'est tout ce dont j'ai rêvé la nuit dernière. À plusieurs reprises. Je me suis réveillé en sueur, et ce après avoir mis quarante-cinq minutes à m'endormir. Il faut que je sorte Amber de ma tête.

D'habitude, je m'entraînerais et je passerais quelques heures à la salle de sport, mais c'est un jour de voyage, et nous prenons le bus pour nous rendre à l'aéroport pour notre prochain match, ce qui ne veut pas dire qu'on peut se reposer toute la journée.

L'entraîneur Malone est sur nous pendant tout le vol, revoyant les jeux et discutant de nos deux derniers matchs. La plupart du temps, il revient sur tous les buts que nous avons manqués. J'espérais pouvoir écouter de la musique et dormir quelques heures, mais il n'a pas l'air d'être d'accord.

Après notre atterrissage en Caroline du Nord, on nous emmène en navette à l'hôtel pour nous enregistrer, laisser nos bagages dans nos chambres et nous retrouver dans l'heure qui suit pour prendre le bus pour l'entraînement. J'aurais préféré passer quelques heures à la salle de sport de l'hôtel pour brûler l'énergie qui me traverse, en pensant à Amber. J'ai besoin d'une bonne course, de soulever des poids, de n'importe quoi pour me fatiguer. Peut-être qu'un peu de temps sur la glace m'aidera. Je ne pense qu'à elle à ce rythme, et je n'ai pas besoin de distraction.

Nous nous préparons dans les vestiaires et nous nous rendons à la patinoire pour faire des exercices et nous entraîner pendant que nous y avons accès. C'est un bon entraînement avec les gars, et nous veillons à ce que personne ne se blesse avant le match de demain contre les Barbarians.

— Tu as raté un tir facile, Greyson, me dit l'entraîneur Malone en sortant de la patinoire.

— Aiden est un bon gardien. Nous ne pouvons pas gagner quand nous nous entraînons contre nos propres coéquipiers.

— Malgré tout, tu avais le tir parfait et tu l'as raté. Qu'est-ce qui te tracasse, petit ? demande Malone.

Les gars se dirigent vers les vestiaires, mais l'entraîneur m'empêche de les rejoindre en me bloquant le passage. Je pourrais pousser le type sur le côté, il est petit et trapu, mais je ne vais pas intimider l'entraîneur, pas si je veux jouer demain. Je ne veux pas être mis sur la touche.

— Rien, dis-je en le regardant en face.

J'ai marqué trois buts à l'entraînement, et il doit se concentrer du seul tir que j'ai raté.

— Il se passe quelque chose entre toi et ton frère ?

Je secoue la tête.

— Tout va bien entre nous.

— C'est au sujet de la fille à qui tu as donné ton maillot ? devine Malone.

Je suppose que tout le monde m'a vu lui jeter mon maillot.

— C'est au sujet de rien, dis-je, la mâchoire crispée. Les gars et moi avons veillé tard hier soir. J'espérais dormir quelques heures pendant le vol jusqu'ici. J'ai raté un tir, Coach. Owen en a raté deux. Vous n'êtes pas en train de le harceler.

Je ne devrais pas mêler mes autres coéquipiers à cette histoire, mais je ne vois pas pourquoi l'entraîneur Malone me fait des reproches.

— Tu as du talent, Greyson. Ce n'est pas parce que tu as raté ton tir. Le problème, c'est que tu n'étais pas concentré. Tu as du talent brut, et parfois tu as besoin d'un peu de direction. Sors de tes pensées. Mon travail consiste à te préparer pour le match de demain. C'est tout ce que c'est, un discours d'encouragement. Ne te mets pas dans tous tes états.

— Je vais bien. Je viendrais vous voir si ce n'était pas le cas, d'accord ?

— Ok, dit Malone.

Il me donne une tape dans le dos.

— Maintenant, va rejoindre tes coéquipiers avant qu'ils ne te laissent derrière eux.

———

Nous dînons en équipe dans un steakhouse en bas de la rue. C'est un petit endroit chic, et nous sommes tous vêtus de jeans sombres et de chemises à col, ce qui me paraît bien peu habillé quand je vois les couples romantiques en costumes et robes de soirée.

C'est le genre d'endroit où j'aimerais emmener Amber pour un rendez-vous. Je sors mon téléphone de ma poche et le glisse sous la table, le mettant ainsi à l'abri des regards pendant que j'envoie un texto à Amber.

Tu as mangé ?

Je connais déjà la réponse. Elle n'a certainement pas mangé. Mais je n'aime pas penser qu'elle ne prend pas soin d'elle en mon absence. Que faisait-elle quand elle vivait seule dans son studio ? Mangeait-elle tous les jours sur le campus ?

Je te manque déjà ? Je vais trouver quelque chose à manger.

Il est presque sept heures. Si elle n'a pas commandé de dîner, elle ne va rien manger. Le frigo est plutôt vide, non pas qu'elle cuisine. Je lui envoie un autre message.

Es-tu à la maison ?

Je reprends la conversation jusqu'à ce que mon téléphone sonne, et j'y jette un bref coup d'œil avant de m'excuser pour aller aux toilettes.

Oui. Tu me traques ?

Pourquoi ne commande-t-elle pas un dîner avec l'argent que je lui ai laissé ? Je soupire et me glisse dans le couloir du fond, près des toilettes avant de passer plusieurs commandes que je fais livrer à l'appartement.

Oui. Il vaudrait mieux que tu n'aies pas l'intention de sortir ce soir. Je t'ai commandé un dîner. Il y en a plein, et tout sera livré dans l'heure.

Je glisse mon téléphone dans ma poche et retourne à la table avec les autres. Amber m'envoie encore un texto, mais je ne lui réponds pas, pas maintenant. Je sens que mon téléphone vibre et qu'il y a plus d'un message.

Si elle est énervée, qu'il en soit ainsi. Cette fille a besoin de manger, pas de s'affamer parce qu'elle n'a pas les moyens de se nourrir. Je sais que c'est la raison pour laquelle elle ne mange pas. C'est pour la même raison qu'après l'incendie de l'appartement, elle n'a acheté qu'une poignée de tenues et a porté les mêmes vêtements tous les jours.

Elle est trop fière pour accepter des cadeaux, et encore moins l'aumône.

Après le dîner, nous retournons à l'hôtel à pied, ce qui est une belle promenade et permet d'éliminer la nourriture. Mon téléphone est enfoui dans la poche de mon pantalon, et même si j'ai envie de lire les textos d'Amber, ce n'est ni l'endroit ni le moment.

Mon téléphone bourdonne d'un autre message.

J'aimerais croire qu'il s'agit d'un message de

remerciement, mais il pourrait aussi s'agir d'un message d'adieu parce que je ne l'ai pas laissée tranquille.

J'ai peut-être aussi un peu exagéré en ce qui concerne la nourriture. Je ne sais pas ce qu'elle aime, alors j'ai commandé dans quatre restaurants et trois repas dans chacun d'eux. Cela lui donnera beaucoup de restes ; connaissant Amber, elle a probablement Charlotte à la maison.

À notre retour, je passe quelques heures à la salle de sport avec Noah, Chase et Aiden. Parker insiste pour se joindre à nous, mais il doit appeler sa femme avant qu'il ne soit trop tard.

— Combien tu veux parier que Parker ne viendra pas ? dit Aiden. Je parie qu'il est dans sa chambre en train de faire l'amour par téléphone avec Ava.

J'attrape ma serviette et la lui lance.

— Tu es vraiment un con.

— Oh, allez, tu ne penses pas que ton frère est en train de faire ça avec sa fiancée dans ta chambre en ce moment même ?

Je grimace. Le simple fait de penser à Kyler et Emerson me dégoûte. Je suis heureux pour eux, mais je ne veux pas penser à mon frère en train de faire l'amour, même au téléphone.

— Il est en train de border son enfant, dis-je. Ils font ce truc de chat vidéo où il lui dit bonne nuit.

Je m'allonge sur le dos pour continuer mon entrainement.

— Chat vidéo ? renchérit Noah en fronçant les sourcils. Ouais, je parie qu'à la minute où la gamine est au lit, cette vidéo montre ses bijoux de famille.

— Il faut vraiment que tu penses à t'envoyer en l'air, murmuré-je.

Noah sourit fièrement.

— J'ai plein de filles dans mon registre. C'est quand la dernière fois que tu as eu une aventure, Greyson ?

— Ça ne te regarde pas.

Noah sourit.

— Tu ne l'as pas encore fait avec la colocataire ?

— Laisse Amber en dehors de ça !

Noah et Aiden s'échangent un rapide coup d'œil. Chase est le seul à ne pas s'en mêler. Il court sur le tapis de course et a apparemment mis ses écouteurs. Il a de la chance.

— Ce que j'ai dit à propos du code des frères tient toujours, dit Noah.

— J'en prends bonne note, grince-je.

— Mais pour être honnête, je n'aurais pas non plus suggéré qu'elle emménage avec toi.

— Ce n'était pas mon idée.

Je soulève les poids au-dessus de ma tête, et il me faut toute ma concentration pour ne pas lui jeter au visage.

— Elle est mignonne, dit Aiden.

Noah acquiesce.

— Difficile de ne pas penser à la...

— Tu as pensé à fermer ta gueule ? lancé-je d'un coup à Noah.

Je remets les poids en place et je sors de sous la barre. Mes bras et mon corps ressentent la brûlure, mais ma tête et mon cœur sont encore pleins d'énergie.

Il lève les mains en signe de reddition.

— J'ai compris. Vous n'êtes que des colocataires. Ce qui est probablement une bonne chose parce qu'elle va probablement se taper un mec de la fac pendant que tu seras parti cette semaine. Je veux dire, putain, si j'étais elle, c'est ce que je ferais pendant que mon colocataire n'est pas là. Pas besoin de limiter les cris.

Je me dirige à grands pas vers la machine sur laquelle Noah est assis, et juste au moment où je m'apprête à l'en arracher, Aiden attrape mon t-shirt et me fait reculer de plusieurs pas.

— Calme-toi. Il essaie de te rendre fou.

— Tu t'amuses ? crié-je à Noah.

Il sourit et hoche la tête.

— Oui, je m'amuse un peu. Greyson a le béguin pour Amber. C'est mignon.

Je lui fais un doigt d'honneur et je sors du gymnase. Il y a des limites à ce que je peux supporter de Noah ce soir. Je l'adore la plupart du temps, mais là, il m'énerve et je ne peux pas laisser ce qu'il dit me foutre en l'air avant le match de demain.

Je me dirige vers la chambre d'hôtel. Bien qu'il soit d'usage pour les recrues de partager une chambre d'hôtel, je n'ai jamais compris comment Kyler et moi avons fini par partager une chambre ensemble. Il devrait avoir sa propre chambre, à moins qu'il n'ait dit quelque chose à l'entraîneur quand je l'ai rejoint.

Je glisse la clé électronique et la porte s'ouvre.

Kyler est sur son portable quand j'entre, il le tient en l'air et fait un chat vidéo avec Bristol.

— Elle est encore réveillée ?

Je jette un coup d'œil à ma montre.

— Quelqu'un refuse d'écouter Em ou Nounou Lia.

— Je ne suis pas fatiguée, dit Bristol en soupirant bruyamment.

Je jure que, de l'autre côté de la pièce, je peux entendre la moue sur son visage, et je ne regarde même pas la caméra. Elle a probablement les bras croisés sur sa poitrine et demande à se coucher plus tard.

— Oncle Jasper dit que c'est l'heure d'aller au lit, dis-je en essayant d'aider Emerson à mettre la petite au lit.

— Merci, dit Kyler en me jetant un coup d'œil.

J'attrape une bouteille d'eau dans le mini-frigo pour me rafraîchir un peu après la séance d'entraînement que j'ai faite en bas.

— Je vais prendre une douche, dis-je en jetant un coup d'œil à mon téléphone pour voir si Amber m'a répondu. Bien sûr, il y a quelques messages qui attendent d'être lus.

Je clique dessus en me dirigeant vers la salle de bain, et Kyler ne me prête aucune attention, ce qui est un soulagement, sinon il aurait pu demander pourquoi diable j'ai besoin de mon téléphone dans la salle de bain. C'est une explication que je n'ai pas envie de lui donner. Pas plus que la partie où je réponds à Amber par texto.

J'ouvre son message et un grand sourire se dessine sur mes lèvres.

Le dîner était délicieux, les douze repas.

J'essaie de ne pas rire de sa remarque. Je sais qu'elle n'a pas tout mangé, mais c'est sa façon de me remercier. Il y a un deuxième texto après le premier.

Tu t'es vraiment surpassé. Au moins, maintenant, je peux manger pour le reste de la semaine. Je te promets de ne pas le gaspiller.

Je ferme la porte de la salle de bains et m'y adosse.

Je suis contente que tu aies repris tes esprits.

Un sourire se dessine sur mes lèvres lorsque je vois trois points indiquant qu'elle me répond. Mon cœur bat la chamade dans ma poitrine en attendant sa réponse. Je pensais que le fait de faire du sport et de m'entraîner sur la glace m'aurait fatigué. Mais quand il s'agit d'Amber, je me sens plus vivant que jamais.

Tu ne m'as pas vraiment laissé le choix.

Je glousse sous mon souffle et allume le chauffage de la salle de bains. Je me déshabille et ouvre la porte vitrée de la douche, puis j'active le jet d'eau.

Tu n'acceptes pas très bien les ordres.

Je clique sur envoyer et grimace, espérant ne pas avoir été trop dur. Je lui ai laissé de l'argent et un mot. Je voulais qu'elle dépense l'argent pour la nourriture, mais je sais qu'elle est trop fière.

Jamais.

Je ricane à sa réponse. Je ne suis pas sûr qu'elle veuille vraiment le savoir, mais je lui envoie quand même un message.

Je me mets à poil.

Elle me répond immédiatement.

Prouve-le.

Je renifle et j'envisage d'aller dans l'autre pièce et de prendre une photo de mon frère Kyler, qui est parfois un connard, juste pour plaisanter avec Amber. Mais si elle veut vraiment voir ma bite, qui suis-je pour dire non ?

Tu es sûre ? Ce n'est pas un piège, n'est-ce pas ?

Mon téléphone sonne, c'est Amber qui m'appelle. Je réponds immédiatement. La douche pleut en arrière-plan, tout comme le chauffage de la salle de bains, mais je n'éteins aucun des deux. Au moins, j'ai un tout petit peu d'intimité pendant que je suis enfermé à l'intérieur.

— Les photos de bites sont acceptables si elles sont sollicitées, dit Amber. Mais n'envoie jamais de photos non sollicitées à une fille. Si elle ne le demande pas, c'est qu'elle n'a pas envie de la voir.

— Noté, dis-je en souriant.

J'espère qu'elle ne parle pas par expérience parce

que je tuerais quiconque lui enverrait une photo de bite non sollicitée.

— Tu veux voir ma bite ?

Elle glousse, et j'aimerais que nous ayons cette conversation sur un chat vidéo parce que je suis sûr que ses joues sont rouges et qu'elle a probablement la tête entre les mains. Elle porte bien la nervosité. C'est flatteur et adorable sur elle, même si elle ne serait pas d'accord avec moi.

— Seulement si tu n'attends pas de photo en retour, dit-elle en ricanant. Je ne suis pas sexy en ce moment.

— Tu es toujours sexy, dis-je.

Je ne peux pas l'imaginer autrement que désirable.

— Je suis recroquevillée sur le canapé en pantalon de survêtement et en T-shirt, bébé, dit Amber.

— Tu es seule ? demandé-je.

Il y a un bruit de fond, mais je suppose que c'est la télévision qu'elle a allumée.

— Pourquoi ? Tu serais jaloux si je recevais quelqu'un ?

Ma gorge se serre et mon estomac se noue. Qui diable reçoit-elle à cette heure-ci ?

— Tu as quelqu'un ?

Je jurerais entendre des bruissements et des mouvements. Est-elle en train de forcer quelqu'un à se taire, de lui couvrir la bouche pour l'empêcher de rire ou de parler ? Le silence s'éternise et je sais sans l'ombre d'un doute que je ne suis pas en train de l'imaginer.

— Qu'est-ce qui se passe, Amber ? grogné-je.

— JE T'AVAIS DIT qu'il serait facilement jaloux, annonce Charlotte.

Je lui donne un coup de coude pour la faire taire et je saisis un oreiller pour lui couvrir le visage.

Je ne cherche pas à éliminer ma meilleure amie, mais simplement à la faire taire avant qu'elle ne gâche le flirt entre Jasper et moi.

— C'est Charlotte ? demande Jasper, et j'ai l'impression de percevoir le soulagement dans sa voix.

— C'est elle, dis-je. Et elle était sur le point de partir.

— Ce n'est pas le cas ! reprend Charlotte.

Bien que je ne sois pas en mode haut-parleur,

Jasper parle fort au téléphone. Avec le bruit du chauffage et de la douche en arrière-plan, j'ai dû monter le volume au maximum pour bien l'entendre.

— C'est une soirée entre filles. Une soirée pyjama. Imagine, Jasper. Des batailles d'oreiller, toutes nues !

Il grogne, de manière indubitable cette fois. Ce n'est ni de la colère ni de la jalousie. Il est excité. Je souris en l'écoutant, imaginant ses mains caresser son membre.

— Va dans ta chambre. Ferme à clé, ordonne Jasper.

Je salue Charlotte en sautant du canapé et me précipite dans ma chambre.

— Tu me laisses tomber pour un mec ? m'appelle mon amie, comme si elle n'avait pas fait cela un nombre incalculable de fois lors de fêtes ou au bar.

— La vengeance est un plat qui se mange froid.

Je souris, la salue, puis claque la porte de la chambre. Cependant, je ne vais pas dans ma chambre. Je vais directement dans celle de Jasper et je ferme la porte.

— Déshabille-toi, ordonne Jasper avec autorité.

Je verrouille la porte de la chambre et enlève

mon pantalon de survêtement et ma culotte en me tortillant.

— Oui, patron, lui dis-je en le taquinant, posant le téléphone brièvement pour retirer mon tee-shirt. Je suis nue.

Sa voix est épaisse et chargée de désir.

— Je veux voir, murmure Jasper.

— Je ne prendrai pas de photo.

Je ne fais pas confiance à ce que ça finisse sur Internet.

— Appel vidéo.

— Sérieusement ? demandé-je, et il envoie une demande de vidéo.

Je soupire et ajuste la caméra pour qu'il ne puisse pas me voir nue. Le cou levé, je me dirige à tâtons vers son lit.

— C'est ma chambre ? demande Jasper alors que je m'allonge sur le matelas, reculant vers la tête du lit.

— Je n'avais pas remarqué, dis-je avec insolence. C'est ta chambre ?

— Tu vas finir par me tuer, dit-il en secouant la tête avec un sourire ironique.

Tenant le téléphone d'une main, je suis presque certaine que l'autre est en train de caresser son membre, ou du moins de le taquiner.

Il est beau sans haut, me permettant de bien voir son visage et son torse.

— Baisse la caméra, lui dis-je, et il éclate de rire.

— Tu veux voir ma queue ?

Il penche la tête, regardant le téléphone comme s'il scrutait mon âme.

Ce n'est pas comme si je n'avais jamais vu son sexe auparavant. Hier soir, après la fête du campus, ma bouche et ma langue étaient enroulées autour de lui. Mais ça semble être une éternité, et il faudra des jours avant que nous soyons physiquement proches l'un de l'autre.

— Je le veux, dis-je, ma bouche sèche.

Je passe ma langue sur mes lèvres, et il sourit en haussant un sourcil.

— Putain, c'est sexy quand tu fais ça avec ta langue.

Je suis presque certaine de rougir, fronçant le nez pour éviter de paniquer ou d'avoir une crise d'angoisse. Quand je suis coincée dans mes pensées, la panique est souvent au rendez-vous.

— Tu vas me laisser te voir, bébé, ou tu préfères juste profiter du spectacle que je te donne ?

Je savoure chaque instant de son corps nu. Lorsqu'il me donne une vue rapide de son membre, je jure que mes ovaires vont exploser. Cet homme pourrait me mettre enceinte et je serais d'accord, bien que je sois la fille qui n'a jamais voulu d'enfants.

— Tu es tellement sexy, dis-je en me traînant sur le lit et en m'appuyant sur les oreillers.

— Tu as une belle poitrine. Tu devrais me les montrer plus souvent.

Je ris sous mon souffle.

— D'accord, je te montrerai mes atouts lors de ton prochain match, pour te soutenir.

— Tu ferais mieux de ne montrer tes seins à personne d'autre que moi, grogne Jasper. Mais un flash de nichons en guise de célébration après un match, c'est génial. Tant que je suis le seul à pouvoir les admirer.

— Tu parles de ces seins ? demandé-je, faisant pivoter le téléphone sur ma poitrine avant de le ramener sur mon visage.

— Bon sang, ma chérie. Recommence.

Un coup sourd retentit de l'autre côté du téléphone. Jasper crie :

— Dégage !

Je n'entends pas la réponse, mais il gémit, mécontent de la situation.

— Mon frère ne veut pas me laisser tranquille.

J'entends quelques mots étouffés à l'autre bout,

comme « douche » et « petite amie », mais je ne suis pas tout à fait sûre de ce qui a été dit.

— Tu dois y aller ? demandé-je, sentant sa frustration.

Charlotte frappe à la porte de la chambre.

— Je ne veux pas vous interrompre, mais vous avez bientôt fini ? J'attends que tu mettes le film.

Il est évident que l'interruption perturbe l'atmosphère.

— Maintenant, c'est ta meilleure amie qui s'y met ?

— C'est ta plus grande supportrice, après moi, dis-je. Mais je ne pense pas que cela se produira ce soir.

Il grogne, replaçant le téléphone devant son visage.

— Oui, tu as raison. On remet ça à plus tard ?

— Je te vois dans quelques jours ?

Je ne veux pas donner l'impression d'être trop impatiente et de m'attendre à avoir de ses nouvelles tous les jours. Nous ne sortons pas officiellement ensemble. Et même si je n'ai jamais eu de relations occasionnelles, je ne veux pas le faire fuir ou l'effrayer.

— Nous sommes colocataires, dit Jasper en riant. Donc je pense que oui.

Nous raccrochons tous les deux, et même si je suis déçue que notre petite séance de sexe par téléphone n'ait pas abouti, l'idée qu'il m'emmène à un vrai rendez-vous me donne des frissons à l'intérieur. Je descends du matelas et me dirige vers la commode de Jasper, volant un T-shirt qui me tombe jusqu'aux genoux et un caleçon. Puis je sors dans le salon.

Charlotte est en train d'envoyer un texto à quelqu'un, allongée sur le canapé. Elle bouge ses jambes quand je la rejoins dans le salon.

— Prête ? demandé-je en prenant la télécommande et en lançant le film.

Il s'agit d'une comédie romantique assez récente qu'aucune de nous deux n'a vue au cinéma. Je n'en attends pas grand-chose, puisqu'il a fait un flop au box-office, mais c'est quelque chose de nouveau à regarder.

Elle me montre le bol de pop-corn qu'elle a préparé sur la table du salon, et je l'attrape, l'apportant sur le canapé pour le partager.

— Je devrais aller nous chercher quelque chose à boire avant que le film ne commence.

Je lui mets le bol sur les genoux pour qu'elle le tienne pendant que j'attrape deux bières dans le frigo.

Sur le frigo, il y a un aimant en forme de crosse de hockey, avec un décapsuleur dans le dessin. Je m'en sers pour décapsuler les bières et les ramener sur le canapé.

— Merci, dit Charlotte en tapant sa bière contre la mienne.

— Tu t'es bien amusée avec ton nouveau copain ?

Je glousse. C'était sympa, mais ça ne s'est pas terminé comme je l'aurais espéré.

— Bien sûr, jusqu'à ce que son frère l'interrompe.

— Aïe. Il ne sait toujours pas pour vous deux ?

Je hausse les épaules.

— Qu'est-ce qu'il y a à savoir ?

Charlotte se tourne vers moi, le bol de pop-corn sur les genoux.

— A toi de me le dire.

Je n'ai pas encore raconté à Charlotte ce qui s'est passé entre Jasper et moi hier soir, après qu'il soit venu me chercher. Je suis restée vague, me contentant de dire qu'il m'avait ramenée chez moi.

Cette fille sait lire en moi comme dans un livre ouvert.

— Vous vous êtes envoyés en l'air ?

Elle agite ses sourcils de manière suggestive.

Je ris nerveusement et bois une gorgée de mon verre, espérant que cela me soulagera.

— Tu l'as fait !

Charlotte est bien trop étourdie par l'excitation.

— Oh, mon Dieu. Est-ce qu'il t'a baisée ? Ou tu l'as sucé ? Dis-moi que c'était bon. Je parie qu'il a une énorme bite.

J'attrape un autre morceau de pop-corn pour le lui jeter au visage, mais elle l'attrape en plein vol. Qu'elle soit maudite !

— Alors ? demande Charlotte, attendant que je développe.

J'attrape la télécommande, voulant en finir avant que cela ne devienne un véritable peloton d'exécution, et je me sens assez proche de cela en ce moment.

— Je ne dirai rien, dis-je en espérant que cela mettra fin à son interrogatoire.

Charlotte m'arrache la télécommande des mains et la tient hors de ma portée. Elle est plus grande que moi de quelques centimètres, il ne sert donc pas à grand-chose que j'essaie de me battre avec elle pour la télécommande. Mais cela ne veut pas dire que je vais raconter en détail ce qui s'est passé hier soir.

— C'est vrai. Il est venu te chercher à la fête. Qu'est-ce qui s'est passé après ?

Charlotte a l'air sincèrement intéressée, mais elle veut juste les détails.

— Je me suis fait draguer par cet abruti avec qui j'ai cours, et j'ai voulu partir. Je ne t'ai pas trouvée, alors sur le chemin du métro, j'ai appelé Jasper pour avoir quelqu'un à qui parler puisque c'est une longue marche.

— Et ?

— Il m'a proposé de venir me chercher.

Il n'y a rien de scandaleux à ce qu'il vienne me chercher. Nous sommes colocataires et amis. Je considère Jasper comme un ami.

— Fin de l'histoire.

— Foutaises !

Charlotte rit.

— Ce n'est pas tout ce qui s'est passé. Alors, vas-y, raconte.

Je souris mais je détourne le regard.

— Il ne s'est rien passé. Nous ne sommes que des amis.

— C'est vrai, dit Charlotte d'un air entendu. Des amis qui font l'amour par téléphone. Et tu portes ses vêtements.

Je jette un coup d'œil sur les vêtements que je porte.

— Mon linge est sale.

— Et la tenue que tu portais quand je suis venue ?

Charlotte est pleine de questions, et rien ne semble lui échapper.

— Est-ce qu'on regarde le film ou est-ce qu'on reste debout toute la nuit à faire des commérages sur mon manque de vie sexuelle ?

Charlotte esquisse un sourire.

— Oui, je ne crois plus à cette mascarade innocente, mais si tu ne veux pas me le dire, très bien. Je le demanderai à ton petit ami quand il sera là.

— Ce n'est pas mon petit ami, dis-je, mais même moi, je n'ai pas l'air convaincue.

———

Le reste de la semaine, je suis occupée par les cours et le travail. Jasper n'étant pas en ville avec l'équipe, je demande quelques heures de travail supplémentaires au Mad Tea House. J'ai besoin d'argent et l'appartement semble vide quand je rentre seule le soir.

Je n'ai pas vu Charlotte, sauf pour déjeuner sur le campus entre les cours. Elle m'envoie des textos tous les jours, me demandant s'il y a des nouvelles torrides de mon petit ami hockeyeur, et m'envoie des bribes qu'elle trouve de lui jouant au hockey en ligne, des extraits du match qu'il a joué la veille.

Je jure qu'elle le traque plus que moi - plus que je ne le faisais, en tout cas.

Mais j'aime bien voir les vidéos de lui en train de jouer, et quand il sera de retour en ville, je veux le surprendre et me montrer à l'un de ses matchs. Et peut-être que cette fois, je porterai son maillot. Même si c'est amusant de l'énerver.

L'équipe du soir au salon de thé est très occupée, et je suis surprise quand Emerson arrive, accompagnée de Bristol.

— C'est ici le Mad Tea ? demande Bristol, les yeux écarquillés.

Elle se détache de la main de ma sœur et court dans le salon de thé en jetant un coup d'œil aux murs et à la décoration sur le thème d'Alice au pays des merveilles. La plupart des objets sont hors de portée, à l'exception de la table pour enfants que nous avons installée dans un coin et dont le mur est orné d'une fresque.

— Oui, dit Emerson. Quel parfum veux-tu ?

Elle lit les descriptions à Bristol pendant que j'attends que les deux passent commande. Il y a eu beaucoup de monde toute la journée, mais l'heure qui vient de s'écouler a ramené un peu de calme.

Je prépare les boissons d'Emerson et de Bristol, et je ne peux m'empêcher de me demander s'il n'y a pas une autre raison pour laquelle ma sœur a décidé de se présenter là où je travaille. Elle n'est jamais venue ici auparavant, du moins pas pendant que je travaillais derrière le comptoir.

Emerson ne vit pas près du campus. On dirait qu'elle a fait un détour pour me voir.

— C'est ta sœur ? demande Maggie.

Elle travaille au comptoir avec moi aujourd'hui, car Samantha ne s'est encore pas présentée.

— C'est ça, et sa future belle-fille.

— C'est gentil. Tu peux faire une pause et aller discuter avec elles quelques minutes. L'endroit est calme. Je m'en occupe.

— Merci, dis-je en enlevant mon tablier et en rejoignant Emerson et Bristol.

— Il y a un match vendredi en ville. Je peux nous trouver des places ensemble si tu veux venir soutenir l'équipe.

— Ce serait sympa. J'ai du travail l'après-midi, mais c'est un match en soirée, non ?

— Oui, un match en soirée. Tu devras porter le maillot de Greyson si tu viens.

Je ne peux m'empêcher de me demander si elle a entendu parler des deux autres incidents au cours desquels j'ai porté le maillot des Island Bruisers. Je n'en parle pas et je ne demande pas quel Greyson je suis censée représenter.

— Je pense que je peux en trouver un dans sa commode.

— Tu fouilles dans la commode de ton colocataire ? demande Emerson en haussant un sourcil.

Bristol s'esclaffe et je jette un coup d'œil à la petite, incertaine qu'elle comprenne de quoi Emerson parle.

— Il m'arrive d'emprunter un maillot ou autre chose, dis-je avec dédain.

— Comme celui que tu portais à la fête le week-end dernier ? demande Emerson.

Bristol boit à petites gorgées et regarde Emerson avec un sourire suffisant.

— Tu as emprunté un des maillots de papa.

— Oui, et je le regrette à chaque seconde, dit Emerson.

Bristol rayonne fièrement, comme si elle avait concocté un plan diabolique pour mettre Emerson dans le pétrin. Je ne m'étonnerais pas qu'une enfant de six ans ait un plan et que ma sœur tombe dans le panneau.

— Ça a l'air intéressant , dis-je en attendant que Bristol s'explique.

Emerson lui jette un coup d'œil pour qu'elle se taise, et je me sens complètement exclue.

— Tu me le diras plus tard, murmuré-je à la petite.

Ma sœur s'ébroue et roule des yeux.

— On ne va pas faire ça.

Bristol tend son petit doigt comme si elle me promettait de me le dire plus tard. Est-ce la nouvelle signification d'une promesse du petit doigt ?

Les enfants d'aujourd'hui.

Je relie mon petit doigt au sien avant de me lever. Ma pause est terminée depuis longtemps, et Maggie a eu la gentillesse de ne pas me faire remarquer que je devrais être en train de travailler.

Emerson est-elle passée pour m'inviter au match, ou voulait-elle autre chose ? Elle aurait tout aussi bien pu m'envoyer un texto.

— Merci pour l'invitation. Je serai là.

La semaine s'éternise. Jasper et moi échangeons quelques brefs textos, rien de scandaleux ou d'excitant. Il me fait savoir qu'il rentrera tard jeudi, mais qu'il ne faut pas l'attendre car leur vol est retardé à cause des orages en Caroline du Nord. Je ne l'entends même pas rentrer jeudi soir, et il est parti vendredi matin avant que je ne me lève pour aller en cours. Mais je peux dire qu'il est rentré à la maison hier soir. Il y a une valise dans sa chambre, la porte est ouverte, et son odeur fraîche embaume le salon, tout comme le café. Il en a préparé avant de partir, et je jure que cet homme connaît le chemin qui mène à mon cœur.

Ma journée commence bien, parfaitement, jusqu'à ce que j'aille en cours de statistiques, que je m'assoie et qu'Atlas Storm décide de prendre la chaise à côté de moi. Si ce n'est pas déjà assez que je déteste le cours, le fait d'avoir affaire à Atlas me met de mauvaise humeur. Mais je ne veux pas que cela me dérange. C'est un moins que rien, un athlète universitaire qui espère profiter du nom et de la fortune de son frère. Il pourrait être un bon joueur. Je ne l'ai jamais vu jouer.

— Tu viens au match des Bruisers ce soir, reine des glaces ? demande Atlas.

— Je ne veux pas te parler.

Je devrais être soulagée qu'il ne m'invite pas à son match sur le campus, car il n'y a aucune chance que je veuille y assister et l'encourager dans les gradins.

Les Ice Dragons jouent ce soir contre les Island Bruisers, mais pas dans leur stade. Comme les deux équipes sont basées à New York, les Ice Dragons n'ont pas beaucoup de chemin à faire. C'est presque comme si on était à la maison sans le soutien des supporters. C'est pourquoi Emerson m'a proposé de venir encourager l'équipe. Ils ont besoin de tout le soutien possible. Du moins, je suppose que c'est la raison de l'invitation.

Atlas se tourne vers moi.

— Je peux te trouver des places sur la glace, juste derrière la vitre. Mon frère a des relations, ce qui veut dire que j'ai des relations aussi.

— J'ai déjà des billets pour ce soir, dis-je en grimaçant, regrettant de lui avoir parlé.

Je ne veux pas avouer que j'ai des projets et que je serai au match.

— Tu y vas avec des amis ou avec un rencard ? demande Atlas.

Est-ce qu'il cherche vraiment à savoir si je suis célibataire ? Qu'est-ce qui ne va pas chez lui ? Il faut que je mette fin à ce qu'il pense être notre relation, car je n'ai aucun intérêt pour lui. Qui peut bien donner le surnom de reine des glaces à une fille qu'il drague ? Personne. Certainement pas Atlas Storm.

Comment se fait-il que les filles lui courent après ?

— Mon petit ami joue pour les Ice Dragons, dis-je.

— Ton petit ami ? répète Atlas, et il se redresse, la mâchoire serrée. Je ne savais pas que tu voyais quelqu'un. Il n'était pas à la fête avec toi le week-end dernier.

— Il n'assiste pas aux fêtes stupides du campus, dis-je, essayant d'excuser toute cette histoire, et je me déplace, tournant mon attention vers le professeur qui entre dans la salle de classe, l'air ébouriffé.

C'est à peu près ce que je ressens, mais j'essaie de rester calme. Je n'ai pas besoin qu'Atlas Storm me mette dans tous mes états.

Il rit sous son souffle et se penche en arrière, croisant les bras sur sa poitrine.

— Qui que soit ton petit béguin, ce n'est pas ton petit ami. Il n'y a aucune chance que tu sortes avec un joueur de la NHL.

Suis-je folle de lui avoir parlé de Jasper ? Techniquement, nous ne sortons pas ensemble, mais nous sommes colocataires, et je pense qu'il me rendrait service si je lui disais franchement qu'Atlas

Storm me harcèle en classe et que j'ai besoin d'une faveur. Atlas ne croit pas à mon histoire, mais je ne suis pas sûre de m'être convaincue moi-même non plus, ce qui est la moitié de la bataille. Même si c'est évident, Jasper a des sentiments pour moi. Je suis un peu inquiète de savoir combien de temps ces sentiments vont durer. Il se concentre sur sa carrière, et si le sexe est médiocre ou carrément horrible ? Que se passera-t-il alors ?

— Je me fiche de ce que tu crois, dis-je en haussant les épaules et en ouvrant mon manuel.

Je suis en fait soulagée lorsque le professeur commence son cours. Autant je déteste les statistiques, autant je méprise Atlas Storm. Il n'est pas convaincu, et je ne lui parle pas pendant le reste du cours.

Dès que les statistiques sont terminées, j'attrape mon sac et je sors en courant, mes livres encore dans les mains. D'habitude, je range mes affaires avant de partir, mais il faut que je sorte de là avant de dire quelque chose de regrettable.

— Hé ! Attends, m'appelle Atlas.

J'accélère le pas, mais il est plus grand et marche à grandes enjambées, ce qui lui permet de me rattraper facilement. Je jure sous ma respiration, mais le son est à peine audible par-dessus le vacarme des étudiants qui se déversent hors des amphithéâtres.

— Je serai au match ce soir avec des amis. Puisque ton petit ami joue ce soir, tu devrais nous présenter.

Est-ce sa version d'une offre de paix ? Une trêve ?

Je me retourne pour lui faire face.

— Et pourquoi je ferais ça ?

Atlas et moi ne sommes pas amis. Je ne sais pas pourquoi je laisse un seul mot de ce qu'il dit me déranger. Mais je ne peux pas laisser passer ça.

— Parce que je pense que tu racontes des conneries.

VINGT-QUATRE
JASPER

J'AI à peine aperçu Amber. Pas parce que je n'en avais pas envie, mais parce que nos agendas ne se sont pas accordés. Je veux l'inviter à sortir et la charmer avec un dîner élégant, mais j'ai passé toute la semaine à voyager. Maintenant que je suis de retour, je me suis levé tôt pour aller à la salle, et elle dort encore.

J'ai discrètement cherché un endroit sympa où l'emmener sans demander de recommandations à mes connaissances, car cela entraînerait trop de questions. Je range mon téléphone dans mon casier. Je ne peux pas continuer à vérifier mes messages pour voir s'il y a des textos d'Amber. Son dernier message remonte à une heure.

Bonne chance ! Ne te casse pas une jambe. Casse la jambe de quelqu'un d'autre.

J'essaie de ne pas rire, mais je suis sûr que je fais un sourire idiot. Je dois me ressaisir. Je ne veux pas que les gars me taquinent, ni que Kyler me charrie quand il découvrira ce qui se passe entre Amber et moi.

Dos à Kyler, il se racle la gorge.

— Tu es étonnamment silencieux. Tu es prêt pour ce soir ? demande-t-il.

Nous sommes dans les vestiaires, en train de nous préparer pour le match de ce soir contre l'équipe que je méprise le plus, les Island Bruisers.

— Pourquoi ne le serais-je pas ?

C'est une équipe réputée pour jouer de manière déloyale. Ils ont même menacé l'un de nos joueurs, entre autres dans la ligue. Il a été arrêté, exclu du hockey et incarcéré. La ligue a tenté d'étouffer le scandale, et je ne connais les détails que parce que ma nièce a été menacée.

Mon dégoût pour eux remonte encore plus loin avec Atlas Storm. Nous avons joué ensemble au hockey au début de l'adolescence. Ce type m'a volé ma petite amie, Bridget Malister, en utilisant le nom de son frère pour la séduire. Le fait que Knox Storm ait été sélectionné au premier tour de la draft a illuminé ses yeux. De plus, Atlas lui avait promis des billets pour les matchs des Island Bruisers, avec une place dans la Ice Box.

Je ne pouvais pas rivaliser avec ça, et je n'ai même pas essayé. Je l'ai fantasmée autant qu'un enfant peut le faire, étant donné que nous allions à la même école et avions quelques cours ensemble. J'aimerais pouvoir dire que je ne sais pas ce qu'elle devient.

Oh, je le sais. Je la vois même de temps en temps. Elle est une fervente supportrice des Island Bruisers.

La rumeur dit qu'elle a couché avec Knox Storm dès que l'occasion s'est présentée. Ce n'est pas une grande surprise. Je ne lui accorde même pas un regard quand on se croise. Elle est morte pour moi. Aussi froide que la glace sur laquelle je patine.

— J'ai hâte de voir un bon match ce soir. J'ai entendu dire qu'Em et Amber seraient dans les tribunes pour nous encourager, dit Kyler.

Il chausse ses patins, et nous sortons des vestiaires pour nous rendre dans le couloir, en attendant l'annonce de notre présentation.

J'inspire profondément. J'aime l'idée d'Amber dans les gradins, m'encourageant. J'espère qu'elle a repris ses esprits et qu'elle porte un maillot des Ice Dragons avec mon numéro.

Nous faisons notre entrée, patinant sur la glace. Immédiatement, nous sommes hués et insultés, car nous sommes l'équipe rivale au stade. Cela ne me dérange pas. Je m'y suis habitué, et j'ai tendance à ignorer les bruits tout en me concentrant sur le match.

Il y a une mer de bleu dans la foule, leurs maillots ressemblent à l'océan, avec des taches dorées comme la crête d'une vague, représentant la poignée de supporters qui nous soutiennent. Il y a plus de fans au stade de New York que lorsque nous étions en Caroline du Nord, mais les sièges les plus proches de la glace sont tous recouverts de bleu.

Aucune trace d'Amber ou d'Emerson, du moins pas d'après ce que je peux voir. Mais si Kyler dit qu'elle est au match ce soir, je garderai les yeux ouverts. Les lumières clignotent, la musique retentit alors que nous patinons sur la glace avant de retourner au banc des joueurs, prêts pour la première période.

— Ta fiancée n'est pas là, dis-je.

Kyler marmonne, mais le rugissement de la foule rend difficile de l'entendre.

La première période est laborieuse. L'équipe semble déconnectée du jeu, moi y compris. Knox raconte des sottises sur la glace, une habitude chez lui, mais je ne suis pas d'humeur à écouter ses balivernes. Notre performance n'est pas à la hauteur, sans excuse valable. Peut-être distraits, mais cela ne justifie pas notre médiocrité. Nous lançons le palet, le cédons à l'ennemi qui en profite pour marquer. Ces salauds jubilent, se vantant d'être les rois de la glace.

Heureusement, notre gardien, Aiden, s'en sort bien ce soir, sinon le score serait trois fois pire, et nous perdrions par quatre points. La situation n'est pas plaisante, et nous n'avons même pas réussi à marquer un seul but. Kyler, Owen et moi sommes retirés de la ligne d'attaque.

— C'est quoi ce bazar ?

Le coach Malone lève les bras en l'air, exigeant une explication de notre part. Nous n'avons pas de réponse, mais le coach fixe Kyler.

— Tu as quelque chose à me dire ?

Kyler grince des dents.

— Tu vas me le dire ?

Les yeux de Malone se rétrécissent, et je crois voir de la vapeur s'échapper de lui. Il y a de l'irritation, mais il y a aussi le risque de se mettre à dos le coach, ce qui n'est pas l'endroit idéal.

Kyler serre les lèvres et secoue la tête sans un mot. Pas besoin d'être un génie pour comprendre la tension entre eux. Tendu est un euphémisme. Je donne un coup de coude à Kyler.

— On va se reprendre.

Il jette un regard dans les tribunes, m'ignorant.

— Qu'est-ce qui se passe ? demandé-je en suivant son regard.

Les filles ne sont pas dans la pire section possible, mais mon estomac se retourne en voyant Atlas Storm assis à côté d'Amber. Tout ce que je veux, c'est sauter la vitre et lui casser la figure. Est-ce qu'ils se connaissent ? Comment ? Peut-être que c'est une coïncidence, mais je doute.

Ma bouche est sèche, remplie de bile quand les mots quittent mes lèvres.

— Ils sont amis ?

— Ce n'est pas le gars qui t'a volé ta première petite amie ? demande mon frère.

Je tousse et me racle la gorge.

— C'est un connard mais au moins, il m'a évité de perdre du temps avec Bridget Malister.

Un sourire apparaît sur le visage de Kyler.

— Ouais, je n'arrive pas à croire que la préadolescente avec qui tu sortais s'est révélée être une groupie.

— On avait treize ans quand on a commencé à

sortir ensemble. Mais elle m'a quand même laissé tomber pour une paire de billets de hockey.

Elle flirtait ouvertement avec Atlas en ma présence. Les jours où Knox allait chercher son petit frère à l'entraînement, elle se mettait en quatre.

Kyler grogne.

— La prochaine fois que tu sors avec une fille, Em et moi voulons la rencontrer et décider si elle est assez bien pour toi.

— Tu crains qu'elle profite de moi pour mon physique et mes talents d'athlète ?

Les yeux de Kyler s'écarquillent.

— Tu parles comme si tu avais rencontré quelqu'un.

Rien n'échappe à mon grand frère. J'espérais repousser l'histoire de notre rencontre avec Amber de quelques années. Même le sexe par téléphone est compliqué quand on partage une chambre d'hôtel avec mon frère aîné. Mais maintenant que je suis de retour à la maison, j'espère passer du temps avec Amber, l'inviter à sortir, lui faire plaisir. Je ne veux pas précipiter les choses, mais la simple pensée de ses lèvres sur moi me donne envie d'exploser.

— Jasper ?

Je ne réponds pas assez rapidement, et il passe en mode interrogatoire de grand frère.

— C'est quelqu'un que je connais ? demande-t-il.

— Ce n'est pas quelqu'un que tu ne connais pas, dis-je, évitant soigneusement de lui dire oui directement.

— Qui ? insiste Kyler. C'est une fille d'une autre ville que tu as rencontrée en voyage pour un match ? La fille aux cheveux rouges à Atlanta, ou c'était à Chicago ? Elle n'arrêtait pas de te courir après au bar quand tu allais chercher à boire.

J'avais oublié cette fille. Elle flirtait avec les autres et était terriblement ivre. Je ne peux qu'imaginer la gueule de bois qu'elle a dû avoir le lendemain. Je l'ai fait asseoir sur un tabouret et ai demandé au barman de lui appeler un taxi.

— Oui, elle habite dans une autre ville, dis-je, les mots glissant facilement sur ma langue.

Amber et moi n'avons pas discuté de ce que nous dirions à nos frères et sœurs à propos de notre relation. Et comme nous ne savons même pas ce que c'est, parler d'abord à nos proches semble prématuré.

— Je savais que tu faisais l'amour par téléphone l'autre soir à l'hôtel !

Kyler le dit un peu trop fort.

Owen nous observe tous les deux, les yeux écarquillés d'incrédulité.

— Allez, raconte, insiste-t-il. Ça a l'air d'être une histoire croustillante.

— Ce n'est pas vrai, dis-je, lançant un regard noir à Kyler. Tu m'as interrompu. De plus, je ne rentre pas dans les détails intimes.

C'est tout ce qu'ils obtiendront de ma part. J'espère que cela suffira à apaiser leur curiosité pendant qu'Amber et moi explorons ce qui se développe entre nous.

— Est-ce que ta petite amie est préoccupée par le fait que tu aies une colocataire ? demande Kyler. Je veux dire, tu n'en as pas parlé quand j'ai suggéré à Amber d'emménager avec toi. Et d'ailleurs, j'ai l'intention de payer son loyer.

— Pourquoi tu ferais ça ?

— Je t'ai demandé de la prendre en charge pour qu'Em et moi puissions avoir un peu d'espace.

— Je n'accepte pas ton argent. Amber paie sa part du loyer.

Kyler semble déconcerté.

— Tu t'attends à ce qu'elle paie la moitié ? Tu sais qu'elle est à l'université et travaille comme serveuse dans une boutique sur le campus.

— Elle travaille au Mad Tea, précisé-je, conscient de sa situation. Et je ne lui fais payer qu'une petite partie de ce qu'elle payait déjà en loyer au dernier endroit qui a brûlé.

Mon frère me donne une tape dans le dos.

— Tu es un bon gars. Elle a de la chance de t'avoir comme ami et colocataire. Mais je veux toujours couvrir sa part. Je te l'ai refilée.

— Je n'ai pas besoin de ta charité.

— Non, mais tu es mauvais sur la patinoire, et si tu continues à patauger comme un poisson, tu n'auras pas d'autre contrat quand tu seras agent libre.

— Le jeu est minable, dis-je.

J'ai encore le temps d'affiner ma carrière, de tout mettre au point avant d'attendre les offres et d'espérer qu'on me choisisse pour un nouveau contrat. Je grommelle dans mon souffle :

— Et je déteste les Bruisers.

— Moi aussi, grogne Kyler. Knox est le plus grand des imbéciles.

— Je ne suis pas fan non plus, déclare Owen. Mais je veux dire, je n'aime aucune des équipes que nous jouons. Ce sont toutes des rivales. Maintenant, qu'est-ce que tu disais, Jasper, à propos d'une petite amie ?

Je gémis et me concentre à nouveau sur le jeu.

— Je n'ai rien dit.

Je refuse de leur donner des munitions pour me chambrer davantage, car ils ne sont pas près de laisser tomber cette affaire.

Au cours de la deuxième période, l'entraîneur Malone nous offre, à Owen, Kyler et moi, une nouvelle chance de nous racheter sur la glace. Nous travaillons mieux ensemble, nous nous concentrons et nous marquons trois buts.

Nous sommes toujours menés d'un point, mais au moins nous avons réussi à rattraper notre retard, et lorsque nous étions sur le banc, nos coéquipiers ont empêché quiconque de marquer contre nous.

Il y a des positions pires, je suppose. À la troisième période, Kyler marque un but pour égaliser le score, et je marque le but qui nous permet de prendre une longueur d'avance.

J'envoie un baiser à Amber dans les tribunes, en la pointant du doigt pour qu'elle sache que ce tir victorieux était pour elle.

— Jasper, pourquoi tu dragues ma fiancée ? grogne Kyler, interprétant mal le baiser.

Il me crie dessus à travers la glace, et pendant un instant, je pense qu'il est sur le point de me tabasser, mais Knox Storm revient avec un sourire dégoûtant sur le visage.

— Deux frères qui s'en prennent à la même fille, lance Knox avec un sourire moqueur.

Il essaie de m'atteindre, suffisamment odieux pour que je jure que Kyler l'entende aussi.

Emerson et Amber sont assis l'une à côté de l'autre. Le baiser était à cent pour cent destiné et envoyé à Amber. Mais si je le dis à mon crétin de frère, je ne suis pas sûr qu'il sera aussi indulgent.

— Enfonce ta crosse dans ton trou de balle, Storm.

Je lui assène un coup d'épaule, le plaquant contre la vitre tout en me battant pour le palet qui glisse sur la glace à nos pieds.

— Tu ne peux pas avoir ta propre copine. Tu dois voler celle de ton grand frère ? lance Knox en me poussant en arrière.

Je jette ma crosse sur la glace.

— C'est ce que dit le loser qui a couché avec ma copine de treize ans.

— Whoa ! grogne Knox alors que je lui assène un uppercut sur la mâchoire, son casque s'envolant. Elle était en règle quand je l'ai fréquentée.

Je ne me sens pas beaucoup mieux pour autant.

— Ah oui ? J'avais treize ans. Elle m'a laissé pour toi.

Ce n'est pas exactement ainsi que cela s'est passé.

Elle était avec son jeune frère, Atlas, avant de s'intéresser à Knox à dix-huit ans, du moins c'est ce que j'ai entendu dire. Elle l'a suivi comme une groupie, probablement en le suppliant de lui donner une chance. Le dégoût me remplit comme un ballon de plomb, mon estomac lourd et nauséeux alors que je frappe Knox de mon poing. Il riposte aussi fort que moi.

— Et c'était des lèvres incroyables, connard, grogne Knox, ses poings s'écrasant contre mon torse.

La sueur coule sur mon front, et finalement, deux joueurs interviennent, nous séparant l'un de l'autre, nous empêchant de nous déchirer.

Nous sommes tous deux jetés sur le banc des pénalités, et je refuse de jeter un coup d'œil dans la direction où Amber et ce connard sont assis. Pourquoi diable est-elle avec lui ? C'est pour me torturer ?

Elle ne sait rien d'Atlas et de notre passé. Comment le pourrait-elle ? Ce n'est pas quelque chose dont je parle. Qui veut revivre son premier chagrin d'amour et sa première trahison ?

C'était il y a des années et ça ne devrait pas avoir d'importance, mais le voir à côté de celle que j'aime me fait bouillir de l'intérieur. Je fais confiance à Amber. Même si je ne sais pas ce que nous sommes, je lui fais confiance sans aucun doute. Le fait que nous soyons colocataires et que je ne l'ai jamais vue amener Atlas dans les parages m'aide aussi.

Que tout cela soit une coïncidence. Qu'ils soient deux personnes qui ont acheté des billets et qui sont assis l'un à côté de l'autre. Je me déteste pour m'être battu avec Knox, pour l'avoir laissé m'atteindre. En guise de punition, je jette un coup d'œil à Atlas dans les tribunes. C'est peut-être aussi un peu de désir qui me pousse à regarder Amber dans cette direction.

Mais elle n'est plus là. Elle n'est pas à sa place. Emerson est seul, et Atlas est parti lui aussi. Chaque fibre de mon être me fait souffrir. Je pourrais facilement mettre ça sur le compte des coups de poing portés à ma poitrine, à mon cou, et même de quelques coups portés à mon visage.

Mais ce n'est pas ça qui fait mal. C'est le fait qu'Amber et Atlas soient seuls ensemble qui me fait mal. J'ai confiance en elle, mais je n'ai pas confiance en lui. Je ne sais pas s'il ne la touchera pas. La blesser. L'utiliser. Pour m'atteindre.

Il y a toujours eu de la jalousie de son côté. Le fait que je sois maintenant dans la NHL, et qu'il n'ait jamais été sélectionné dans la draft d'entrée, doit piquer.

Je veux sortir du banc des pénalités. Bon sang,

jetez-moi hors du jeu si c'est ce qu'il faut pour que je puisse aller voir Amber et m'assurer qu'elle va bien.

Chaque seconde est un enfer angoissant pendant que j'attends d'être libéré. Le temps ne s'est jamais écoulé aussi lentement. Le préposé au banc des pénalités ne m'accorde aucune attention, se concentrant sur sa tâche et regardant l'horloge.

J'essaie d'attirer son attention en chuchotant :

— Psst. Avez-vous votre téléphone portable à portée de main ?

Il me jette un coup d'œil par-dessus son épaule.

— Tu n'as jamais appris la discipline.

Il me tourne le dos. Ce n'est pas gagné d'envoyer un texto à Amber pour s'assurer qu'elle va bien.

Il n'y a toujours aucun signe d'elle, et plus j'attends, plus mon estomac se remplit d'effroi. Emerson ne laissera rien arriver à Amber, ce qui me fait dire qu'elle est partie de son plein gré avec ce connard d'Atlas.

VINGT-CINQ

AMBER

OSERAIS-JE LE DIRE ? J'aime le hockey, surtout quand Jasper foule la glace. Cependant, son charme s'estompe sur le banc des pénalités, une habitude qu'il semble chérir. Le match, bien que captivant, se perd dans ma conscience, dominée par la présence d'Atlas Storm à mes côtés.

Au début de la première période, un voisin se lève pour une bière, laissant sa place à Atlas qui s'empresse de s'en emparer. Je tente de protéger mon territoire :

— Cette place est occupée, dis-je.

C'est une concession sociale que je m'accorde, peut-être un suicide social, ou peut-être un homicide social, si cela existe.

Atlas semble déterminé à anéantir ma réputation

à l'université de New York, agissant comme un véritable trou du cul.

— Ton ami ? demande Emerson, lançant un regard rapide à Atlas.

— Non, dis-je rapidement, mais Atlas réplique avec un « oui » retentissant.

Emerson semble s'en moquer, se plongeant entièrement dans le jeu, une qualité que j'apprécie.

Atlas, focalisé sur la patinoire, commente sur nos sièges inconfortables.

— Ces places sont nulles. Tu aurais dû accepter mon offre, dit-il.

Mon refus est net :

— Je n'attends rien de toi.

Son regard persiste, sa main tendue vers mon bras. Je la retire promptement.

— Ne me touche pas, lui dis-je sèchement.

Il rétorque avec arrogance :

— Ce n'est pas comme si quelqu'un d'autre te touchait. Sortir avec un joueur de hockey, reine des glaces, vraiment ?

Je respire profondément, priant pour que ma sœur ne l'entende pas. Atlas continue à déverser son venin, proclamant que ceux avec qui je sors ne me regardent même pas.

— Tu es un menteur, dis-je, lui donnant un coup de coude. Va te faire foutre.

Je le renvoie à sa place, concentrée sur le match. Jasper semble distrait, ce qui n'aide pas quand il offre pratiquement le palet aux Island Bruisers.

— Tu es nul, Greyson ! crie Atlas, se levant brusquement.

Aucun joueur n'entend, mais je ressens une haine grandissante envers lui.

— Va te faire foutre, dis-je, le fixant.

— Oh, j'ai touché un point sensible, ricane-t-il. Ce n'était pas difficile de savoir lequel.

Il fait un signe de tête vers mon maillot, le numéro 45, celui de Jasper Greyson.

Emerson reste impassible.

— Retourne à ta place, dis-je, cherchant le propriétaire initial de cette place.

— C'est ma place. J'ai échangé des billets avec ce type. Il ne reviendra pas pour ces sièges de merde, affirme Atlas.

— Pourquoi ferais-tu ça ?

Je ne comprends pas. Pourquoi voudrait-il s'asseoir à côté de moi ? Est-ce si vital pour lui de rendre ma vie misérable ?

— Comme je l'ai déjà dit, je ne crois pas que tu sortes avec l'un des joueurs.

— Nous ne nous sommes pas rencontrés, intervient Emerson, oscillant entre détruire ma dignité et la défendre. Mon fiancé s'appelle Kyler Greyson.

Atlas fixe ma sœur, interrogateur.

— Il t'a amenée sur la glace et t'a demandée en mariage. C'est un coup de pub ?

Atlas lance un regard d'Emerson à moi, incertain.

— Et tu sors avec le frère de Kyler ? demande-t-il.

— Nous vivons ensemble, dis-je.

Ce n'est pas un mensonge. Nous partageons un appartement, pas une chambre. Il grogne.

— Ah oui ? demande Atlas, croisant les bras. Prouve tes liens avec les Dragons, si tu en as vraiment.

— Le prouver ? demandé-je, perplexe quant au jeu auquel il joue.

— La famille, les proches, ont un accès VIP. Où est ton badge ? demande-t-il, son badge VIP fièrement exposé autour de son cou.

Emerson prend la parole, et je retiens momentanément mon souffle.

— Ce n'est pas notre stade. Nous n'avons pas de salle pour les femmes lors de nos déplacements, ni un badge VIP à chaque match, surtout lorsque nous surprenons les gars en nous présentant à l'un de leurs matchs à l'extérieur.

— Je parie que c'est une surprise, murmure-t-il. Et vous avez une invitation pour la salle des femmes ?

— Oui, répond Emerson.

Je ne sais pas si elle répond pour elle ou pour moi. Est-ce un mensonge, ou a-elle réellement accès à la salle des femmes ? Est-ce que cela existe même ?

— Putain, où est Jasper ? demandé-je, réalisant qu'il n'est plus sur la glace.

Il est sur le banc des joueurs, et les Dragons subissent une déroute.

— Lui et Kyler ont été mis sur le banc, dit Emerson.

Je suis surprise que le connard à mes côtés ne jubile pas, mais il est concentré sur son frère Knox, qui tente de marquer.

Les Ice Dragons tiennent plutôt bien les Island Bruisers à distance, rendant le match passionnant. À la troisième période, Jasper semble s'être reconcentré et m'envoie même un baiser dans les gradins, faisant fondre mon cœur et, osons le dire, ma culotte.

— Tu vois, je t'avais dit que c'était mon petit ami, dis-je en lançant un regard à Atlas.

Je peux sentir le regard brûlant d'Emerson qui attend une explication. Je suis surprise qu'elle ne m'interroge pas, mais elle est douée pour lire les gens, et mon malaise vis-à-vis d'Atlas est évident.

— Il aurait pu embrasser n'importe qui dans les tribunes, dit Atlas en haussant les épaules. Je n'y crois pas.

— Combien de fans des Dragons vois-tu par ici ? demandé-je.

Atlas serre les lèvres mais ne répond pas. Il doit savoir que j'ai raison.

— Ça ne veut rien dire, Amber, dit-il. Je pense toujours que tu es une menteuse.

— Je vais te le prouver.

Me levant, je traverse la rangée en traînant des pieds, me dirigeant vers l'allée qui s'éloigne de la patinoire.

— Où vas-tu ? demande-t-il en me poursuivant.

Je ne sais vraiment pas ce que j'ai l'intention de faire. Ce n'est pas comme si je pouvais entrer dans les vestiaires et prendre Jasper Greyson dans mes bras, même si j'en ai envie pour prouver à Atlas qu'il se trompe.

— Voir mon petit ami.

— Ça devrait être amusant, dit-il avec un sourire en coin en me suivant dans le stade.

Sauf que je ne sais pas comment me rendre aux vestiaires, ni comment monter sur le terrain. Nous n'avons pas de sièges près de la vitre et ne pouvons pas nous diriger vers l'allée sans que quelqu'un ne vérifie nos billets.

Deux gardes se tiennent à l'entrée d'un des longs couloirs. Un fait un signe de tête à Atlas. Se connaissent-ils ?

— Le vestiaire des Island Bruisers se trouve derrière vous, dit le garde en remarquant le badge VIP d'Atlas.

— En fait, je cherchais les Ice Dragons, dis-je en m'approchant, essayant de regarder au fond du couloir.

— Amber !

La voix de Jasper résonne contre les murs.

— Laissez-la passer.

L'agent de sécurité s'écarte et nous fait signe d'entrer.

— Juste la fille ! s'écrie Jasper.

— Désolée, dis-je avec un sourire narquois et un haussement d'épaules en allant vers Jasper.

— Arrête de mater son cul ! lance Jasper à Atlas alors que je me dirige vers lui.

Il y a de l'agitation derrière, le jeu n'étant pas terminé.

— Qu'est-ce que tu fais ici ? lui demandé-je en secouant la tête et en le regardant.

— C'est à toi que je devrais poser cette question, et avec lui !

Il ouvre brusquement la porte du vestiaire et me fait signe de le suivre. Je m'attendais à voir des casiers ouverts et un banc, mais il y a un long couloir à l'entrée. Est-ce là que la presse attend pour interviewer les joueurs après un match ?

Sur la droite, des dizaines de numéros sont collés au mur, avec des crosses de hockey bien alignées pour les joueurs. Je jette un coup d'œil sur chaque détail, des numéros correspondant aux maillots des joueurs aux couleurs des Island Bruisers partout et à leur logo sur le sol.

— Il est dans un de mes cours de statistiques, dis-je en grimaçant.

— Et tu l'as invité à mon match ? demande Jasper.

— Je ne l'ai invité nulle part. Son frère joue dans l'autre équipe.

— Je le sais, dit Jasper. Mais il était assis avec toi."

— Encore une fois, je ne l'ai pas invité. Je pense qu'il a payé le gars pour qu'il change de place ou qu'il échange ses billets avec lui.

Je traîne les pieds, légèrement mal à l'aise sous son regard.

— Tu es jaloux ?

— Atlas est un con.

Je ne supporte pas Atlas, mais je n'ai jamais parlé à Jasper de la fête, et il n'y a aucune chance qu'il ait pu entendre un mot de ce qui s'est dit depuis les gradins.

— Qu'est-ce qui te fait dire ça ? demandé-je.

Est-ce qu'ils se connaissent tous les deux ? Je reconnais qu'Atlas est un salaud, mais je n'ai pas l'intention de faire part de mes griefs à Jasper. J'ai l'impression qu'il pourrait s'en prendre à lui et que le combat ne se déroulerait pas sur la glace.

— C'est du passé avec lui, marmonne Jasper avant de me lancer un regard noir. Qu'est-ce que tu faisais avec lui là-bas si vous n'étiez pas tous les deux au match ?

Je pousse un gros soupir.

— Longue histoire.

— J'ai le temps.

— Tu n'es pas censé être sur la glace ou avec ton équipe ?

— J'ai été expulsé du match, ce que tu aurais vu si tu avais été dans les gradins.

Il me regarde fixement et je me déplace

maladroitement sur mes pieds. Je n'ai pas besoin de lui demander pourquoi il a été expulsé. Il s'est probablement battu avec Knox. Ils se sont battus tout à l'heure sur la glace.

— Je lui ai peut-être raconté un petit mensonge, murmuré-je en détournant le regard.

Je ne veux pas sentir le regard intense de Jasper qui me brûle de l'intérieur.

— Et de quel mensonge s'agit-il ?

— Que je sortais avec un joueur des Ice Dragons.

La rage s'échappe de lui et il rit, ses épaules s'affaissent, et il m'attire contre lui pour me serrer dans ses bras.

— Tu parlais de nous, n'est-ce pas ?

Il se retire et me regarde dans les yeux.

Mon cœur s'emballe et ma bouche devient sèche. J'acquiesce. C'est tout ce que je peux lui donner. Le vestiaire est chaud et étouffant, ou peut-être que ce sont ses bras chauds qui m'enveloppent qui me donnent l'impression qu'il fait cent degrés à l'intérieur.

— Bien, dit Jasper, et il effleure ses lèvres contre les miennes.

J'ai envie de lui comme j'ai besoin d'air, et mes doigts tirent sur son maillot, le rapprochant et le serrant davantage. Toutes les fibres de mon être vibrent d'excitation.

— On devrait faire ça plus souvent, en public, murmure-t-il contre mes lèvres.

J'acquiesce, prête à faire tout ce que cet homme me demande.

— Je crois qu'Emerson le sait, murmuré-je.

Si ce n'est pas le cas, elle aurait fait un très mauvais agent du FBI.

Jasper hausse les épaules.

— Kyler le découvrira, mais je m'en fiche. Je craque pour toi, Amber.

Je me mords la lèvre inférieure, la tirant entre mes dents. Je ne veux pas lui dire que je suis déjà tombée amoureuse de l'homme qui me regarde. Je ne suis pas douée pour la vulnérabilité et pour avouer ce que je ressens. Je crains que cela ne le fasse fuir.

— Ton frère devrait être heureux pour nous, dis-je en me mettant sur la pointe des pieds pour embrasser Jasper.

— Il devrait l'être, mais tu es la petite sœur de sa fiancée.

Ses sourcils se froncent et l'agitation commence à se répandre dans le couloir. Le match vient de se terminer.

— Code des frères, dit-il.

— Sérieusement ? Ce n'est pas comme si j'étais sortie avec lui. S'il n'est pas content pour nous, qu'il aille se faire voir.

Je ne peux pas cacher mon mécontentement, le fait que Jasper veuille être avec moi et que la seule chose qui nous sépare soit sa stupide préoccupation pour le code des frères. Je ne vois pas où est le problème.

Il me serre plus fort, ses lèvres s'écrasent sur les miennes alors que les portes s'ouvrent et que l'équipe commence à se déverser dans les vestiaires. Jasper ne rompt pas le baiser. Ses lèvres sont sur les miennes, laissant tout le monde voir que nous sommes ensemble.

Il ne se retient pas, sa langue se fraie un chemin entre mes lèvres, et je l'oblige volontiers, faisant un pas en arrière pour s'écarter du mur alors qu'il me colle à la brique peinte en blanc.

— Prenez une chambre ! rit Noah en se faufilant dans les vestiaires.

Une voix bourrue s'éclaircit la gorge.

— Greyson !

Jasper s'éloigne de l'étreinte des lèvres, mais il tient toujours ses mains autour de ma taille. Ses doigts taquinent mes hanches, frôlant ma peau, allumant un feu au plus profond de moi.

Son entraîneur n'a pas l'air ravi de me voir.

— Tu t'es fait expulser du match et tu fricotes avec une groupie ?

Mes épaules se crispent et Jasper se retourne en grognant contre le vieil homme.

— Ce n'est pas une groupie, Malone. Amber est ma petite amie.

— Petite amie ?

La voix de Kyler résonne dans le couloir, et il regarde de son jeune frère à moi. Je retiens momentanément mon souffle, espérant qu'une nouvelle bagarre n'est pas sur le point d'éclater dans les vestiaires.

VINGT-SIX
JASPER

JE DIS à Amber d'attendre ici, espérant qu'elle m'écoutera pendant que je me dirige vers le couloir et les vestiaires avec les garçons.

Elle ne dit pas un mot, se contentant de regarder ses mains jointes devant elle en s'appuyant sur le mur.

J'entre dans le vestiaire et m'assois à mon casier sur le banc, en défaisant mes lacets. J'enlève déjà mon casque et je l'accroche au crochet qui se trouve à proximité.

— Depuis combien de temps tu te tapes la petite sœur de ma fiancée ?

La voix de Kyler résonne dans le vestiaire. Il est impossible qu'Amber n'ait pas entendu l'accusation.

— Ce n'est pas le cas, mais ça ne te regarde pas.

— C'était avant ou après que je t'ai proposé de te payer ?

Je me moque de sa suggestion.

— Tu m'as supplié de te la prendre, qu'elle était un fardeau à vivre avec toi...

Je délace mes patins et les enlève, les laissant sur le sol.

— Je voulais lui donner un endroit où rester, pas t'arranger un coup avec elle !

— Je ne couche pas avec ! Et va te faire foutre pour essayer de me dire avec qui je peux ou ne peux pas me mettre.

Je me lève et me dirige vers Kyler. Il a aussi enlevé ses patins, mais nous avons tous les deux nos protections et notre équipement, à part nos casques.

— Ecoute-toi ! s'écrie Kyler. Tu ne peux pas te mettre avec elle. C'est ta colocataire ! Qu'est-ce qui va se passer quand tu vas tout foutre en l'air ?

— Je n'ai pas l'intention de tout foutre en l'air, dis-je en m'approchant de lui.

Il me pousse en arrière.

— J'essaie de t'aider. Tu ne le vois pas ?

Kyler ne recule pas, et moi non plus.

— M'aider en contrôlant ma vie ? Je suis en train de tomber amoureux d'elle ! Et on y va doucement, même si ça ne te regarde pas.

— Bien, parce qu'elle est encore vierge. Elle n'a pas besoin de la perdre avec toi.

Je ramène mon poing en arrière, et Noah est sur moi avant que je puisse tabasser Kyler.

— Ça suffit !

Malone s'interpose entre nous. Noah et Owen me font reculer de plusieurs mètres.

— Douche, maintenant !

L'entraîneur me fait signe d'aller aux douches pendant qu'il parle à Kyler. Après une douche rapide, j'évite mon frère pour le reste de la soirée. Il se dirige vers la douche pendant que je retourne au vestiaire pour m'habiller. L'entraîneur Malone m'attend, les bras croisés sur la poitrine.

— Ça ne va pas être un problème, ta nouvelle copine, n'est-ce pas ?

— Pourquoi serait-ce un problème ? Pourquoi la personne avec qui je sors a-t-elle de l'importance pour quelqu'un d'autre que moi ?

Malone acquiesce.

— Ça ne devrait pas, mais si tu veux reconnaître publiquement cette chose entre toi et la fille, elle ne peut pas porter le maillot de l'équipe adverse.

— Je croyais qu'il n'y avait pas de mauvaise presse, dis-je avec un sourire en coin.

— Je suis sérieux, dit Malone en se rapprochant, et il pose une main sur mon épaule.

Parfois, j'ai l'impression qu'il se considère comme un père pour les jeunes joueurs et qu'il leur donne des conseils.

— Tu as encore une année de contrat. Tu n'as pas besoin de faire des vagues...

Je le coupe avant qu'il ne puisse donner d'autres conseils injustifiés.

— Amber portait mon maillot ce soir, au cas où vous ne l'auriez pas remarqué.

— Je ne l'ai pas remarqué, dit-il. Fais juste attention. Tu ne veux pas laisser une fille se mettre entre deux frères.

— Une fille avec laquelle il n'est jamais sorti ! Pourquoi tout le monde suppose que j'ai fait quelque chose de mal ?

Malone soupire.

— Personne ne dit ça. Mais ne la laisse pas se mettre entre toi et l'équipe. D'accord ?

— Elle ne ferait jamais ça, Coach.

Je finis de m'habiller et je me dépêche de retourner dans le couloir où Amber m'attendait. Elle n'est plus là. Je passe une main dans mes cheveux et jette un coup d'œil à mon téléphone. Il n'y a pas d'appels manqués ni de textos de sa part. Je me dépêche de retourner dans le vestiaire et de trouver Noah.

— Il faut que je trouve Amber. Elle a peut-être entendu et mal interprété certaines choses. Si tu la vois après le match, envoie-moi un texto. Je vais rentrer chez nous.

— Ouais, je garderai un œil sur elle. Bonne chance.

Noah me donne une tape dans le dos. Je me dépêche de sortir des vestiaires. La foule s'est amoindrie depuis le stade, et il y a quelques retardataires qui m'arrêtent pour me demander une photo ou un autographe. Je suis surpris que nous ayons des fans dans l'arène des Bruisers, mais les deux équipes sont à New York. Dès que je sors, je grimace de ne pas avoir essayé de me réconcilier avec Kyler. Je suis toujours en colère, mais si Amber est avec Emerson, je saurai au moins qu'elle est en sécurité. Je n'aime pas l'idée qu'elle prenne le métro seule ou qu'elle rentre à l'appartement dans le noir. J'essaie de la joindre sur son téléphone, mais après la première sonnerie, je tombe sur la messagerie vocale. Son téléphone est allumé. Elle refuse mon appel. Je me précipite vers le métro. Il est peu probable qu'elle prenne un taxi pour rentrer chez elle ; il y a une chance que je la croise. Je lui envoie un SMS.

Il faut que je te parle.

Pas de réponse.

C'est peut-être une bonne chose. Au moins, elle ne me dit pas d'aller me faire foutre. Ou elle aurait pu carrément bloquer mon numéro. Qu'est-ce qu'elle a entendu ? Kyler et moi n'étions pas vraiment tranquilles, et je ne sais pas quand elle s'est enfuie. Quoi qu'il en soit, j'ai l'estomac noué pendant que je me dépêche de rentrer chez moi. Le train est bondé, quelques fans me reconnaissent et certains prennent des photos et des vidéos de moi pour leurs réseaux sociaux. C'est probablement une bonne chose qu'Amber ne soit pas ici dans la station de métro, sinon je me ferais détruire devant la caméra, et ça deviendrait la prochaine vidéo virale. Je n'ai pas besoin de ce genre d'attention.

Je jette un coup d'œil à mon téléphone, toujours pas de réponse. Au moins, je peux voir qu'elle a lu le message. Elle n'a pas encore bloqué mon numéro. Je tape un autre message et j'appuie sur Envoyer.

Dis-moi que tu n'es pas avec Atlas.

Cette fois, elle tape. Je vois les trois points qui clignotent et je retiens momentanément mon souffle pendant que le train s'arrête à la gare. Je me dépêche de monter, mais je ne cherche pas à m'asseoir. Le train est bondé et il y a bien plus de gens qui ont besoin d'un endroit où s'asseoir. J'attrape la barre au-dessus de ma tête et je la tiens en attendant qu'elle réponde.

Elle met du temps, mais finalement, le message passe, et j'ai l'impression qu'on vient de me poignarder.

Peut-être que je devrais être avec lui. Personne ne le paie pour être avec moi.

Je grimace devant ses mots à l'écran. Elle a toutes les raisons de me détester.

Ce n'est pas ce que tu crois.

Je devrais peut-être sortir du train et prendre un taxi. Au moins, je pourrais la rejoindre plus tôt, où qu'elle soit. Mais les portes du métro se sont déjà refermées et le train avance par à-coups.

Elle ne me répond pas. Elle tape. Elle efface. Les trois points apparaissent. Disparaissent. Réapparaissent. Et puis ils disparaissent. Je ne sais pas ce qui est le plus grave, le combat avec elle ou le silence en attendant qu'elle réponde. Le fait qu'elle ne veuille pas se battre pour nous.

Dix minutes plus tard, elle me répond enfin. Je regrette presque qu'elle l'ait fait.

Ça n'a pas d'importance, Jasper. Nous en avons

terminé. C'est fini. Je déménage. Je laisserai la clé dans l'appartement.

Envoyer un texto ne va pas arranger les choses. La voir est le seul moyen de ne pas aggraver ce désastre. Mais elle est probablement à la maison, et je suis toujours coincé dans la rame de métro. Je l'appelle à nouveau, et cette fois-ci, je suis surpris qu'elle réponde.

— Je t'enverrai mon dernier chèque de loyer dès que j'aurai été payée.

— Bon sang, Amber !

Je grimace quand je réalise que plusieurs personnes me regardent. Est-ce parce qu'ils savent qui je suis ou parce que mon ton a attiré leur attention ?

— Je t'aime. Peux-tu me laisser t'expliquer, s'il te plaît ?

— Il n'y a rien à expliquer, dit-elle.

Elle renifle, et je vois à sa voix qu'elle a pleuré, ce qui me met encore plus mal à l'aise.

— Je n'ai jamais pris l'argent.

— Quoi ?

— L'argent que mon frère a offert pour que tu restes avec moi. Je ne l'ai jamais pris.

Elle se moque de mes paroles. Peut-être qu'elle n'a pas entendu autant que je le pensais dans les vestiaires. Il ne sert à rien de m'enfoncer davantage alors qu'elle est déjà en colère contre moi.

Le train s'arrête à la gare et je me dépêche de partir, je monte les escaliers de la station de métro et je descends la rue en courant vers l'appartement. Il faut que je la voie, que je l'arrête, que je l'empêche de faire la plus grosse erreur de sa vie. Je dis « Je t'aime », les mots s'échappent avant même que je puisse les retirer, non pas que je veuille le faire non plus.

— Tu ne t'aimes pas. Tu n'aimes que toi-même, Jasper.

Elle raccroche le téléphone et j'ai envie de crier. Elle ne comprend pas. Elle ne connaît pas toute l'histoire.

Je cours dans la rue, c'est l'un des avantages d'être un athlète en pleine forme. Je me dépêche d'arriver à l'appartement et d'y entrer, en appuyant à plusieurs reprises sur le bouton de l'ascenseur. J'espère qu'il n'est pas trop tard. Je ne l'ai pas vue partir, mais elle a pu prendre un taxi avant que j'arrive à l'intérieur de l'immeuble. Elle avait une longueur d'avance sur moi.

Charlotte entre dans l'immeuble par l'entrée principale et se dirige vers l'ascenseur alors que j'attends pour monter à l'étage.

— Toi, dit-elle en me regardant, la mâchoire tendue.

Elle croise les bras sur sa poitrine et me regarde de haut en bas.

— Vraiment charmant, à prétendre que tu voulais qu'elle vive avec toi alors que c'était l'idée de ton frère depuis le début.

Je pousse un soupir.

— Elle a entendu ça.

— Wow. Tu ne le nies même pas, dit Charlotte.

Elle est bruyante, elle fait une scène, et quelques regards se dirigent vers nous. L'ascenseur sonne et je me précipite à l'intérieur. Charlotte me talonne.

— Ne crois pas que tu vas monter sans moi.

Même si je voulais lui fermer la porte de l'ascenseur, cela ne m'aiderait pas. Charlotte est la meilleure amie d'Amber. Si je n'arrive pas à convaincre Amber, peut-être que Charlotte pourra être mon avocate.

J'appuie sur le bouton du vingt-quatrième étage.

— J'ai besoin que tu persuades Amber de me consacrer dix minutes pour une conversation.

Charlotte secoue la tête, peu convaincue.

— Pourquoi ? Tu lui as déjà brisé le cœur. Elle n'a pas besoin que tu essaies de la convaincre que tu es la victime dans tout ça...

Elle fait un geste de la main entre nous.

— En ce qui me concerne, tu es un crétin d'avoir pris l'argent de ton frère pendant qu'elle payait le loyer. Qui peut bien faire ça ?

— Je n'ai pas pris un centime à Kyler, répliqué-je. Et oui, il m'a supplié de la faire emménager avec moi, mais je n'ai pas accepté à cause de lui. Je l'ai fait pour mes propres raisons égoïstes, parce que je voulais l'avoir près de moi.

Charlotte presse ses lèvres l'une contre l'autre.

— Je l'aime, Charlotte. Et si elle s'en va, je ne veux pas qu'elle aille voir ce crétin d'Atlas, juste pour se venger de moi.

Elle penche la tête, me regardant fixement.

— Atlas Storm, tu veux dire le gars de la fête ?

Mon souffle se bloque dans ma gorge.

— Il lui a fait quelque chose ?

Mes mains se serrent en poings à mes côtés alors que nous atteignons l'étage et que les doubles portes s'ouvrent. Je ne m'étonnerais pas qu'il soit à l'origine du fait qu'elle soit partie si précipitamment et qu'elle m'ait appelé sur le chemin du métro ce soir-là.

Charlotte se précipite la première, sans avoir la clé, mais Amber l'attend apparemment et lui ouvre la porte dès que nous sommes à l'étage. Mais ses yeux s'écarquillent lorsqu'elle me voit.

— Tu l'as fait monter ? demande-t-elle en fixant Charlotte.

— C'est chez lui, dit Charlotte. Tu as tout emballé ?

Charlotte s'invite à l'intérieur, et je suis juste derrière elles, fermant la porte et la verrouillant. Je ne peux pas empêcher Amber de partir, et je ne la forcerai pas à rester. Mais j'aimerais qu'elle entende toute l'histoire, et pas seulement les bribes qu'elle a entendues dans les vestiaires.

— On peut parler ? demandé-je.

Elle est toujours dans mon maillot. C'est bon signe. Ou alors elle a été trop occupée à faire ses valises pour se rendre compte qu'elle portait mes vêtements. Ce qui est le scénario le plus probable, connaissant Amber. Distraite.

— J'ai dit tout ce que j'avais à dire, dit Amber en attrapant le sac poubelle noir contenant ses affaires.

— Laisse-moi au moins te donner une valise ou un sac de sport, dis-je, et je passerais bien dans l'autre pièce pour le prendre dans mon placard si je ne pensais pas qu'elle se défilerait.

Elle jette un coup d'œil à son amie, Charlotte.

— Laisse-le te donner un sac. Tant qu'il ne s'attend pas à ce qu'on le lui rende, dit Charlotte.

— Je ne veux rien de lui. Et je ne veux plus jamais le revoir.

— Je rendrai le sac, d'accord ? dit Charlotte dit à son amie.

Amber soupire.

— D'accord.

Elle me regarde.

— Tu peux me laisser emprunter un sac de sport pour qu'on n'ait pas l'impression qu'une sans-abri quitte ton appartement. Je ne voudrais pas nuire à ton image.

J'inspire un grand coup et me mords la langue. Elle essaie de se battre, de rendre les choses plus faciles pour elle. Eh bien, je ne vais pas céder et accepter son hostilité comme autre chose qu'un détournement de ses sentiments.

— Je vais t'aider à faire tes valises. Prends le sac poubelle, dis-je en lui faisant signe de me suivre dans ma chambre.

Elle jette un coup d'œil à Charlotte par-dessus son épaule.

— Je reste ici. Si tu as besoin de quoi que ce soit, tu n'as qu'à crier, dit Charlotte.

Amber marmonne dans son souffle et me suit dans ma chambre.

Le lit est encore défait de la nuit dernière. Je suis

rentré tard et je suis sorti tôt ce matin. Je remonte les couvertures pour arranger le lit, puis je me dirige vers l'armoire, décidant du sac à lui donner. J'en prends un à roulettes, pour lui faciliter la tâche. Même si je ne veux pas qu'elle parte, je ne vais pas faire l'imbécile. Et puis, elle n'a pas beaucoup d'affaires non plus. Son sac ne sera pas si lourd.

J'attrape une valise rigide de taille moyenne et la dézippe pour elle. Elle jette le contenu du sac poubelle directement dans la valise, les vêtements sont emmêlés et froissés.

— Et si je les pliais pour toi ?

— Et si tu me laissais tranquille et que tu me laissais partir ? s'énerve Amber.

Je grimace et lève les mains en signe de reddition.

— Si tu veux partir, tu sais où est la porte, dis-je.

Elle referme le couvercle de la valise et tire sur la fermeture éclair avec empressement.

— Pour information, je ne veux pas que tu t'en ailles, mais je ne vais pas te prendre en otage non plus.

Amber n'esquisse pas le moindre sourire. Elle attrape la valise sur le lit. Elle atterrit avec un lourd bruit sourd sur le sol. Elle se retourne pour me faire face, et il y a du feu dans ses yeux.

— Kyler a dit qu'il t'avait payé pour me baiser ! Tu veux bien m'expliquer ça ?

Elle s'était retenue - la colère, la haine - et maintenant tout est en train de bouillir.

— Quoi ? demandé-je, essayant de comprendre comment elle a pu interpréter que mon frère me payait pour coucher avec Amber, parce que c'est loin d'être ce qui s'est passé.

— Il m'a demandé depuis combien de temps tu me baisais et il a ensuite demandé si c'était avant ou après qu'il t'ait payé.

— Kyler m'a demandé de te laisser vivre ici pour qu'Em et lui puissent fonder une famille ensemble et s'adapter à leur nouvelle vie de couple marié.

— Ils ne sont pas encore mariés, et ce n'est pas le sujet, dit-elle.

— Non, c'est le sujet, insisté-je. Ta sœur t'a invitée à vivre avec eux, mais il ne voulait pas de toi.

Amber grimace à mes mots. Je n'avais pas l'intention de la blesser, mais c'est ce qui s'est passé. Est-ce que c'était un coup tordu de la part de Kyler ? Oui, et ma tentative d'honnêteté flagrante n'arrange pas les choses.

Elle souffle et tire sur la poignée de la valise, la soulevant.

— Apparemment, les deux Greyson ne veulent pas de moi dans les parages.

— Ne déforme pas mes propos, dis-je. Dès qu'il m'a demandé de t'accueillir, j'étais excité.

— M'accueillir ? Comme si j'étais une sorte d'animal de compagnie adoptable ou un chiot perdu ? Je n'ai pas besoin de ta charité.

Je m'approche d'un pas et elle recule, mais elle lâche sa main de la valise. J'ai envie de prendre ça pour un bon signe, mais je ne suis pas sûr que ce soit le cas, du moins pas encore.

— Tu n'es ni l'un ni l'autre pour moi ou pour quelqu'un d'autre, dis-je. Tu ne peux pas reprocher à Kyler de ne vouloir que sa fiancée et sa fille dans la maison. Ils sont pratiquement de jeunes mariés, ils découvrent leur relation.

Elle fronce le nez.

— Si tu parles de leur vie sexuelle, c'est dégueulasse.

Je glousse, soulagé qu'elle prenne au moins le temps de m'écouter.

— J'ai toujours eu envie de toi, Amber. Bien avant que tu n'emménages avec moi. Je ne pensais pas que c'était une bonne idée parce que j'avais le béguin pour toi, et mes coéquipiers ont tous insisté sur le fait que si j'agissais, j'enfreindrais le code des frères et que je risquais de perturber la dynamique de l'équipe.

— C'est une excuse, dit Amber. Ton frère t'a offert de l'argent et tu l'as pris.

— Je ne l'ai jamais pris, dis-je en me rapprochant, ma main trouvant la sienne. Je n'ai jamais voulu le prendre. Ce n'est pas pour cela que je t'ai invitée comme colocataire. Il me l'a peut-être suggéré, mais je n'aurais jamais demandé sans sa suggestion.

— Merveilleux, murmure-t-elle en se dégageant de mon contact.

— Non, écoute, dis-je en essayant d'expliquer. Je ne voulais pas faire de mal à mon frère. Et même si tu n'as pas toujours l'air d'être proche d'Emerson, je sais que tu ne voudrais pas lui cacher que tu vis avec moi.

Elle soupire.

— Oui, tu as raison. Ce n'est pas quelque chose que j'aurais pu cacher quand elle m'aurait demandé mon adresse pour m'envoyer une carte postale.

Je glousse et je la serre contre moi.

— Je t'aime.

— Je t'en veux toujours, dit Amber, mais la colère semble se dissiper de son corps. Tu aurais dû être honnête. Tu aurais dû me dire que c'était Kyler qui avait eu l'idée.

— Et risquer que ta sœur découvre qu'il te mettait à la porte ? À l'époque, je ne te connaissais pas très bien. Emerson, disons qu'elle m'a déjà botté le cul une fois.

— Quoi ? Sérieusement ? Quand ? demande Amber, ses yeux s'illuminent, elle veut entendre l'histoire.

Ses épaules s'affaissent et la tension disparaît.

— Quand on s'est rencontrés pour la première fois, et c'était bien mérité, puisque je l'ai piégée.

— L'avoir piégée comment ? demande Amber.

Elle lâche ma main et recule d'un pas, puis s'assoit au bord du lit, en me fixant. Elle ne va nulle part, du moins pas maintenant.

Je peux enfin pousser un soupir de soulagement.

— Tu as déjà entendu l'histoire de Kyler qui a engagé ta sœur comme garde du corps pour protéger sa fille, Bristol ?

Ses yeux s'illuminent.

— Non ! souffle-t-elle en riant et tire sur ma chemise, m'attirant plus près.

Je veux l'embrasser, la goûter, la savourer et lui montrer à quel point elle compte pour moi, mais au lieu de cela, je fixe ses yeux bleus, je l'observe, je mémorise chaque détail, chaque tache de couleur dans ses iris parce que j'ai failli la perdre.

Mes mains s'appuient sur le matelas, l'emprisonnant, la dominant. Elle s'appuie sur ses coudes, attendant, me fixant du regard, son souffle s'échappant en de douces halètements au fur et à mesure que le moment s'éternise.

— Est-ce que tu vas m'embrasser ? demande Amber, mais elle ne bouge pas.

Elle ne fait pas le premier pas.

Hésite-t-elle parce qu'elle est nerveuse et que la porte de la chambre est grande ouverte ? Son amie l'attend dans le salon.

— Ça dépend, dis-je en réduisant lentement l'écart entre nous.

Sa respiration est saccadée et ses lèvres de cerise s'entrouvrent.

— De ?

— Tu as l'intention de vider ce sac ?

VINGT-SEPT
AMBER

JE JURE que cet homme est un allumeur. Ses lèvres effleurent les miennes. Son corps n'est pas complètement en contact avec le mien alors qu'il me coince contre le matelas, et c'est franchement l'endroit où je veux être. Il veut savoir ce qui va se passer ensuite, et j'aimerais pouvoir lui dire facilement que je lui pardonne. Ne serait-ce pas la chose la plus facile à faire ?

— Tu comptes vider ce sac, ou dois-je m'en charger pour toi ?

Cette fois, il m'adresse un sourire, et je jure que ma culotte fond sur place. Je serre ma lèvre inférieure entre mes dents. Cette danse que nous jouons depuis des mois n'a pas cessé depuis le moment où nous nous sommes embrassés. Le lien qui nous unit n'a fait que s'intensifier. Il me fait peur. Surtout parce que je n'ai jamais eu de vraie relation. Je n'ai jamais ressenti de connexion avec quelqu'un comme avec Jasper.

— Tu cuisines, tu nettoies et tu vides mes sacs ? Tu es vraiment parfait, dis-je en le regardant, appuyée sur mes coudes, admirant son physique.

Il sent le propre. Il s'est manifestement douché après le match, et l'odeur du shampoing et du savon frais s'accroche à sa peau, mélangée à son propre arôme terrestre. J'ai envie de me lever et de lui lécher le cou, mais je ne me sens pas assez audacieuse pour faire ce genre de geste. Pas après notre dispute. Mais ne dit-on pas que le sexe de réconciliation peut être extraordinaire ? Bien sûr, cela impliquerait que nous fassions l'amour, ce qui n'est pas le cas, du moins pas encore.

— Répète ça, murmure Jasper en rampant au-dessus de moi, mais il n'appuie pas encore son corps sur le mien.

Et j'ai désespérément envie de ce contact. J'aimerais aussi que la porte de la chambre se ferme d'elle-même, car ma meilleure amie est au bout du couloir et elle pourrait nous interrompre à tout moment.

Je me recule de manière à ce que tout mon corps

soit au ras du matelas et que mes jambes ne pendent plus du lit. Jasper sourit, remarquant mon empressement. Il m'attrape par les hanches et me fait rouler sur le ventre.

— Jasper !

Je sursaute et il me plaque contre le lit. Il m'attrape par les bras, soulève mes poignets et les maintient au-dessus de moi. Je ferme les yeux en sentant la chaleur de son corps effleurer le mien. Il abaisse ses hanches, et je jure que cet homme peut m'amener à la limite du délicieux rien qu'en me retenant. Putain. J'aspire une grande bouffée d'air, et déjà, ma respiration est rauque et épaisse. S'il peut me faire jouir aussi facilement, qu'en sera-t-il lorsque nous ferons l'amour ? Je risque de mourir.

— Tu n'as pas répondu à ma question, murmure-t-il à mon oreille.

Son souffle taquine mon cou, et je sursaute au contact soudain de ses lèvres sur ma peau nue.

— Laquelle ?

Je ne me souviens pas de ce qu'il m'a demandé quelques secondes plus tôt. Mon esprit est dans le brouillard, la pièce est chaude et il trouble mes pensées. Jasper glousse.

— Honnêtement, je ne m'en souviens pas non plus.

Il embrasse mon cou, mordille ma peau, me léchant et me goûtant tandis que je me tortille sous lui.

— J'ai envie de toi, murmuré-je en poussant mes fesses contre son pantalon, le taquinant en retour.

— Putain, grogne-t-il dans mon oreille.

Il relâche sa prise sur mes bras et garde ses hanches collées aux miennes.

— Renvoie ton amie chez elle.

Il soulève ses hanches suffisamment longtemps pour que je puisse rouler, mais il ne relâche pas complètement son emprise sur moi. Et je sens sa bite se tendre contre son pantalon, suppliant qu'on la libère. Mon regard descend le long de son corps.

— Les choses que je vais te faire, elle n'a pas besoin de t'entendre crier mon nom.

Je halète, le regardant avec stupéfaction.

Jasper se penche, couvre ma bouche d'un baiser brûlant, poussant sa langue au-delà de mes lèvres. Je presse mes hanches contre lui, le serrant de plus en plus fort. Je le veux, j'ai envie de lui, je désire sentir sa peau sur la mienne. Des pas se font entendre dans le couloir. Charlotte glousse et je sais qu'elle a dû entendre Jasper.

— Va te faire voir !

— Appelle-moi demain, Amber ! Je veux tous les détails.

Je me couvre le visage de la main, et Jasper m'attrape le bras, le plaquant contre le matelas. La porte d'entrée clique, et mon estomac se crispe. Nous sommes seuls. Je serre ma lèvre inférieure entre mes dents.

Jasper plane au-dessus de moi, ses lèvres me taquinent, attendant que je m'avance pour les embrasser. Mon estomac fait des bonds, mais ce sont mes nerfs qui font trembler ma voix.

— Je veux que tu sois mon premier, murmuré-je en le regardant.

— Et je n'aimerais rien de plus que cela, dit-il en poussant une mèche de cheveux derrière mon oreille.

Je me penche vers sa main, sa chaleur, son corps, désirant autant de contact que possible.

— Mais ?

Je redoute ce qu'il pourrait dire, et les papillons se déchaînent. Jasper secoue la tête.

— Je te veux plus que tu ne le penses. Je veux que tu sois sûre, et je voulais vraiment t'emmener à un rendez-vous avant qu'on ne fasse ça, dit-il en effleurant mes lèvres.

Je m'avance à son contact, et sa main contre la

mienne se relâche suffisamment longtemps pour que je puisse l'entourer de mes bras, le toucher et explorer son corps. J'attrape l'ourlet de son tee-shirt noir et fais glisser mes doigts sur sa peau.

Il est chaud, et plus je touche ses hanches, plus j'ai envie de toucher chaque partie de son corps. Je lui ordonne d'enlever son tee-shirt. Jasper se redresse, ses mains se joignent aux miennes et il m'aide à enlever son haut, qu'il jette sur le sol avant de remonter le long de mon corps.

— J'étais sérieux à propos du rendez-vous, murmure-t-il contre mes lèvres, sa bouche effleurant mon cou, ses doigts glissant sous le maillot qu'il m'a donné, caressant ma peau nue.

Son toucher est léger comme une plume, et il fait palpiter mon estomac et s'emballer mon cœur.

— Nos emplois du temps ne coïncident pas, dis-je.

Ce n'est ni sa faute ni la mienne. Il est occupé avec l'équipe, la ligue, ses matchs. Je ne lui reproche pas de ne pas être là pour m'inviter à sortir. Ce ne serait pas juste pour lui.

— Je prendrai ce que je peux avoir.

— Mais ce n'est pas suffisant. Ta première fois devrait être avec quelqu'un que tu aimes, dit-il en me fixant. Pas seulement avec quelqu'un qui t'aime.

Mon souffle se bloque dans ma gorge. Il a prononcé ces mots tout à l'heure, à la hâte, au milieu de notre dispute, et j'ai fait de mon mieux pour l'ignorer.

Mais avec son regard intense qui me transperce, il est difficile de prétendre qu'il ne vient pas de le répéter.

— Tu me connais à peine, dis-je en essayant de ramener la raison dans la conversation.

Parce que j'aime Jasper, mais ce sentiment me terrifie. Je n'ai jamais ressenti cela pour quelqu'un auparavant, et je ne veux pas tomber à la renverse et être blessée.

— Je sais que lorsque tu es nerveuse, tu ris et tu regardes ailleurs, dit Jasper.

Il dépose un petit baiser sur mon nez.

— Je sais que tu aimes inconditionnellement et que tu ne reculeras devant rien pour obtenir ce que tu veux. Tu es déterminée.

Il dépose un autre baiser, sur ma joue.

— Tu es sexy, et tu ne réalises même pas à quel point tu es magnifique, ce qui est encore plus sexy. Et même si je ne te fais pas confiance dans la cuisine, tu es tellement aimante et gentille que tu ne prends pas ce que tu penses ne pas être mérité.

Je ris, sans trop savoir de quoi il parle. Il m'a bien

cernée sur le plan du rire quand je suis nerveuse, mais je me plonge dans ses yeux, refusant qu'il ait raison sur le fait que je détourne le regard. Il se déplace jusqu'à mon ventre, remontant mon haut autour de ma taille, son souffle chaud embrassant mon nombril.

— Tu as mérité tout ce que tu as, Amber. Tu mérites d'être heureuse, d'être chérie et aimée.

Petit à petit, il remonte mon tee-shirt, ses lèvres et sa langue me taquinent, me réchauffent tandis que je me redresse et qu'il enlève le maillot, le laissant tomber par terre avec un bruit sourd.

— Pas de soutien-gorge ? sourit-il, et je ricane.

— Pas de culotte non plus, dis-je, et j'attrape sa main, guidant ses doigts jusqu'à ma ceinture, le laissant découvrir la vérité par lui-même.

Ses yeux s'écarquillent et son sourire grandit.

— Si j'avais su, je me serais fait jeter du jeu bien plus tôt, murmure Jasper en couvrant mes lèvres, sa langue pénétrant dans ma bouche.

Nous roulons sur nous-mêmes, moi sur le dessus, tandis que je soulève mes hanches et me débarrasse de mon pantalon.

— Doucement, ma tigresse, dit-il en me faisant rouler sur le dos. Je ne suis pas pressé.

Jasper soulève ses hanches et enlève son

pantalon et son caleçon, et j'aspire une grande bouffée d'air. Il me plaque contre le matelas, ses hanches au-dessus des miennes, me taquinant. Plus je le fixe, plus mes nerfs commencent à refaire surface.

Je ne m'attends pas à ce qu'il ait attendu que je sois sa première, mais je ne peux m'empêcher de m'inquiéter du nombre de filles avec lesquelles il a été avant moi. Et si je ne faisais pas ce qu'il faut ? Ou pire, s'il n'aime pas faire l'amour avec moi ? Son pouce effleure ma joue et trace un chemin doux le long de ma lèvre inférieure, la libérant d'entre mes dents.

— Parle-moi, murmure-t-il en me fixant.

Il est chaud, ses yeux brillent d'une lueur d'humour, et tout ce à quoi je pense, c'est : et si j'étais mauvaise à ça, et s'il détestait ça ?

— Je suis nerveuse, avoué-je, espérant que si j'exprime mes craintes, je pourrai les vaincre et qu'il pourra me sortir de ma tête.

— C'est juste moi, dit Jasper en se retournant sur le matelas.

Il m'attire contre lui et nous nous couchons sur le côté, nous regardant l'un l'autre dans les yeux. Sa main décrit des cercles doux contre ma hanche.

— Nous pouvons attendre aussi longtemps que tu le souhaites. Si tu n'es pas prête...

Il fait un geste pour se redresser dans le lit, et je lui attrape le bras. Son biceps est énorme et il sourit quand il voit que je le fixe.

— Et si je suis mauvaise au lit ?

Il glousse et se redresse, ses doigts s'emmêlent dans mes cheveux et me caressent la tête.

— Bébé, tu ne peux pas être mauvaise au lit. Fais-moi confiance, et si tu es absolument nulle, alors je te promets que nous continuerons à essayer d'améliorer les choses. La première fois est toujours gênante, de toute façon.

— Tu veux dire la première fois, la première fois, ou juste la première fois avec un nouveau partenaire ?

— Tu as peur de dire vierge ? demande Jasper, en penchant la tête vers moi. Ce n'est pas un gros mot. Il n'y a rien de honteux ou d'embarrassant là-dedans.

— J'ai vingt ans !

Il se contente de hausser les épaules.

— Et si tu n'es pas prête, on peut attendre que tu aies vingt et un ou vingt-deux ans.

— Je suis nue dans ton lit. Je pense que je suis prête.

Essaie-t-il de me faire mourir d'embarras ?

— Tu crois ? demande-t-il, ses doigts traçant un chemin doux sur mes bras. J'ai besoin d'entendre ton consentement enthousiaste.

Je ferme les yeux et me rapproche.

— Je veux que tu me baises, Jasper.

— Regarde-moi dans les yeux et répète-moi ça, murmure-t-il, et je peux sentir la chaleur qui se dégage de nous comme un volcan sur le point d'exploser.

Je me déplace sur le matelas, grimpe sur Jasper et le chevauche. Le fixant du regard, je murmure :

— Je veux que tu me baises, Jasper.

Ses mains se posent sur mes hanches et il sourit en nous faisant rouler l'un sur l'autre.

— Dis-moi si tu changes d'avis, dit-il, et il est sur moi comme un lion en chaleur.

Sa bouche est sur la mienne, son corps est blotti contre moi. Il cherche un préservatif sur la table de nuit, laissant le paquet d'aluminium sur le matelas à côté de nous pour le moment où il sera prêt.

— Je ne dirai rien.

Il se retire et un froncement de sourcils se dessine sur ses traits.

— Tu ne me le diras pas ?

— Je ne changerai pas d'avis, dis-je.

— Dis-moi s'il y a quelque chose que tu n'aimes pas ou que tu ne veux pas que je fasse, murmure-t-il en traçant un chemin de baisers sur ma peau nue.

Il s'installe entre mes cuisses et, cette fois, je ne l'arrête pas. J'ai envie de ça avec lui, d'explorer et de découvrir ce que j'aime. Comment puis-je le savoir sans en avoir jamais fait l'expérience ? Je suis sûre que je rougis. La pièce est chaude et je détourne le regard lorsqu'il fixe ma chatte. Je respire nerveusement et je croise son regard. J'ai l'impression qu'il regarde directement dans dans mon âme. Il ne détourne pas le regard, pas même un instant.

Ses doigts écartent mes lèvres et je sursaute rien qu'au contact. Il est doux mais ferme lorsqu'il trace un chemin doux contre mes plis.

— C'est une bonne fille.

Je halète, mon souffle s'échappe dans de douces halètements alors que je m'installe plus loin sur le matelas et que j'écarte plus largement les jambes pour lui. Je veux qu'il me touche.

Il sourit et approche ses lèvres de ma chatte.

— Je vais t'embrasser et te lécher maintenant, dit-il. Tu en as envie ?

— Oui, murmuré-je, et la pièce semble tourner au moment où sa langue traîne le long de ma fente.

Il plonge dans ma moiteur et trace un chemin autour de mon clito, me taquinant.

Mes doigts s'emmêlent dans ses cheveux et je lutte pour garder les yeux sur lui alors qu'ils se ferment. Sa langue taquine mon clito et il glisse un doigt à l'intérieur de ma chaleur, me caressant et me taquinant.

Déjà, je me crispe, mes entrailles commencent à trembler sous l'effet du contact et de la chaleur qui m'envahit.

— Combien de doigts utilises-tu pour te toucher ?

Je presse mes lèvres l'une contre l'autre.

— Amber ?

Il se retire et je gémis en signe de protestation.

— Ne fais pas ta timide avec moi maintenant.

Il glousse en me caressant avec un doigt.

— Tes doigts sont plus gros que les miens.

— Un ? Deux ? Trois ?

Je ferme les yeux mais lève deux doigts.

— Bonne fille, dit-il et continue de me caresser avec un doigt.

Il taquine mon clito avec sa langue, puis glisse un deuxième doigt à l'intérieur de mon corps chaud. Je gémis sous l'effet de l'étirement initial et de la sensation qu'il me remplit. Ses doigts sont plus épais que les miens et ma tête s'incline vers l'arrière et mon dos se cambre, j'en redemande.

Jasper continue de me caresser, de plier ses doigts en moi, de me taquiner. Je plie les jambes pour lui donner plus d'accès.

— Je veux ta bite, dis-je alors que je suis enfin capable d'accueillir ses deux doigts.

— Que dirais-tu d'un autre doigt ? dit-il en grimpant le long de mon corps et en m'embrassant alors qu'il guide un troisième doigt à l'intérieur de ma chatte.

Mes yeux se ferment lorsqu'il m'étire et ma bouche s'élargit sous l'effet de la douleur initiale, mais c'est bon. Je me redresse sur le matelas, mes hanches se mettent à battre au rythme de sa main, je veux qu'il me baise. Je suis essoufflée par les sensations qui me traversent. Son pouce fait le tour de mon clito tandis que ses doigts sont enfouis profondément en moi, me taquinant et me poussant au bord du gouffre.

Les premiers petits tremblements me traversent et ma respiration se bloque dans ma gorge.

— Ne te retiens pas. Viens pour moi, ordonne-t-il.

Ses doigts répètent les mêmes mouvements, et la douleur initiale se transforme en plaisir tandis que mes entrailles se resserrent sur ses doigts, se contractant et se resserrant autour de lui. La chaleur irradie tandis que mon corps picote et tremble sous son contact. Mes orteils se recroquevillent et mon dos se soulève du matelas. Comme une explosion, mes yeux sont fermés, mais je vois des feux d'artifice.

Jasper retire ses doigts et attrape le préservatif sur le lit. Il me montre le paquet d'aluminium.

— Tu veux une autre tournée ? demande-t-il.

Sa bite menace d'exploser sous l'effet de l'excitation, mais il n'en fait pas une affaire personnelle. Je passe la main entre nous. Mes doigts effleurent la tête de son érection et il halète entre ses dents serrées.

— J'ai besoin d'une confirmation verbale, dit-il.

— Tu es quoi, mon docteur ? plaisanté-je, et, comme il attend toujours, j'acquiesce.

Pour un homme qui a très peu de patience sur la glace, la quantité qu'il me donne dans la chambre à coucher est impressionnante.

— Oui, je veux que tu me baises, Jasper. Maintenant, viens ici et arrête de me taquiner.

— Comme tu veux, dit-il avec un sourire et il déchire le paquet d'aluminium, l'enfilant sur son érection.

Je le regarde avec tous mes sens en éveil, prenant

tout en compte alors qu'il se positionne à l'entrée de mon corps. Il me taquine, faisant glisser la tête de sa bite sur ma fente. Je grogne et je tente de la saisir entre nous. Avant que je puisse l'attraper, il se glisse en moi, centimètre par centimètre. Il me demande de plier davantage les genoux et je fais ce qu'il me dit pendant qu'il me remplit.

Le gémissement qui s'échappe de mes lèvres me surprend moi-même. Jasper regarde fixement vers le bas, concentré. Ses bras sont positionnés de chaque côté du lit, pressés contre le matelas tandis qu'il s'enfonce plus profondément en moi. Il ne bouge pas, et je peux sentir la force et la concentration qu'il lui faut pour ne pas se laisser aller. Il effleure lentement mes lèvres, me goûtant au fur et à mesure que je m'adapte à sa taille.

— Tu vas bien ? murmure-t-il en me regardant fixement, attendant ma réponse. Il me faut une seconde pour répondre, car j'ai l'impression que le sang s'est précipité hors de ma tête.

— Oui, dis-je en hochant la tête.

Ses lèvres se posent à nouveau sur les miennes et m'embrassent avec ferveur, tandis qu'il s'enfonce dans mes hanches et commence à prendre un rythme. Il prend son temps, son regard est serré et concentré sur moi. À chaque poussée superficielle, ma respiration s'accélère et j'enroule mes jambes autour de lui, l'attirant plus profondément et plus étroitement, voulant le sentir sur moi.

— Putain, gémit-il.

Mes mains sont agitées, elles griffent son dos, son cul, et touchent chaque centimètre carré de lui. Je m'accroche à lui comme s'il était la surface de l'océan et que je me noyais dans la grande bleue.

Je sens qu'il est proche. Ses respirations sont plus prononcées. Ses gémissements résonnent dans l'air tandis que la sueur brille sur son front. Ses sourcils se pincent et je le sens se gonfler tandis que je tremble sous lui.

— Viens avec moi, râle-t-il dans mon oreille, et sa main glisse entre nous à chaque poussée, taquinant mon clitoris.

L'air quitte mes poumons, mon souffle est volé alors que mes entrailles se resserrent sur sa bite, le drainant, volant tout ce qu'il a, et le faisant mien.

Mes orteils se recroquevillent et mon dos s'arque sur le matelas, s'emmêlant avec lui, s'accrochant à lui comme s'il était ma bouée de sauvetage.

Je tremble et frissonne, l'orgasme me transperce. Son corps au-dessus du mien m'apporte une nouvelle conscience - une chaleur qui m'entoure comme jamais auparavant - alors qu'il s'effondre au-dessus de moi.

Jasper se retire, enlève le préservatif et se dirige vers la salle de bains.

Je suis encore à bout de souffle lorsque je roule sur le côté, l'observant de loin.

— Le sexe est toujours aussi bon ? demandé-je, en respirant difficilement, mon cœur battant toujours la chamade dans ma poitrine.

— La plupart du temps.

Il glousse et se penche pour déposer un baiser sur mes lèvres. Ses doigts s'emmêlent dans mes cheveux et rapprochent ma bouche.

— Ça va s'améliorer.

Mon regard se crispe tandis que je suranalyse ses mots.

— Comment ça, s'améliorer ?

Je ne peux pas imaginer que le sexe soit meilleur que ce que nous venons de vivre, à moins que je n'aie fait quelque chose de mal.

— Attends, c'était nul pour toi ?

Je me redresse dans le lit et remonte les couvertures autour de moi.

— Je n'ai eu de mauvaises relations sexuelles qu'une ou deux fois, avoue-t-il en grimpant sur le matelas.

Il s'allonge à côté de moi, enlevant les couvertures autour de mes hanches pour qu'il puisse en avoir un peu.

— Est-ce que tout à l'heure c'était l'une de ces fois ?

Ma voix se bloque dans ma gorge et j'essaie de ne pas paniquer, mais sa réponse a fait s'emballer mon cœur et s'envoler mon esprit.

— Bien sûr que non.

Il me tire vers le bas pour m'allonger avec lui, me faisant rouler sur le dos et me coinçant sous lui.

— Je te promets que ce sera toujours extraordinaire.

— Tu ne peux pas faire ce genre de promesse, dis-je avec un rire nerveux.

— Bien sûr que si. C'est toi et moi. Tu es la fille la plus sexy du monde, et je suis moi-même très sexy.

Je me penche pour embrasser Jasper.

— J'aime que tu aies confiance en ton côté sexy, dis-je en lui souriant.

Il roule sur le dos, m'entraînant avec lui, ses bras s'enroulant autour de ma taille tandis qu'une de mes jambes s'enroule autour de la sienne.

— Tu sais que la première fois que je t'ai vue au bar, j'ai su que je te désirais ?

— Quoi ? Quand je me suis pointée après ton match ?

J'avais déjà le béguin pour lui depuis des mois, mais je ne lui dirais jamais ce secret embarrassant, comme la façon dont je l'ai traqué en ligne.

— Non, la première fois. Tu te souviens du rendez-vous que tu as eu au bar ?

Mes yeux s'écarquillent et je les plisse comme si cela allait me débarrasser du souvenir de Tripp, qui a été un vrai casse-tête.

— J'aimerais vraiment pouvoir l'oublier.

Jasper s'esclaffe.

— Alors, je m'excuse de le mentionner, mais c'était ce soir-là, quand je te regardais au bar, je me demandais s'il était ton petit ami ou juste un rencard, jusqu'à ce que tu me croises dans le couloir et que tu me supplies de t'aider.

— Je n'ai pas supplié.

— Oh, tu m'as supplié. C'était mignon dans le genre « sauve-moi ».

Il me serre plus fort contre lui, me prenant dans ses bras.

Je me détends et glousse, souriant au souvenir de ma première rencontre avec lui.

— Je ne savais pas que tu avais un complexe de héros.

Jasper me regarde fixement.

— Je ne... murmure-t-il, mais je vois bien qu'il réfléchit. Mais j'admets qu'il m'arrive d'être jaloux.

— Comme avec Atlas ?

— C'est un crétin. Et ma jalousie est justifiée à cent pour cent avec lui. Il m'a volé ma première petite amie quand nous avions treize ans.

Je n'avais pas réalisé que leur haine remontait à si loin. En fait, je n'étais pas tout à fait sûre qu'ils se connaissaient. Je savais que Knox jouait pour leur rival, mais je ne savais pas comment il connaissait Atlas.

— Sérieusement ?

— J'essaie de ne pas être rancunier, dit-il en m'embrassant dans le cou, son souffle chaud envoyant une nouvelle série de picotements à travers mon corps.

— Surtout parce que je t'ai toi. Et crois-moi quand je dis que tu es un million de fois plus sexy qu'elle ne l'a jamais été.

En souriant, je secoue la tête.

— C'était aussi une enfant. Tu ne l'as pas vue depuis des années. Elle aurait pu grandir.

— C'est une bunnie, et crois-moi, tu es, sans aucun doute, la femme la plus sexy du monde.

Il me fait rouler sur le dos et que ses doigts

effleurent mes hanches. Je me tortille à son contact et il hausse un sourcil, comprenant ce que cela signifie.

— Quelqu'un est chatouilleux, dit-il en me regardant essayer de m'échapper alors qu'il me colle au matelas.

Mais honnêtement, cela ne me dérange pas. Je me tortille, essayant de me libérer, et son téléphone portable sonne, me sauvant d'une torture plus atroce, que j'apprécie un peu trop.

Il prend le téléphone sur la table de nuit et regarde l'identité de l'appelant.

— C'est mon frère, grommelle-t-il en déclinant l'appel.

— Tu ne vas plus jamais lui parler ? Parce que ça va être difficile à faire quand tu joues au hockey avec lui tous les jours.

— Ce n'est pas tous les jours. Peu importe, dit-il d'un air dédaigneux, en se redressant dans le lit.

Le téléphone sonne à nouveau.

— Il est persistant, dis-je.

— Tu veux répondre ? me demande-t-il en me poussant le téléphone.

Je hausse les épaules et j'accepte.

— Jasper est un peu occupé en ce moment, dis-je

avant même d'offrir un salut chaleureux ou même un bonjour.

Un soupir doux et féminin exhale une bouffée d'air.

— Je n'appelais pas Jasper, dit Emerson. Je te cherchais. Tu ne répondais pas au téléphone. J'ai pensé que je pourrais essayer ton colocataire.

Jasper me regarde attentivement.

— Dis à mon frère qu'il peut aller se...

Je couvre ses lèvres avec ma main.

— C'est ma sœur, dis-je à Jasper en le regardant pour surveiller sa bouche et son ton.

Ses yeux s'illuminent et ses épaules se détendent.

— Oh, eh bien, dis-lui que je lui passe le bonjour et que son fiancé est un...

J'attrape l'oreiller le plus proche et le frappe avec pour le faire taire.

— Tu ne viens pas de me frapper avec un oreiller, répète Jasper.

Emerson se racle la gorge.

— Devrais-je te laisser ? Tu as l'air occupé avec ton colocataire.

La façon dont elle continue d'appeler Jasper mon colocataire m'agace, comme une piqûre de moustique qui n'arrête pas de me démanger. Jasper se redresse dans le lit et m'observe attentivement.

— Écoute, dis-je en serrant les lèvres, essayant de décider comment je vais formuler cela sans me ridiculiser devant Jasper.

— Nous sortons ensemble ! s'écrie Jasper et le fait savoir sans la moindre trace de culpabilité sur son visage.

Son ton se calme, mais il reste odieusement bruyant.

— Elle m'a entendue ? grogné-je.

— Bien sûr qu'elle t'a entendu. Je pense que la moitié du complexe d'appartements t'a entendu.

— Seulement la moitié ? Dois-je sortir sur le balcon et le crier pour que toute la ville l'entende ?

Il agite les sourcils et j'attrape l'oreiller. Mais il est plus rapide que moi et le saisis avant que je ne puisse répliquer. De plus, il a deux mains libres, et je tiens toujours son téléphone portable de la main droite. Il est avantagé.

— Je suis contente pour toi, mais je peux lui parler ?

J'inspire profondément par le nez.

J'hésite à lui donner le téléphone. Est-ce qu'elle va me faire le coup de la grande sœur, *si tu lui fais du mal, je te tue* ?

— Jasper et Kyler doivent se réconcilier. Il ne faut

pas que cela affecte leur entraînement ou leur match.

— Qu'est-ce que tu proposes ? demandé-je.

— Proposer quoi ? demande Jasper. Tu vas me demander de t'épouser ? Parce que je pense que c'est à moi de faire la demande.

Je lui arrache l'oreiller des mains.

— Va te préparer pour aller au lit, dis-je en indiquant la salle de bains.

Il est encore nu à cause des festivités de tout à l'heure, tout comme moi, ce qui ne me dérange pas, mais j'essaie de faire en sorte qu'il n'entende pas ce que ma sœur est en train de manigancer.

— D'accord, mais si tu me demandes en mariage, j'attends des fleurs, une bague et que tu mettes un genou à terre. Je veux le grand jeu, bébé.

Il descend du lit et je roule des yeux, le regardant se diriger vers la salle de bain, me montrant ses fesses. Je suis presque sûre que c'est fait exprès.

Et je n'ai pas tort ou je ne suis pas déçue parce que lorsqu'il se retourne, il m'envoie un baiser avant de fermer la porte de la salle de bains. J'entends le lavabo couler et je suppose qu'il est en train de se brosser les dents. Il n'a pas emporté de vêtements dans la salle de bains, ce qui signifie que dans une minute ou deux, il sera de retour dans la chambre et que je n'aurai pas beaucoup de temps pour parler à Emerson en privé.

— Fais vite. Il n'est plus là.

— Les garçons ont congé demain. Tu amènes Jasper, et nous allons les obliger à s'excuser et à se réconcilier.

— Et s'il n'est pas d'accord ? demandé-je.

Je ne sais pas comment je vais le convaincre de m'accompagner chez Kyler, pas s'ils se disputent encore.

— Utilise ton charme de femme. Il a été très clair sur le fait qu'il avait des sentiments pour toi.

Je grimace.

— Tu as entendu ça ?

— Comme il l'a dit, les appartements autour de vous l'ont tous entendu. Il est bruyant, et s'il est comme Kyler, il ne va pas laisser passer cette querelle entre lui et son frère. Fais ce que tu as à faire, mais ne fous pas tout en l'air.

Je souffle sous mon haleine.

— Ce n'est pas ma faute.

— Ils se disputent à propos de toi. Jasper n'a pas joué son meilleur jeu sur la glace ce soir, et d'après Kyler, il a été distrait lors de plusieurs matchs auxquels tu as assisté récemment.

Je descends du matelas et marche sur le sol,

ouvrant l'un des tiroirs de la commode de Jasper. Je sors un T-shirt et l'enfile pendant qu'Emerson se défoule sur moi comme si c'était de ma faute. Ce qui n'est pas le cas.

— Je ne suis pas censée aller à ses matchs ?

La porte de la salle de bains s'ouvre et Jasper fronce les sourcils.

— Donne-moi le téléphone.

Il tend la main, attendant que je la dépose dans sa paume.

— Qu'est-ce que tu as entendu ? demandé-je, en le regardant fixement. Il est inébranlable et s'approche de moi.

J'abandonne le téléphone - après tout, c'est le sien - et je recule d'un pas. La chaleur que dégage Jasper est écrasante.

— Pourquoi dis-tu à ma petite amie qu'elle ne peut pas assister à mes matchs ?

L'une de ses mains est recroquevillée en poing, mais son ton reste plus civilisé que ce à quoi je m'attendais. Il essaie de garder son calme. Peut-être qu'il ne pense pas qu'il devrait crier sur une dame. Eh bien, ma sœur mérite de bonnes remontrances si elle pense avoir son mot à dire sur ma relation avec Jasper.

VINGT-HUIT

JASPER

JE N'AI PAS l'intention de jouer les indiscrets lorsque Amber me dirige vers la salle de bains pour me préparer à aller au lit. Il est évident qu'elle souhaite avoir une conversation en privé avec sa sœur, et je peux lui accorder cet espace. J'ai confiance en elle, d'autant plus qu'elle s'adresse à sa sœur, pas à Atlas Storm.

Cependant, lorsque j'entends sa voix résignée dire

— Je ne suis pas censée aller à ses matchs ?

Une vague de colère me submerge. Mes entrailles s'agitent. J'ai fini de me brosser les dents, mais mon reflet dans le miroir retient mon attention trop longtemps. J'essaie de rester à ma place, mais je n'apprécie pas la manière dont la sœur d'Amber la traite.

Je lui ordonne de me donner le téléphone, et si elle ne me le tend pas d'ici une minute, je le lui arracherai. J'essaie de garder mon calme et ma patience, mais l'idée qu'Emerson s'immisce dans notre relation ne me plaît pas du tout.

Je n'ai jamais porté de jugement sur eux, elle et Kyler, malgré leurs bizarreries. Qui peut prétendre sortir avec quelqu'un et mentir à son enfant au sujet de sa relation ? J'ai gardé mes pensées pour moi à ce sujet, et c'est précisément là qu'Emerson devrait garder ses opinions, en dehors de nos vies.

— Qu'as-tu entendu ?

Amber fait ce tic nerveux en se mordillant la lèvre inférieure. J'envahis son espace personnel, prêt à prendre le téléphone lorsqu'elle le place dans ma paume.

— Pourquoi dis-tu à ma petite amie qu'elle ne peut pas assister à mes matchs ?

Je fulmine. Le fait qu'Emerson pense qu'elle peut donner des ordres à Amber est absurde.

— C'est une distraction. Kyler m'a dit que tu te battais de plus en plus avec les adversaires, que tu te faisais expulser des matchs, et pas seulement jeter sur le banc des pénalités.

Je me moque de ses paroles.

— C'est du hockey. Des bagarres éclatent tout le temps, dis-je avec dédain.

Elle ne sait pas de quoi elle parle. Amber n'a même pas assisté aux derniers matchs car ils se déroulaient en dehors de l'État. J'ai également joué de manière décevante en Caroline du Nord.

— C'est une excuse, et tu le sais très bien, dit-elle.

Amber se mordille la lèvre inférieure, et je tends la main, passant mon pouce sur sa lèvre alors qu'elle la démêle de ses dents.

— Toi et ton fiancé ne dicteront pas ma vie ni celle d'Amber.

— Je fais ça pour toi, dit Emerson. Peux-tu honnêtement me dire que tu as la tête dans le guidon ces derniers temps ?

Elle ne sait pas de quoi elle parle, pas plus que Kyler, qui lui a probablement bourré le crâne d'absurdités.

— Ma tête est à sa place, tout comme mon cœur, au cas où toi ou mon frère en auriez quelque chose à foutre.

— Je ne veux pas me battre avec toi, dit Emerson.

— Eh bien, j'y aurais presque cru.

Je mords ma langue. C'est comme marcher sur de la glace fine, et je peux sentir le sol se fissurer sous mes pieds juste avant de plonger dans l'eau glacée en dessous.

— J'essaie de prendre soin de vous deux. Elle n'a jamais eu de petit ami. Comment penses-tu qu'elle va gérer les médias lorsqu'ils viendront déchirer vos vies, voulant connaître chaque détail juteux ?

Contrairement à Kyler, qui cherche toujours à attirer l'attention des médias, je préfère ne pas faire la une des journaux sportifs.

Les yeux d'Amber sont maussades alors qu'elle me fixe. Elle tire sur l'ourlet du haut qu'elle porte, mon haut. D'une main, j'attrape ses doigts, les entrelaçant pendant que je parle à Emerson au téléphone.

— Je sais. Nous trouverons une solution ensemble. Tu n'as pas besoin de protéger ta petite sœur.

— Je ne suis pas petite, proteste Amber, se hissant sur la pointe des pieds pour s'assurer que sa sœur l'entende au téléphone.

Elle n'est certainement pas petite, mais je suis bien plus grand qu'elle en taille. Sa ténacité est adorable, et elle n'a pas besoin de protection. Je penche la tête pour déposer un baiser sur son nez.

— J'ai fini d'en parler. Il est tard, on va se coucher.

Je mets fin à l'appel et éteins mon téléphone, ne voulant pas être interrompu.

— Et maintenant, tu comprends pourquoi je ne suis pas très proche de ma sœur, dit Amber en s'affalant sur le bord du matelas.

— Elle veille sur toi, mais elle est un peu surprotectrice, dis-je, partageant l'avis d'Amber selon lequel Em devrait se mêler de ses affaires.

— C'est un euphémisme.

— Tu veux prendre une douche ? lui demandé-je.

Elle porte déjà mon t-shirt pour aller au lit, mais après notre petit jeu dans les draps, une autre douche serait la bienvenue, et cela me donne l'occasion de réaliser l'un de mes nombreux fantasmes impliquant Amber.

En souriant, elle penche la tête sur le côté.

— Tu veux me mettre à poil ? Parce que ça pourrait marcher.

— Tu m'as l'air encore bien habillée, dis-je en attrapant l'ourlet du haut qu'elle porte.

Elle lève les bras, et mes doigts dansent sur ses hanches et le long de ses flancs, tirant progressivement le tissu de coton par-dessus sa tête. Je jette le haut sur le sol.

— C'est mieux.

Mes doigts parcourent ses fesses.

— Tu as mal à quel point ? lui demandé-je, pensant qu'elle pourrait encore ressentir quelque chose à cause de nos ébats précédents.

Elle rit dans mon cou.

— Je crois que tu m'as fait un bleu.

— Merde.

Je me crispe et passe une main dans mes cheveux. Mes doigts glissent le long de son dos, et je m'éloigne légèrement pour croiser son regard.

— J'ai besoin que tu me dises si je vais trop vite ou si je suis trop brutal avec toi.

— Je plaisante, dit Amber, et ses doigts taquinent mon ventre.

Ma réaction est immédiate.

— C'était parfait, mais j'ai un peu mal en bas.

— Et si on prenait une douche, qu'on se nettoyait et qu'on se pelotonnait dans le lit ? proposé-je en effleurant son cou de mes lèvres.

— Ça me paraît bien, mais si tu continues à embrasser cet endroit et à faire ce truc avec ta langue, tu vas me tremper avant même qu'on entre dans la douche.

Je gémis à ses mots. Elle va me rendre fou avec son discours sexy, mais au moins je mourrai en homme heureux.

———

— Où va-t-on ? demandé-je alors qu'elle m'entraîne dans le métro, sans même me donner un indice sur notre destination.

— Je ne peux pas le dire.

Son sourire est large, et je me demande ce qu'elle mijote.

— Un rendez-vous ?

J'ai bon espoir. C'est mon jour de congé, le premier depuis longtemps. Bien que j'aie passé la matinée au gymnase de l'immeuble, je n'ai pas eu à rejoindre l'équipe pour l'entraînement ou la formation.

Sa langue sort du coin de ses lèvres, et j'ai envie de l'embrasser, de la goûter, de faire savoir au monde qu'elle est à moi.

Mais les paroles de sa sœur aînée me reviennent sans cesse à l'esprit, et elle a raison. Amber n'a jamais eu de relation, et son premier vrai petit ami est sous les feux de la rampe. Je veux la protéger de l'attention injustifiée, la protéger comme la petite colombe innocente qu'elle est. Cependant, cacher notre relation aux médias et aux journaux ne fera que la rendre plus dramatique.

Je lui prends la main et la serre.

— Tu sais que sortir avec moi n'est pas synonyme d'anonymat. Une photo postée sur les réseaux sociaux, et tout le monde parlera de nous, dis-je en me penchant vers elle et en frappant son bras du mien.

J'ai besoin de savoir qu'elle est d'accord avec cette partie de ma vie. Ce n'est pas toujours brillant et parfait.

— Laisse-les parler.

Elle se hisse sur la pointe des pieds et m'embrasse.

— Je n'ai rien à cacher.

— Bien, alors tu peux me dire où nous allons, dis-je tandis qu'elle m'entraîne dans les escaliers qui mènent à la station de métro.

Nous passons le tourniquet, et elle jette un bref coup d'œil à la carte avant de me conduire au bon quai.

— Tant que tu me dis ce qu'il y a dans le sac que tu caches sous ton lit.

Elle sourit d'un air trop entendu.

A-t-elle jeté un coup d'œil à l'intérieur et vu la robe que je lui ai achetée ? Je ne la lui ai toujours pas donnée, surtout parce que je ne supporte pas l'idée qu'un autre homme puisse la regarder alors qu'elle la porte.

— Tu as regardé dans le sac ? lui demandé-je.

— Non, je respecte tes limites.

— Mais tu savais que le sac était sous mon lit.

Son nez se fronce lorsqu'elle rit et regarde ailleurs, coupable. Je suppose qu'elle ne va pas me dire où elle m'emmène. Connaissant Amber, elle va probablement prendre une méthode longue et détournée pour m'embrouiller.

Lorsque nous approchons du quai et que je reconnais le train que nous prenons, une pierre s'installe au creux de mon estomac.

— Nous allons chez Kyler, n'est-ce pas ? demandé-je, fixant Amber du regard.

Elle se pince les lèvres, hésitant à répondre.

— Bon sang, grommelé-je. Je ne vais pas là-bas pour m'excuser.

— Je sais. Vous êtes trop fiers tous les deux, dit-elle, et j'ouvre la bouche pour lui dire qu'il est peut-être fier, mais j'ai raison.

Elle pose un doigt sur mes lèvres.

— Nous allons juste déjeuner. D'ailleurs, quand as-tu rendu visite à ta nièce pour la dernière fois ?

— Je n'arrive pas à croire que tu mêles Bristol à tout ça.

Le premier train approche, mais ce n'est pas

celui que nous prenons. Le nôtre a quelques minutes de retard.

— Il n'y a aucune chance que tu veuilles explorer la ville ? Nous pourrions aller au musée d'art ou acheter des billets pour un spectacle ?

Je suis prêt à faire n'importe quoi d'autre en ce moment.

— C'est tentant, mais j'ai déjà prévu quelque chose, et tes coéquipiers passent dans quelques heures pour un barbecue.

C'est une meilleure surprise.

— C'est Kyler qui organise ? demandé-je, espérant que ce sera chez l'un des autres et que mon frère aîné renoncera à l'événement.

— Oui, et nous y allons plus tôt pour aider à la préparation de la nourriture et vous laisser régler vos différends.

— Différends ? Si tu veux dire que Kyler a dépassé les bornes et a mis son nez là où il ne fallait pas, alors bien sûr, tant qu'il s'excuse auprès de nous deux.

— S'excuser auprès de nous deux ? répète Amber lentement. Je ne lui en veux pas.

Elle devrait être furieuse, et si elle savait la moitié des conneries qui ont été dites, elle serait encore plus en colère, mais je ne veux pas que cette hostilité soit dirigée contre moi.

Je ne développe pas. Cela ne sert à rien de blesser les gens ou de créer un fossé encore plus grand entre nous. Je ne suis pas ravi qu'Amber ait organisé cette rencontre dans mon dos, mais je sais qu'elle essaie de faire ce qu'il faut.

Et si ça ne marche pas, il faudra que je le supporte à l'entraînement demain. Au moins, j'aurai un endroit où je pourrai évacuer la frustration et la colère refoulées sur la glace.

— Si Kyler est l'hôte, ça veut dire que je ne pourrai pas t'emmener à ce rendez-vous tant attendu ce soir.

Je ne veux pas admettre que je suis déçu. Je veux sortir avec Amber et lui faire découvrir ce que c'est que d'être ma petite amie. Pas de ces conneries de cachette et de portes fermées.

— On peut sortir après la fête avec l'équipe. On prendra un dessert ou autre chose quand on aura assez socialisé.

Je ne suis pas sûr que les gars me laisseront partir plus tôt, mais demain est un jour d'entraînement, donc ils ne seront pas dehors jusqu'aux petites heures du matin non plus. Et la fête a lieu chez mon frère, qui a un enfant. Il va probablement nous mettre dehors à neuf heures.

Je passe mes bras autour de sa taille par derrière, mes lèvres taquinent son cou tandis que je pousse ses longues mèches sur le côté.

— Je veux plus qu'un dessert avec toi, dis-je.

Elle glousse et se retourne dans mon étreinte.

— Ça me plaît bien.

Elle se hisse sur la pointe des pieds et dépose un baiser sur mes lèvres.

— Le train est presque là.

Le temps que nous arrivions chez mon frère, son rire contagieux m'a remonté le moral et je ne suis plus stressé ni effrayé à l'idée de devoir faire face à Kyler.

J'appuie sur la sonnette du portail électrique et j'attends que quelqu'un nous laisse entrer. Je connais le code, mais comme mon frère et moi ne sommes pas en bons termes, je ne veux pas entrer sans y avoir été invité.

Lorsque le portail s'ouvre, nous nous dirigeons vers l'entrée principale, et la porte s'ouvre.

— Oncle Jasper !

Bristol pousse un cri, et alors que nous entrons, elle se jette sur moi comme un joueur de football pourrait plaquer son adversaire. Sauf qu'elle ne le fait pas pour me mettre à terre. C'est sa version ludique du bonjour.

— Ça fait longtemps qu'on ne s'est pas vus, petite, dis-je en la prenant dans mes bras et en la serrant fort.

— Papa dit que tu as des problèmes. Il est fâché contre toi.

Je n'ai pas encore vu Kyler, mais il doit être là, car il a ouvert le portail. Bien que je suppose qu'il aurait pu le faire à distance depuis un autre endroit également.

— Où est ton père ? lui demandé-je.

Elle hausse les épaules et se tortille pour redescendre. Je lui pose fermement les pieds sur le sol avant de la laisser partir. Bristol se précipite à travers le couloir vers la cuisine.

— Ils sont là ! s'exclame-t-elle avec joie.

J'enlève mes chaussures, et je donne la main à Amber pour qu'elle enlève aussi les siennes dans l'entrée avant que nous nous dirigions ensemble vers la cuisine.

Je lui souris. La journée d'aujourd'hui est bien différente de la première fois que nous sommes entrés dans la maison ensemble. Nous nous connaissions à peine, mais nous étions venus soutenir la demande en mariage de Kyler.

Le regard d'Amber se pose sur moi, un sourire se dessine au coin de ses lèvres.

— On devrait les embêter.

— Qu'est-ce que tu as en tête ?

Je suis prêt à faire tourner Kyler en bourrique dès que j'en ai l'occasion.

— On devrait leur dire qu'on est fiancés, dit-elle en me donnant une petite tape sur la poitrine.

J'attrape sa main et entrelace nos doigts.

— Bébé, je ne veux pas faire semblant.

Elle presse ses lèvres l'une contre l'autre, et ses yeux s'écarquillent sous le choc.

— Je te jure que si tu me demandes en mariage, je te tue. Nous venons d'admettre que nous nous aimons bien. Ce n'est pas une course à la ligne d'arrivée pour voir qui se mariera le premier.

Je glousse et me penche pour embrasser sa joue. Kyler et Emerson sont fiancés depuis quelques mois et n'ont pas encore fixé de date. Mais je suis sûre que lorsqu'ils seront prêts, ils le feront.

— J'aime bien un peu de compétition, dis-je en réfléchissant à la question tout en me caressant la mâchoire. Mais d'abord, je dois obtenir la bague.

Elle me pince le bras.

— Tu n'emmèneras pas Emerson et Kyler avec

toi pour aller acheter la bague. Et tu ferais mieux de plaisanter avec moi maintenant.

— Nous vivons ensemble, plaisanté-je en passant un bras autour de sa taille alors que je l'escorte dans le couloir en direction de l'agitation qui règne dans la cuisine.

— Oui, un pas après l'autre.

Elle me tapote la poitrine alors que nous rejoignons mon frère, sa fiancée, et ma nièce dans la cuisine.

— Je fais des biscuits ! s'exclame Bristol.

Elle attrape le tabouret d'enfant et l'amène au comptoir. Elle a déjà enfilé un tablier à volants, qui est tout à fait adorable.

Emerson aide Bristol à retrousser ses manches pendant que Kyler prend les ingrédients dans le garde-manger.

— Tu veux aider ? demande-t-il.

La tension semble s'être dissipée entre mon frère et moi. Est-ce parce que Bristol est dans la pièce ?

— Je pense que trois personnes suffisent pour une fournée de biscuits, dis-je.

— Qui a parlé d'une seule fournée ? demande Emerson en se dirigeant vers le four, qu'elle allume pour le préchauffer. Bristol nous a inscrits à une vente de pâtisseries à l'école et a oublié de nous dire qu'elle avait besoin de trois cents biscuits pour demain.

Bristol s'esclaffe et fronce le nez avec un grand sourire.

— Tu aurais dit non.

Amber retrousse ses manches et se dirige vers l'évier pour se laver les mains.

— Tu as un autre tablier ? demande-t-elle.

— Pas un que je suggérerais de porter.

Emerson sourit et fait un clin d'œil à Kyler.

— Dégueulasse, dis-je.

J'aime mon frère, mais je n'ai pas envie de penser à Em et lui en train de s'envoyer en l'air. Je l'ai déjà vue en train de le sucer, et c'est une image que j'aimerais pouvoir effacer de mes yeux.

— Qu'est-ce qui est dégueulasse ? Les cookies sont bons, dit Bristol en jetant un coup d'œil entre nous, confuse.

Heureusement, ce commentaire est passé complètement au-dessus de sa petite tête.

Mon frère aîné s'éclaircit la gorge et me fait un signe de tête en direction du couloir.

— Tu as une minute ? demande-t-il.

Je ne sais pas s'il se dirige vers Excuseville ou s'il a l'intention de me dire à quel point je suis un salaud de sortir avec Amber.

— J'aurais dû apporter mon équipement de hockey ?

Je me demande si je dois me préparer à me battre.

— Je le mérite, dit Kyler en me raccompagnant dans le couloir, loin de la cuisine. Je ne voulais pas que les filles nous entendent, et surtout pas mon petit monstre qui va répéter tout ce qu'on dit hors contexte.

Je ris sous mon souffle.

— Elle ressemble à maman.

Kyler se frotte le front. Aucun de nous ne parle de nos parents décédés. Le simple fait d'en parler remplit la pièce de tension et d'effroi.

— Tu pensais vraiment ce que tu as dit dans les vestiaires ? Que tu es en train de tomber amoureux d'elle ? me demande Kyler.

Je serre les lèvres.

— Qu'est-ce que ça peut te faire de savoir pour qui j'ai des sentiments ?

— Amber est pratiquement de la famille, et tu es mon frère, dit-il. D'ailleurs, je croyais que tu avais une nana à côté dans un autre état ?

Sa voix s'interrompt, et le sourire qui se dessine sur mes lèvres est l'indicateur le plus évident de la fille à qui j'ai parlé.

Il me regarde, horrifié, alors qu'il réalise que nous avons caché cet arrangement entre nous.

— Combien de temps ?

— Ce ne sont vraiment pas tes affaires, dis-je en m'adossant au mur.

Je croise les bras sur ma poitrine. Il a l'air troublé, et je ne sais pas pourquoi il s'en préoccupe. Est-ce qu'il pense vraiment que cette histoire entre Amber et moi n'est qu'une passade ?

— Vous étiez en couple quand elle a emménagé ?

— J'ai été un parfait gentleman, et non, on ne sortait pas ensemble à l'époque. Nous étions amis. Nous le sommes toujours. Nous explorons juste ce nouveau développement entre nous, que nous voulons tous les deux. C'est consensuel, et c'est tout ce que j'ai à dire à ce sujet.

Je laisse tomber mes mains sur les côtés, les enfonce dans les poches de mon jean et me dirige vers la cuisine.

Kyler m'attrape par le bras et me ramène face à lui.

J'ai déjà vu cette manœuvre ; d'habitude, il la fait sur la glace quand il est sur le point de mettre une raclée à son adversaire. Je lève le bras pour le bloquer et il rit sous l'effet de son souffle.

— Pour un homme qui s'envoie en l'air, tu es très tendu, dit Kyler.

— Tu es un connard, marmonné-je alors qu'il me serre l'épaule.

— Tu m'en veux ?

— Ça dépend. Est-ce que tu vas nous laisser tranquilles, Amber et moi, et nous laisser gérer notre relation ensemble sans que toi et ta fiancée ne vous en mêliez ?

Kyler relâche son emprise sur moi, mais je ne m'éloigne pas.

— Tu sais que j'ai autant de contrôle sur Em que toi, Amber, dit-il.

Expirant un soupir, j'acquiesce.

— Oui, c'est bon.

C'est à peu près la meilleure excuse que je m'attendais à recevoir de mon frère.

— Viens, on va aider les filles à préparer les biscuits, dis-je en retournant dans la cuisine.

Kyler grogne.

— On devrait attendre que le reste de l'équipe arrive. Qu'ils nous aident.

Je ris, mais je doute que cela fonctionne.

— Et à la minute où tu le suggéreras, ils se défileront. Sauf si Ava et Kate viennent avec Parker et Asher.

— C'est sexiste ! s'exclame Amber, nous entendant retourner dans la cuisine. Ce n'est pas parce que ce sont des filles qu'elles aiment la pâtisserie.

— Ou qu'elles savent le faire, dis-je avec un sourire narquois.

Je ne pense pas qu'Amber avait l'intention de parler d'elle-même, mais elle n'est pas la plus douée des cuisinières ou des pâtissières.

Elle me donne un coup de coude quand je m'approche, et je viens me placer derrière elle, le bras enroulé autour de son corps, pour l'aider à former les biscuits et à les rendre un peu plus uniformes.

Elle se tortille contre moi et je jette un coup d'œil autour de moi, essayant de voir si quelqu'un nous prête attention. Ce n'est pas le cas. Kyler s'assoit sur un tabouret et jette un coup d'œil à son téléphone pendant qu'Emerson mesure les ingrédients et que Bristol mélange la pâte.

— Tu ferais mieux de venir nous aider, dit Em en lançant un regard amusé à Kyler.

— Il y a plein de cuisiniers dans la cuisine.

Kyler nous désigne.

— Papa, aide-nous !

Bristol gazouille et pointe du doigt le four.

— Il faut que quelqu'un surveille la cuisson des biscuits.

— Je m'en occupe, dit Kyler en plaisantant et en quittant le tabouret du four.

Il jette un coup d'œil à la minuterie au-dessus du four.

— On a encore beaucoup de temps.

Il sourit et reporte son attention sur son téléphone.

— Qu'est-ce qui te captive à ce point ? demande Emerson.

Elle n'a pas l'air contrariée, juste intéressée par ce qui lui vole son attention.

— Je lis quelques articles sur les Ice Dragons, répond Kyler.

— Quelque chose de bien ? demandé-je.

D'habitude, j'évite de lire tout ce que les médias publient sur nous, car ce n'est jamais exact.

— Juste ça, dit-il en nous montrant le titre de l'article : « Les frères Greyson se battent pour une fille ».

— Je n'avais pas réalisé que la presse nous entendait, grommelé-je.

Bristol nous regarde.

— Entendu quoi ? demande-t-elle avec des yeux écarquillés.

Kyler se racle la gorge.

— Je te le dirai quand tu seras plus grande.

Amber   détourne   le   regard,   essayant
désespérément de ne pas rire à gorge déployée. Elle
se mord la lèvre inférieure. Je ne comprends pas ce
qui est si drôle, mais Emerson sourit aussi.

— Je suis plus grande ! raille Bristol.

ÉPILOGUE

AMBER

Ma sœur est vraiment stupide. Emerson m'a fait comprendre qu'elle ne me convierait pas dans la salle réservée aux femmes. Apparemment, c'est un privilège des membres, et comme je suis la dernière arrivée, elle ne se sent pas obligée de m'y inviter. En plus, on est de la même famille.

Pendant l'entracte, elle se lève et incite Bristol à quitter les gradins.

— On se voit tout à l'heure, dit-elle avec un sourire complice.

Je réagis en montrant un doigt d'honneur à ma sœur tout en jetant un regard en coin à l'enfant.

À mes côtés, Charlotte éclate de rire.

— Tant mieux. Si tu avais été invitée, je me serais retrouvée seule, dit-elle en me poussant du coude.

Je porte le maillot de Jasper, l'un des quatre que j'ai suspendus dans mon placard à l'appartement. Ce soir-là, il est concentré, et pendant la plupart de la première période, j'ai eu l'impression qu'il ne m'avait même pas remarquée dans les tribunes.

Cependant, tout change quand il marque un but et me pointe du doigt. Je jure que s'il ne portait pas de gants, il aurait probablement formé un cœur avec ses mains pour me mettre mal à l'aise.

— J'ai quelque chose à te dire, et je ne veux pas que tu paniques, dis-je.

— Oh mon Dieu. Tu es enceinte ? s'exclame-t-elle, et je lui mets une main sur la bouche.

La presse pourrait nous entendre, et je ne veux pas que Jasper soit au cœur d'un scandale.

— Non, dis-je en la foudroyant du regard avant de baisser les yeux. Si tu me dis que ce maillot me fait paraître grosse, tu es morte.

— Bien sûr que non, répond Charlotte.

— Ça n'a rien à voir avec moi, dis-je en enfonçant mon doigt dans son bras. Un des gars des Dragons a demandé à Jasper qui s'assoit toujours avec moi aux matchs.

— Si tu plaisantes, je risque de mourir.

Elle reste bouche bée, les yeux écarquillés fixés sur moi avec stupéfaction.

— Ressaisis-toi. Ce n'est qu'un petit béguin.

— Lui ou moi ? demande-t-elle. S'il te plaît, dis-moi que c'est Noah. S'il te plaît.

Elle joint les mains comme si elle suppliait.

Je ne suis pas sûre de devoir lui dire, mais Jasper l'a mentionné, et même Noah m'a posé quelques fois des questions sur l'amie qui s'assoit avec moi. Je pensais qu'il faisait simplement la conversation et qu'il était amical. Il s'est avéré que c'était quelque chose de plus.

— C'est un mec.

— Évidemment, et tu lui as dit que j'étais célibataire. N'est-ce pas ? Parce que je suis tellement célibataire que je pense que mes parties féminines sont couvertes de toiles d'araignée.

Je grogne à sa description.

— Tu abuses.

— Eh bien, crache le morceau, ma fille. Qu'as-tu dit à Jasper ?

— Je n'ai rien dit à Jasper. Le joueur de hockey qui demandait, je lui ai dit que tu pourrais être disponible s'il te courtisait et faisait beaucoup d'efforts. Tu as plein d'admirateurs, et tu es difficile.

— Va te faire foutre.

Charlotte écarquille les yeux.

— Je n'ai pas baisé depuis des semaines.

— Oh mon Dieu, pauvre toi, me moqué-je. Détends-toi. On se retrouve après le match pour boire un verre, et je pense qu'il va tirer son meilleur coup avec toi ce soir.

— De qui parle-t-on ? Est-ce qu'il est grand, brun et beau ?

Charlotte se penche sur chacun de mes mots.

— J'ai besoin de détails, et je te jure que si tu me dis que c'est le type qui aiguise les lames des patins...

— C'est...

J'ouvre la bouche et je la ferme, pour la taquiner.

— Le suspense me rend folle. À ce rythme, tu vas me faire attendre jusqu'à la fin du match.

— Je devrais te faire attendre, dis-je avec un sourire narquois. Mais je ne peux pas garder le secret plus longtemps. C'est Noah Reece.

Elle pousse un cri et met ses mains en poings, les secouant avec excitation. Cette fille n'a vraiment aucun filtre ni aucune maîtrise de soi. J'avais l'habitude de l'envier et d'apprécier le fait qu'elle n'ait pas d'anxiété, mais je soupçonne que sa bouche lui attire trop souvent des ennuis.

A PROPOS DE L'AUTEUR

Willow Fox aime écrire depuis qu'elle est au lycée (il y a bien longtemps). Ses romances de petite ville reflètent la vie dans une petite ville de l'Amérique rurale.

Qu'elle écrive des romances ou qu'elle s'assoie près d'un feu de camp pour lire un bon livre, Willow aime la magie des mots écrits.

Elle rêve d'être transportée et espère le faire pour ses lecteurs !

Visitez son site Web à l'adresse suivante :

https://authorwillowfox.com

Boss Vicieux

Boss Possessif

Boss Obsessif

Père, célibataire et autoritaire

Le Milliardaire Grincheux

Grincheux des montagnes

Le Célibataire Grincheux

Ice Dragons Hockey Romance

Faux-semblants avec le Milliardaire

Défier le Joueur de Hockey